O MURO

WILLIAM SUTCLIFFE

O MURO

Tradução de
Rodrigo Abreu

1ª edição

EDITORA RECORD
RIO DE JANEIRO • SÃO PAULO
2017

CIP-BRASIL. CATALOGAÇÃO NA FONTE
SINDICATO NACIONAL DOS EDITORES DE LIVROS, RJ

S966m Sutcliffe, William, 1971-
O muro / William Sutcliffe; tradução de Rodrigo Abreu. – 1ª ed. –
Rio de Janeiro: Record, 2017.

Tradução de: The Wall
ISBN 978-85-01-40219-6

1. Ficção inglesa. I. Abreu, Rodrigo. II. Título.

15-22906
CDD: 823
CDU: 821.111-3

Título original: The wall

Copyright © William Sutcliffe, 2013

Publicado originalmente na Grã-Bretanha em 2013 pela Bloomsbury

Texto revisado segundo o novo Acordo Ortográfico da Língua Portuguesa.

Todos os direitos reservados. Proibida a reprodução, no todo ou em parte, através de quaisquer meios. Os direitos morais do autor foram assegurados.

Direitos exclusivos de publicação em língua portuguesa somente para o Brasil adquiridos pela
EDITORA RECORD LTDA.
Rua Argentina, 171 – Rio de Janeiro, RJ – 20921-380 – Tel.: (21) 2585-2000, que se reserva a propriedade literária desta tradução.

Impresso no Brasil

ISBN 978-85-01-40219-6

Seja um leitor preferencial Record.
Cadastre-se em www.record.com.br e receba informações sobre nossos lançamentos e nossas promoções.

Atendimento e venda direta ao leitor:
mdireto@record.com.br ou (21) 2585-2002.

Para Saul

Parte Um

Nós disparamos atrás da bola, ombro a ombro, nossas mochilas sacudindo de um lado para o outro. Eu tomo a frente, mas David agarra minha mochila e me puxa para trás, como alguém parando um cavalo.

— Opa! — grito. — Isso é falta!

— Não existe isso de falta.

— Claro que existe.

— Não quando não tem juiz.

David chega à bola primeiro e a protege com o corpo.

— Veja isso — diz ele, então salta sem sair do lugar com um movimento dos calcanhares, tentando jogar a bola sobre a cabeça.

Ela sai de lado e rola até o bueiro. David acha que joga futebol bem, apesar de ser tão atrapalhado que só sabe onde os pés estão quando está olhando para eles.

Prendo a bola entre meus tornozelos e salto, dobrando os joelhos agilmente, então giro. A esfera de couro paira perfeitamente no ar, como se estivesse esperando pelo meu pé, e executo o que só pode ser descrito como um incrível voleio, acertando em cheio. A bola voa para longe, mais veloz e mais longe do que eu esperava.

A vida, como você provavelmente sabe, é cheia de altos e baixos. Há sempre um preço a se pagar pela perfeição.

No exato momento em que meu tênis atinge a bola, a rua deserta em que estamos jogando de repente não está mais vazia. O carro de segurança vira a esquina, mas minha bola já está no ar e não há nada que eu possa fazer para trazê-la de volta.

O motorista não devia estar prestando muita atenção, porque só pisa no freio depois que a bola bate em seu para-brisa. David sai correndo. Disparo na direção da bola, parando ao lado dela no exato instante em que o segurança desce do carro.

— Foi você? — grita ele.

— Não — digo, já pegando a bola.

— Você acha que sou idiota?

Estou muito, mas muito perto de dizer "sim". Se respondesse, acho que seria a coisa mais engraçada que já disse na vida, especialmente porque ele provavelmente é meio idiota. Imagine só ficar dando voltas e mais voltas com o carro o dia inteiro, patrulhando ruas onde nada nunca acontece. Ainda que você fosse esperto quando começou, seu cérebro acabaria se transformando em papa. Ele tem uma arma, mas não se pode atirar em uma pessoa apenas porque ela chamou você de idiota.

Fico de boca fechada e saio correndo com a bola até onde David está esperando por mim, parcialmente escondido atrás de um carro estacionado. Conto o que quase falei e ele acha aquilo tão engraçado que me dá um soco no braço, o que na verdade é muito irritante, então eu também dou um soco nele, e ele me empurra, aí eu o agarro pela cintura e começamos a nos engalfinhar.

Quando o carro de segurança passa por nós, David está sentado em cima da minha cabeça, e vejo o motorista fazer um som de reprovação como se pensasse que fôssemos idiotas, mas eu sei que o idiota é ele.

Voltamos aos truques futebolísticos depois daquilo, até que David tenta copiar meu voleio e a bola sai voando, cruza a rua, passa por cima do ponto de ônibus e dos tapumes em volta de um terreno em construção. Porém não é um daqueles típicos terrenos em obras nas margens da cidade, e sim aquele estranho que fica em frente ao centro médico, onde nada nunca é construído e onde você nunca vê uma única pessoa circular.

— Não acredito — diz David, e eu sabia que era exatamente o que ele iria dizer.

— A bola é nova.

— Pegou errado no pé — diz ele.

Eu também sabia que ele diria aquilo. David está tentando não olhar para mim e posso ver que está pensando em ir embora, então paro na frente dele, bloqueando seu caminho.

— Você vai ter que entrar lá e pegar a bola de volta — falo.

Nós dois olhamos para os tapumes. Parece mais um muro: madeira sólida, sem nenhuma abertura que permita ver o que há por trás, e tem mais do que o dobro da minha altura. A madeira foi pintada originalmente de azul, mas ao longo dos anos foi desbotando até ficar com uma cor cinza de lava-louças, a tinta se levantando em bolhas ovais rachadas. Esse terreno em construção é basicamente o único lugar em Amarias que não é novinho em folha. O resto da cidade parece ter sido desembrulhado há pouco tempo do papel celofane.

Uma parte do tapume é uma abertura articulada, suficiente-mente larga para um caminhão passar, mas está trancada com uma corrente grossa e enferrujada, de uma cor escura que lembra chocolate. Ao pensar na minha bola, perdida do outro lado dos tapumes, passa pela minha cabeça pela primeira vez a ideia de como é estranho todos chamarem esse lugar de terreno em construção, já que ninguém nunca faz nenhuma obra nem constrói nada ali.

— Você tem que entrar lá e pegar a bola — repito.

— Não podemos entrar lá — responde ele.

— Não falei a gente, falei você.

— Não dá pra entrar.

— Você vai ter que pular os tapumes. A bola é nova. Foi um presente.

— Não vou entrar lá de jeito nenhum.

— Então você vai me arrumar uma bola nova?

— Não sei. Tenho que ir.

— Ou você me arruma uma bola, ou entra lá e pega aquela.

David olha para mim com olhos pesados e relutantes. Posso ver pela sua expressão que desistiu da bola e agora só quer se livrar da chateação.

— Estou atrasado — diz ele. — Meu tio vai nos visitar.

— Você tem que me ajudar a recuperar a bola.

— Estou atrasado. É só uma bola.

— É a única que eu tenho.

— Não é não.

— A única de couro.

— Deixe de ser chorão.

— Não estou sendo chorão.

— Chorão.

— *Você* está sendo chorão.

— Chorão.

— Dizer "chorão chorão chorão" sem parar faz de você um chorão, não eu — falo.

Estou envergonhado por estar participando dessa conversa, mas com David isso às vezes é inevitável. Ele rebaixa as pessoas ao nível dele.

— Então por que você não consegue parar de choramingar por causa da bola?

— Porque eu quero minha bola de volta.

— *Porque eu quero minha bola de volta* — repete ele com uma voz chorosa.

Não sou o tipo de pessoa que bate nos outros, mas, se fosse, este seria o momento certo. Um tapão no nariz.

A mochila dele está pendurada em um ombro só. Se eu a jogasse por cima dos tapumes, ele iria ter que pular. Avanço na direção dela, mas ele é rápido demais. Não que David seja rápido, é só que eu sou muito lento. Ele lê meus pensamentos e, um segundo depois, já está correndo, rindo com uma risada falsa.

David é meu melhor amigo em Amarias, apesar de ser uma pessoa extremamente irritante. Amarias é um lugar estranho. Se eu morasse em um lugar normal, acho que David nem seria meu amigo.

— Você me deve uma bola — grito para ele.

— *Você me deve uma bola* — diz ele, diminuindo o passo, consciente de que está fora de alcance.

Observo enquanto ele vai embora. Até mesmo a forma como anda é irritante, quicando de uma perna para a outra como se seus sapatos fossem feitos de chumbo. Ele acredita que vai ser piloto de caça um dia; eu acho que ele é muito desajeitado para controlar qualquer máquina mais complicada do que uma bomba de encher pneu de bicicleta.

O mais frustrante de tudo é que eu sei que amanhã ou depois vou ter que esquecer a bola e fazer as pazes com ele. Eu costumava ter muitas pessoas para escolher com quem iria andar, mas aqui só tem o David. Os outros garotos de Amarias não gostam de mim, e eu não gosto deles. Eles me acham esquisito, e eu os acho esquisitos. Nesta cidade, estranho é normal, e normal é estranho.

Olho para o muro de madeira. Não dá para escalar aquilo. Caminho ao longo dos tapumes, as pontas de meus dedos vão escurecendo conforme eles passam raspando na madeira áspera, estourando algumas bolhas de tinta com o polegar, até eu chegar a uma esquina e virar num beco. Faço uma pausa para examinar as formas ovais de sujeira na ponta de cada dedo, então toco novamente a superfície de madeira e sigo pelo corredor estreito de ar fresco e sombrio. Pouco depois, chego ao lado de uma caçamba metálica de lixo. Ela é mais alta que minha mão esticada sobre minha cabeça, mas, se eu conseguir subir no tampo, ela poderia servir de degrau e me levar até o outro lado. Se eu quiser minha bola de volta, esse é o caminho.

Tiro a mochila das costas, escondo-a no vão entre a caçamba e o tapume, então dou alguns passos para trás. Uma pequena corrida e um bom salto são suficientes para que eu consiga segurar firmemente a beirada. Balançando o corpo e jogando a perna para o alto, engancho o pé no tampo e, depois de me retorcer de forma desajeitada, me esfregando mais na caçamba do que realmente gostaria, consigo subir. Uma manobra complicada, perfeitamente executada. Escalada não é realmente um esporte, mas, se fosse, seria o esporte em que sou melhor. Não consigo explicar por que, mas sempre que olho para alguma coisa alta quero chegar ao topo.

Existe um homem que escala arranha-céus. Ele simplesmente chega lá e escala, de forma que, depois que sai do chão, ninguém pode detê-lo. Quando chega ao topo, sempre vai preso, mas ele não se importa. Aposto que até mesmo os policiais que executam a prisão gostariam de ser seus amigos e ninguém sabe disso. Às vezes, quando estou entediado, olho para alguns objetos e fico pensando onde seriam os melhores apoios para as mãos e os pés. Os melhores escaladores são capazes de levantar todo o peso de seus corpos com um único dedo.

Olho ao redor, de cima da caçamba de lixo. Não há nada para ver — apenas o beco —, mas simplesmente ver o mundo de uma altura que é o dobro da minha já é bom. Lufadas de ar azedas e com cheiro de peixe vêm de debaixo dos meus pés. O tampo verga com o meu peso, curvando-se para dentro a cada passo. Se ele quebrar, consigo imaginar o que pode acontecer comigo. Já vi essa cena em desenhos animados milhares de vezes. O rosto zangado lambuzado com uma gosma vermelha e marrom, um ovo frito num ombro, uma espinha de peixe no outro, macarrão no topo da minha cabeça. Sempre tem macarrão. Se você acrescentar o fedor e imaginar isso realmente acontecendo, deixa de ser engraçado.

Do tampo da caçamba não consigo ver o que há do outro lado do tapume, mas agora sei que o terreno vai até O Muro. Se esse local tem mesmo um objetivo secreto, essa posição tem que ser a chave. Subo até o topo do tapume farpado e, com as pernas balançando, uma de cada lado, olho para o terreno pela primeira vez. Há uma casa. Apenas uma casa e um jardim, mas nunca vi algo como aquilo em minha vida.

Todo o local foi demolido. Amassado. Derrubado. Uma parede ainda está intacta, num ângulo de 45 graus, e o resto simplesmente se estilhaçou e se esfarelou debaixo dela, tornando-se pouco mais do que uma pilha de escombros. Sob o monte de pedras e argamassa, posso ver metade de uma penteadeira cor-de-rosa desbotada; blocos de papel espalhados e amassados, ainda encadernados, mas que já não são mais exatamente livros; um telefone sem receptor, com um fio enroscado como se ainda esperasse uma chamada; um carrinho de bebê de brinquedo; um vestido amarelo pendurado pela metade na moldura de uma janela derrubada; um aparelho de DVD quebrado ao meio; um assento de privada com um tampo bordado.

Duas vozes despertam em minha cabeça. Uma delas está empolgada, me dizendo que esse é o melhor playground de aventuras, o melhor cenário para escaladas, o melhor esconderijo secreto que eu já vi. Ela quer que eu pule imediatamente e explore as ruínas. A outra me contém. Essa voz é mais calma — nem parece falar com palavras —, mas é mais poderosa e me mantém imóvel no topo dos tapumes. É uma sensação que não consigo compreender totalmente, algo que tem a ver com as coisas saindo da casa demolida, com a óbvia instantaneidade com que esse local foi transformado de um lar em um monte de entulho. Um calafrio sinistro parece subir dos escombros. É como se um resquício de violência estivesse pairando no ar, parecendo um cheiro ruim.

Todas as casas em Amarias são iguais. Você vê novas casas sendo construídas o tempo todo: primeiro o concreto, vigas de metal germinando como um corte de cabelo malfeito, então o telhado vermelho e as janelas, até que por fim o revestimento de pedra é aplicado como uma pintura. Essa é diferente. Não há concreto. Apenas grandes pedaços de pedra sólida.

Tenho vontade de entrar e vasculhar a área, então subir até o topo dos escombros ao mesmo tempo que tenho um impulso de fugir e esquecer o que vi. Sinto que apenas por olhar por cima dos tapumes, apenas saber o que o suposto terreno em construção contém, estou em apuros.

Segurando firme no alto dos tapumes, olho mais atentamente para o terreno. Apesar de o jardim ter, em grande parte, crescido de forma selvagem, ou desaparecido embaixo dos escombros, olhando do alto sou capaz de distinguir um padrão de canteiros e jardineiras. Um enorme arbusto de rosas cobriu uma parede derrubada de botões carmesim. No canto há seis árvores frutíferas que parecem velhas, plantadas num círculo perfeito, formando o que um dia foi um bosque sombrio. As árvores estão mortas, com uma grande quantidade de folhas secas ainda grudada aos galhos, mas cercam um balanço de metal que ainda parece funcionar, como se fosse a única coisa intocada por toda a carnificina ao seu redor. Mais além das árvores frutíferas o solo é nu, plano, exceto por sulcos feitos por uma escavadeira indo na direção do Muro.

Minha boca de repente fica seca e grudenta. Eu me sinto como se tivesse acidentalmente visto a mãe de um de meus amigos nua. É como se fosse vergonhoso estar sentado aqui, olhando fixamente para esse lar esmagado que é o absoluto oposto de tudo que minha cidade deveria ser. Mas não consigo afastar os olhos disso.

Sei que é errado escalar essas ruínas, da mesma forma que seria errado jogar futebol num cemitério, mas não posso simplesmente me virar e ir embora. Preciso saber mais. Preciso tocar esse local e sentir o que há nele, circular dentro dele, procurar pistas sobre o que aconteceu. E ainda quero minha bola.

Olho para baixo, entre meus joelhos. O interior do tapume é feito de ripas, muito mais fácil de escalar do que o exterior liso. Posso entrar e sair tão rápido quanto quiser. Ninguém precisa saber que estive ali, a não ser talvez David. Ele provavelmente não vai acreditar em mim, mas decido que minha missão pode ser encontrar um souvenir que prove que realmente entrei no local e o explorei. Não será difícil escolher alguma coisa. Mesmo daqui de cima consigo ver que os objetos espalhados do lado de fora da casa nunca pertenceram a pessoas como nós. Esse era o lar de pessoas do outro lado. O mistério não é o que aconteceu com elas, e sim como elas se viram do lado errado do Muro, para começar, e por que o terreno não foi limpo e nada foi construído ali.

Desço pelas ripas e me viro para encarar a casa demolida. Dentro do terreno, atrás dos tapumes, impera um silêncio sinistro. Eu poderia escalar a parede tombada em alguns segundos se quisesse, mas a sensação de estar em um cemitério é ainda mais forte aqui dentro, isolado do mundo exterior.

Caminho ao longo dos tapumes, arrastando os pés, seguindo na direção dos fundos da construção, atraído por um estranho impulso de me sentar no balanço, de ver se ainda funciona, descobrir que barulho faz. Um par antigo de portas de varanda entra em meu campo de visão, uma moldura de madeira pintada de branco e vários pequenos quadrados de vidro, um em cada canto azul. A porta mais próxima está esmagada e estilhaçada; a outra está intacta, ainda em pé, preenchendo metade de um portal que leva de lugar nenhum a nenhum lugar.

Descubro um caminho de ladrilhos vermelhos no jardim que me leva num arco suave até o balanço. Ele está coberto de ferrugem, como um navio naufragado. Eu o empurro delicadamente, esperando ouvir o rangido, mas, em vez disso, escuto um estrondo do outro lado do jardim que me faz dar um pulo.

Um lampejo de movimento perto da lateral da casa atrai meu olhar e vejo uma pequena nuvem de poeira se erguendo da terra.

Assim que a poeira assenta, uma placa quadrada de metal se torna visível.

Eu me agacho, completamente imóvel atrás do balanço, pronto para correr e me esconder se alguém aparecer.

Nada se move. Minutos se passam e tudo permanece em silêncio. Se alguém estava aqui quando cheguei, agora já foi embora. Vejo minha bola, aninhada num vale empoeirado entre dois amontoados de pedra, imóvel sobre um retalho mofado de tecido vermelho que parece ser o que restou da capa de uma almofada.

Espero um pouco mais, até ter certeza de que estou sozinho, então pego minha bola e lentamente me aproximo da placa de metal. Ela tem uma superfície sulcada e oleosa, e eu me agacho para tocá-la. Minha mão se recolhe rapidamente. O metal está quente, cintilando na luz forte do sol.

Há pegadas na poeira ao meu redor, indo para o local em que estou agachado e voltando dele. Ao longo do caminho dessas pegadas, encontro algo estranho: algo que não está empoeirado, ou velho, ou quebrado. É pequeno, mas é novo e ainda funciona. Um brilho fraco, que quase não pode ser visto na luz do dia, está vindo de um lado. É uma lanterna. Uma lanterna que funciona, ainda ligada.

Eu a apanho. Desligo-a e a ligo de novo. Ela não pode estar aqui há muito tempo; as pilhas ainda estão novas. Eu me viro e olho novamente para a placa de metal. O estrondo; as pegadas; a lanterna — essas três coisas se conectam. Há algo embaixo daquele metal.

Exploro o terreno baldio ao meu redor, checando se ainda estou sozinho. Por um momento, me pergunto se devo buscar ajuda. Contar a um adulto, talvez. Mas o que eu diria e por que cargas-d'água eles acreditariam em mim ou se interessariam por isso? Encontrei uma lanterna que funciona. Algo se moveu, provocando um estrondo. Na verdade, quais seriam as probabilidades de eu ao menos chegar à parte interessante da história antes de levar uma bronca e ser punido por invadir o terreno em construção? Além disso, mesmo se acreditarem em mim e se eu tiver descoberto alguma coisa importante, será que teria permissão para vê-la? Será que um dia me contariam a verdade sobre o que foi descoberto? Provavelmente não.

Se eu quiser descobrir o que está lá embaixo, tenho que fazer isso sozinho, e tenho que fazer isso de uma vez.

Dobro meus joelhos e levanto o metal, revelando uma fresta de um buraco escuro. Faço mais força, a beirada quente e afiada se afundando em minha pele, mas com um movimento firme faço-a deslizar. Deixo a placa cair e imediatamente percebo que esse não é um buraco qualquer. Há uma corda amarrada a um pitão fincado no solo logo abaixo da superfície. A corda tem nós em intervalos regulares, cada vão com o comprimento do meu antebraço. Posso ver quatro nós, então nada: apenas um vazio negro. O buraco é do tamanho de um bueiro, mas uma irregularidade em seu formato passa a sensação de que foi cavado sem a ajuda de máquinas. É uma entrada para alguma coisa.

Ajoelho na beira e aponto a lanterna para baixo, com meu braço esticado o máximo possível. No feixe de luz fraco e fino, sigo com o olhar a corda até o ponto em que ela termina, em um emaranhado branco jogado sobre uma superfície escura como terra. Mas é difícil ter certeza.

Não consigo olhar para uma coisa alta sem querer subir nela. Agora estou olhando para o fundo desse buraco — um buraco como nada que já vi antes — e a mesma voz está se manifestando, me dizendo que preciso descer, que preciso dar uma olhada ali, que preciso saber para que ele serve e aonde leva.

Tenho um palpite sobre o que isso pode ser e entendo como é perigoso se envolver com uma coisa dessas, mas, por outro lado, dar de cara com esse mistério, no meio da minha cidade tão entediante, que não tem nada para fazer e nenhum lugar para ir, é como encontrar um tesouro enterrado. Não posso apenas deixá-lo ali e ir embora.

Talvez devesse avaliar os riscos, me lembrar de todas as coisas sobre as quais fui advertido, levar em consideração o que tenho a perder. Sei que isso é o que David faria se estivesse comigo, mas eu não sou esse tipo de pessoa, nem quero ser. Mistérios devem ser solucionados, muros devem ser escalados, esconderijos secretos devem ser explorados. É simplesmente assim que as coisas são.

Coloco a lanterna no bolso e deslizo para dentro do bueiro. O primeiro nó está além do alcance dos meus pés, então aperto a corda entre meus joelhos e vou descendo lentamente, segurando com as duas mãos até chegar a um nó sobre o qual posso me apoiar. Depois disso é fácil manobrar até o fundo, indo de nó em nó. Mal estou começando a aproveitar a descida quando chego ao chão e percebo que queria que o buraco fosse mais fundo.

A terra no fundo é mais macia e escura do que na superfície, fria ao toque da palma da minha mão. Sinto um cheiro de mofo, como uma bolsa cheia de uniformes de futebol suados esquecidos. Ligo a lanterna e imediatamente vejo que minha suspeita estava correta. O buraco é mais do que um buraco. É um túnel, sustentado por estacas de madeira áspera e pranchas finas que parecem ter saído de caixotes de transporte. Na maior parte, no entanto, é apenas um tubo de terra fino, mas aparentemente infinito, desaparecendo à minha frente, escuridão adentro, na direção do Muro.

Agora tenho uma escolha. Posso subir de volta, pegar minha bola de futebol e seguir para casa; ou posso atravessar o túnel. Sei o que deveria fazer. Sei o que qualquer outro garoto em Amarias faria. Mas, do meu ponto de vista, essas são as duas melhores razões que poderiam existir para eu fazer justamente o contrário.

Eu moro em Amarias desde os 9 anos e, nesses quatro anos, nunca estive do outro lado. O Muro é mais alto do que a casa mais alta da cidade. Se quisesse olhar por cima dele, teria que subir nos ombros de um homem que estivesse em cima de outro homem que estivesse em cima de outro homem que estivesse em cima de outro homem. Dependendo da altura deles, poderia até precisar de mais um. Essa oportunidade ainda não apareceu.

O Muro foi levantado para impedir que as pessoas que vivem do outro lado detonem bombas, e todos dizem que ele tem feito um excelente trabalho. A maioria das pessoas que trabalha nas construções em Amarias é do outro lado do Muro e, se você for de carro até a cidade, verá muitas pessoas que parecem ter saído desses vilarejos, mas, apesar disso, embora estejam vivendo ao seu lado, é como se elas não estivessem realmente ali, porque O Muro, os postos de controle e os soldados que estão por todos os lados são uma lembrança constante, mas é como se fossem quase invisíveis.

Achei que nunca veria uma cidade além do Muro até estar no serviço militar, mas, agora, olhando para essa coluna de ar mofado, percebo que em cinco minutos poderia colocar minha cabeça para fora e espiar o que há lá. A alternativa é esperar mais cinco anos até meu alistamento.

As pessoas ficam histéricas sobre o que há do outro lado, mas os adultos não conseguem não exagerar. Estão sempre tentando fazer você acreditar que um cigarro vai matá-lo, que atravessar a rua é tão mortal quanto fazer malabarismo com facas, que andar de bicicleta sem capacete é praticamente suicídio, e nada disso é verdade. Quão perigoso poderia realmente ser passar lá e dar uma rápida espiada? E quão frustrado vou me sentir amanhã se voltar à superfície agora e for para casa?

Parece loucura, mas não sinto medo quando decido levar a ideia adiante. Francamente, é a única decisão lógica. Se você tem a chance de desvendar um segredo e vai embora sem dar uma olhadinha, há algo errado com você.

A lanterna ilumina alguns metros de túnel à minha frente, porém não mais do que isso. Olho para cima uma última vez e vejo, como se através de um telescópio, um disco de céu azul com um pequeno tufo de nuvem vagando ao redor dele.

Vou engatinhando, balançando a lanterna à minha frente, tentando me acostumar à forma como ela produz apenas um feixe estreito de luz cercado de uma escuridão densa e aveludada por todos os lados. No início, parece quase um truque de mágica, a forma como os objetos desaparecem no instante em que você afasta a lanterna deles. Então penso em como é esquisito viver numa cidade e talvez passar a vida toda sem nunca ver a verdadeira escuridão. Amarias está constantemente iluminada, com luzes alaranjadas no alto de postes que ficam acesas a noite toda e com refletores no posto de controle.

Uma última preocupação estala em minha cabeça. Pego o telefone em meu bolso e aperto um botão para iluminar a tela.

No fundo daquele buraco há apenas uma barra de sinal. Solto a lanterna e escrevo uma rápida mensagem de texto para minha mãe: "Jogando futebol com David. Volto mais tarde."

Segurando a lanterna com a mão direita, a esquerda empurrando a terra úmida, começo a seguir adiante. O som no túnel é ao mesmo tempo estranhamente alto e perturbadoramente baixo. Não consigo ouvir absolutamente nenhum som do exterior, mas todo movimento que faço parece reverberar nas paredes e voltar a mim, como se tivesse sido amplificado. O som da minha mão e da lanterna arranhando o solo; meus sapatos se arrastando atrás de mim; minha própria respiração ofegante; tudo isso parece ribombar ao meu redor como um eco estático que se silencia apenas quando paro de me mover. Mesmo assim, é como se eu pudesse me ouvir engolir em seco e piscar.

O medo parece sair da terra e penetrar em meu corpo, como café encharcando um torrão de açúcar. Enquanto a tensão aperta meu coração e pesa em meus pulmões, tento imaginar que meu verdadeiro eu está em outro lugar, lá no alto sob a luz do sol, calmo e em segurança. Finjo que há duas versões de mim, uma no túnel, outra me encorajando lá de cima. Quanto mais penso nisso, mais fácil fica imaginar, como um corte transversal na terra: estou atravessando um túnel horizontal ajoelhado, então uma camada de terra acima disso, e outro eu sobre isso, andando de maneira análoga, caminhando pelos jardins da casa demolida, chegando cada vez mais perto do Muro e, a qualquer momento, simplesmente atravessando-o como um fantasma até o local desconhecido do outro lado.

É uma ideia estranha: não apenas atravessar O Muro, mas também o conceito de acima e abaixo envolvido. Normalmente, o mundo apenas parece uma pele lisa sobre a qual você caminha, então de vez em quando você se lembra de que cada lugar é mais do que apenas um pedaço de terra, porque também há o ar acima dele e o solo abaixo dele. Cada ponto é, na verdade, uma coluna indo até o magma no centro da Terra e subindo até o céu e além, eternamente. As pessoas se esquecem de que, quando você está num andar mais alto, está na verdade parado sobre as pessoas nos andares inferiores. Pensar constantemente sobre isso torna tudo realmente bizarro. Se chãos e tetos tivessem que necessariamente ser feitos de vidro, as pessoas ficariam loucas. Ninguém seria capaz de aceitar isso e todos acabariam vivendo em bangalôs.

É bom ter coisas assim em que pensar quando você está fazendo algo assustador, porque não faço ideia de quanto tempo já estou rastejando, ou que distância percorri, no momento em que minha lanterna ilumina algo branco acinzentando. Paro e estico a lanterna à minha frente, olhando atentamente na escuridão, apertando os olhos para tentar distinguir um formato reconhecível no borrão de cor.

Mais um metro rastejando me dá a resposta. É uma corda. Cheguei ao fim do túnel. Estou do outro lado.

"Você conseguiu!", penso comigo mesmo numa voz militar ribombante. "Uma missão ousada e arriscada executada com determinação, coragem e habilidade." Se eu aceitasse medalhas, concederia uma a mim mesmo bem ali naquele momento. Na verdade, odeio medalhas. Meu pai ganhou uma. Minha mãe a escondeu em algum lugar, eu nem quero saber onde.

Tudo de que preciso é espiar o exterior. Depois, posso ir para casa. Seguro a corda e dou um puxão, conferindo se está firmemente presa, então apago a lanterna e a coloco em meu bolso de trás. Na escuridão total, um nó de cada vez, começo a subir.

A tampa da abertura trepida com um toque delicado. É feita de metal, porém é mais fina e leve do que a da entrada. Ou talvez essa seja a entrada. Isso tudo depende de para quem foi construído o túnel e por quê.

Delicadamente empurro a tampa para um lado, criando uma abertura grande o suficiente para minha cabeça, então levanto meus pés até o próximo nó. Tudo que preciso fazer agora é esticar as pernas e minha cabeça vai ficar para fora, me oferecendo a primeira vista do outro lado.

Saio num beco entre um prédio de concreto caindo aos pedaços com janelas tampadas com tijolos e O Muro, que desse lado parece irreconhecível. É do mesmo tamanho, obviamente, e feito do mesmo concreto, mas, ao contrário da superfície pintada uniformemente de cinza com a qual estou acostumado, esse lado é completamente coberto nos dois primeiros metros de sua altura por pichações: uma mistura de desenhos, slogans e rabiscos aleatórios. Nada está na minha língua, então não sou capaz de ler uma palavra sequer. Uma imagem de uma enorme chave antiquada é repetida numa longa linha acima do texto, vinte ou trinta vezes, tão alto que deve ter sido necessária uma escada para fazer aquilo.

Em uma das pontas do beco, uma cerca de arame alta bloqueia o caminho na direção do que parece ser ou um terreno baldio ou um jardim abandonado. Na outra direção, minha visão é obstruída por um par de grandes latas de lixo, mas consigo ver alguns pés se movendo e uns poucos carros passando. Esse é o caminho para a cidade, mas a saída (ou entrada) do túnel está instalada de modo que você possa entrar e sair sem ser visto da rua. Checo novamente se ninguém pode mesmo me ver, girando minha cabeça em todas as direções, então empurro a porta do túnel para o lado e saio de dentro do buraco. Assim que fico de pé, empurro com meus pés a tampa de volta por sobre o túnel.

Fico totalmente imóvel, sem ousar me mexer. Por uma fresta entre as latas de lixo posso ver um pouquinho do que parece ser uma vida normal: carros, motocicletas, pedestres, pessoas andando para lá e para cá fazendo coisas que as pessoas normalmente fazem, carregando sacolas plásticas, empurrando crianças em carrinhos, batendo papo, perambulando pelas ruas. Mas, mesmo por essa pequena fresta, posso ver algo fundamentalmente diferente das coisas com as quais estou acostumado. Talvez seja a pressa, o barulho, as multidões; ou a aparência das pessoas e as formas de andar, como conversam entre si e o que estão vestindo; talvez seja o estranhamento de saber que a anormalidade desse local está apenas na minha cabeça, no fato de aquilo não me ser familiar. São pessoas comuns vivendo um dia comum no que é para elas uma cidade comum, mas parece que minha curta jornada através do túnel me transportou para mais longe de casa do que jamais estive, e essa espiadela, esse pequeno recorte da realidade, simplesmente não é suficiente.

Eu me aproximo das latas de lixo e me enfio na fresta apertada entre elas, apenas o suficiente para ver o que há fora do beco. O caminho leva a uma rua através de uma abertura estreita entre dois prédios altos de concreto, as paredes rajadas com manchas verdes e marrons. Olho fixamente, mantendo o corpo escondido pela sombra, observando e escutando, chegando para a frente lentamente, aumentando meu campo de visão. Sei que deveria dar meia-volta e retornar diretamente à segurança, mas o que estou vendo me prende ali, e fico observando. Esse lugar exala algo que não sei dizer exatamente o que é, uma sensação de pressa e vida que parece ser o que falta às ruas recém-construídas, silenciosas e limpas de Amarias.

Depois de um tempo, chego à esquina e me permito olhar rapidamente nas duas direções — duas fotos instantâneas desse mundo próximo-porém-distante. Fileiras de lojas e banquinhas se amontoam ao longo da rua, tudo misturado. À minha frente, um homem de casaco de ginástica está parado ao lado de um carrinho de madeira com uma pilha alta de cigarros. Atrás dele há um mercado, com sacos de feijão, lentilha, grão-de-bico, cuscuz e arroz enfileirados na calçada, debaixo de caixas de beringela, pimentão, batata, couve-flor e limão. Mais adiante na rua, uma mulher idosa usando um lenço preto na cabeça está sentada num engradado de plástico atrás de uma pilha de ovos que chega até a sua cintura, mas o espaço na calçada é compartilhado com uma variedade de assentos de automóveis, molas, dentes de engrenagem e eixos, tudo saindo de uma oficina mecânica. Ainda mais adiante, há outras fileiras de homens e mulheres idosos sentados atrás de pequenas pilhas de verduras, misturados a sujeitos mais jovens vendendo celulares e acessórios com pedras falsas incrustadas.

Em frente ao beco há uma padaria com uma grande placa pintada à mão, mostrando uma fatia de torta verde com asas voando por um céu azul-elétrico. Na janela há um monte de pães ovais em forma de laço, como roscas alongadas, e folhados amarelos em formato de estrelas.

Na outra direção, há um açougue com três carcaças inteiras quase tão grandes quanto eu penduradas em ganchos e, do lado de fora, dois sujeitos de meia-idade estão sentados atrás de uma bandeja de madeira apoiada em cavaletes baixos, expondo pulseiras, grampos de cabelo e sapatos de bebês. Mais adiante há banquinhas de frutas e doces bloqueando a entrada de uma marcenaria barulhenta na qual dois homens, escondidos por nuvens de poeira, operam uma serra circular cercados por pilhas de portas. Enquanto observo, dois adolescentes passam por ali, arrastando um enorme bujão de gás. Um carrinho de madeira coberto por uma cambaleante pirâmide de laranjas os segue de perto. O lamento fúnebre de uma voz solitária acompanhada por um arranjo de violinos está descendo a rua, se chocando com um discurso intimidador retumbando dos alto-falantes distorcidos de um rádio mal sintonizado.

Ao lado da padaria, um velho homem com gorro de crochê branco está sentado em um banco de plástico num vão de porta estreito, abrindo e fechando um isqueiro, observando tudo sem parecer entediado nem interessado.

Nada, em si, é particularmente estranho, mas aquilo tudo, quando absorvido em conjunto, torna aquela rua a mais espantosa que já vi e, ao mesmo tempo, sedutoramente viva e estranhamente deprimente. Não há revestimento na calçada e o asfalto na rua é velho, rachado e salpicado de poças estagnadas. Os prédios não parecem construídos adequadamente, com cabos e canos pendurados para fora, em lugares estranhos. Muitos parecem inacabados, com tufos de barras de ferro brotando dos tetos. Quase nada está pintado, e todas as lojas estão espalhadas pela calçada, como se não houvesse uma diferença clara entre interior e exterior. Nenhum dos pedestres que circulam parece achar nada disso ao menos levemente esquisito.

Olhando fixamente para esse cenário misterioso de estranheza e normalidade, esqueço minha intenção de espiar e ir embora. Mesmo quando um casal nota minha presença e fica olhando fixamente para mim durante um tempinho, sigo adiante, meus pés ainda são muito lentos para que eu me vire e volte. Então avisto um grupo de quatro garotos atravessando a rua na minha direção, vindo diretamente para cima de mim, bem rápido. São grandes, pelo menos um ou dois anos mais velhos do que eu, e os olhos deles parecem estar brilhando com uma intensidade estranha, cintilando com empolgação enquanto se aproximam de mim.

Giro em meus calcanhares e disparo pelo beco. Ouço os passos deles acelerarem enquanto me perseguem, os gritos furiosos explodindo, ecoando na coluna de ar abafado. Não consigo entender as palavras, mas obviamente não estão me dando uma saudação amistosa.

Com o coração batendo tão rápido que parece estar esmurrando minha caixa torácica, passo pela fresta entre as latas de lixo. Posso ver que chegarei ao túnel antes dos garotos, mas, se descerem atrás de mim, o que pode acontecer?

Meus pés dão um forte impulso no solo empoeirado e corro para longe das latas de lixo, disparando na direção da minha rota de fuga, mas de repente vejo que não estou sozinho. Há um garoto parado em cima da entrada do túnel. Seus braços estão cruzados sobre o peito e seus pés estão plantados firmemente sobre o alçapão. Ele é da minha altura e parece magro mas forte. Apesar de estar bem-vestido, com um uniforme de escola limpo, só a forma como está parado o faz parecer o tipo de rapaz que sabe desferir um soco.

Eu paro a apenas alguns passos do túnel. Ele olha fixamente para mim, seu olhar duro e triste, como se compreendesse exatamente quem sou e o que quero e, com uma expressão quase arrependida, balança a cabeça levemente. Ele não vai se mover. Não vai me deixar entrar no túnel.

Eu poderia tentar empurrá-lo para longe, mas, se ele revidar, estou perdido. Os quatro garotos que estão me seguindo já estão passando entre as latas de lixo. Eles me alcançarão em questão de segundos.

Há apenas uma rota de fuga: seguindo além do túnel, até a cerca de arame. O garoto olha para mim, impassível, e começo a correr novamente, disparando da única forma que posso pelo beco na direção de sabe-se lá o quê. Se não conseguir pular a cerca, não faço ideia do que esses garotos farão comigo. Será grave, mas quão grave? Nunca briguei de verdade antes e agora sei que estou prestes a ser espancado — socado e chutado, no mínimo — por uma gangue de garotos maiores, mais velhos e mais fortes do que eu, que me odeiam apenas por eu ser quem sou, por vir do outro lado do Muro.

Ainda que consiga escapar dos garotos, precisarei encontrar uma forma de voltar ao túnel. Se me perder, estou em sérios apuros. Pode haver adultos aqui que querem me machucar ainda mais do que esses garotos. Quando minhas mãos batem no arame da cerca, me obrigando a parar imediatamente, passa pela minha cabeça que eu talvez nunca chegue em casa.

Seguro firme e começo a escalar. Nas duas primeiras tentativas, escorrego e não consigo subir muito. Apenas a ponta dos meus tênis cabem nos quadrados inclinados de arame que formam a cerca, e meus dedos sozinhos não são fortes o bastante para suportar meu peso.

O bando está mais próximo agora, passando pelo garoto parado no alçapão, disparando na minha direção, ainda gritando. Há um tom de triunfo em seja lá o que estejam dizendo. Sabem que me encurralaram.

Desesperado, tiro os tênis com os próprios pés e começo a escalar novamente. Agora consigo prender meus dedões nos buracos da cerca. O arame afunda na minha pele, mas subo pela cerca usando toda minha força, exatamente quando os garotos me alcançam. Eles pulam e alcançam meus tornozelos, e um deles consegue me agarrar, me puxando para baixo, em sua direção. Seu puxão arranca meu outro dedão de seu apoio da cerca e, por um momento, fico pendurado apenas pelas minhas mãos. Tenho apenas alguns segundos restantes de força para suportar o peso do meu corpo, mas minha queda parcial faz com que o garoto solte meu tornozelo. Enfio meus dedões dos pés novamente na cerca e continuo escalando, o mais rápido que consigo, o que faz a cerca balançar e estalar com o meu peso.

Parece que apenas um momento depois chego ao topo, passo por cima da cerca e me jogo do outro lado. Minha aterrissagem é forçada, derrapo no solo pedregoso e caio de costas no chão. Quando olho para cima, vejo que dois dos quatro rapazes estão pulando a cerca atrás de mim, mas o tamanho deles dificulta a missão, e eles são mais lentos do que eu, então ainda estão do outro lado, na metade da subida.

Quando eu me levanto, percebo que agora estou próximo o suficiente para esticar o braço e tocar os dois garotos que desistiram da escalada. Os olhos deles brilham de ódio através da cerca. Tento pensar no que poderia dizer para fazê-los perceber que não vale a pena me odiarem — que não tenho nada contra eles, que sou apenas um garoto que nunca fez nenhum mal a ninguém —, mas nenhuma palavra se forma em minha cabeça. Por um instante acho que um deles vai falar alguma coisa, então uma substância espumosa e branca voa de sua boca na direção do meu rosto. Só tenho tempo de piscar — de ver o formato pegajoso girando no ar —, mas não de me esquivar, e acabo sendo atingido.

Eu me viro e corro, limpando com a mão a saliva viscosa e quente em meu rosto. A pequena extensão de terra aberta, que agora vejo ter videiras secas e abandonadas, me leva até uma bifurcação. Sigo cegamente pela direita, correndo por uma rua estreita de casas baixas de concreto, desviando de grupos de crianças e passando entre varais baixos. Todos param o que estão fazendo e olham para mim quando passo correndo.

Posso sentir o chão áspero e pedregoso cortando as solas dos meus pés a cada passo, mas não há tempo para desacelerar ou escolher o melhor local para cada passada. Corro em zigue-zague o mais rápido que posso, virando em todas as esquinas, mas, toda vez que diminuo o ritmo achando ter escapado, escuto novamente os gritos dos garotos que estão me perseguindo.

Minhas coxas logo gritam, desesperadas por descanso, os músculos parecendo endurecer e engrossar em volta dos meus ossos. Minha garganta se aperta até se transformar num cano estreito e ardente, deixando passar apenas fiapos desfalecentes de ar para meus pulmões ofegantes.

Sigo em frente o mais rápido que consigo, até que, depois de algum tempo, percebo que minhas pernas não podem mais me carregar. Cambaleio até parar e escuto atentamente. Por um instante, apenas silêncio. Meus batimentos cardíacos parecem estar martelando em meu corpo, nas pontas dos meus dedos, no meu pescoço, nas minhas têmporas, como se todas as partes do meu ser estivessem se expandindo e se contraindo para bombear o sangue. Não escuto nenhum grito, nenhum barulho de passos em disparada, mas eles não podem ter ficado muito para trás. Minha última esperança é me esconder, e tenho apenas alguns instantes para sumir de vista.

Olho ao meu redor na rua estreita e vejo uma motocicleta preta estacionada em frente a uma parede, com um pouco de espaço atrás dela. Está longe de ser o esconderijo perfeito, mas é minha única opção.

Com um salto entro no vão e me espremo todo ali, me curvando até ficar em posição fetal. Assim que me ajeito o melhor que posso, fico totalmente imóvel e respiro da forma mais regular e silenciosa que consigo, lutando para domar as insistentes arfadas dos meus pulmões.

Uma campainha repentina em meu bolso perfura o ar. Pego meu telefone. Há uma mensagem de texto na tela. "OK. Divirta-se. Bjs, mamãe."

Meu telefone! Será que existe alguém que eu possa chamar para me ajudar? Quem poderia contatar? Como descrevo este lugar, quando nem eu mesmo sei onde estou? Independentemente do que possa fazer, neste momento não devo fazer qualquer barulho, muito menos uma ligação, ou correr o risco de que o telefone toque. Com meu polegar tampando o alto-falante, eu o desligo.

Parece bizarro que essas palavras possam sair de um poste em algum lugar do outro lado do Muro e me encontrar aqui, abaixado atrás de uma motocicleta. Pensar na minha mãe, provavelmente parada em frente ao fogão, digitando essa mensagem, cria um nó na minha garganta e faz meus olhos arderem. Posso ver a cena: as panelas borbulhando na frente dela, a curvatura de seu pescoço, a testa levemente franzida enquanto briga com os botões minúsculos. É possível que eu nunca mais ponha os pés naquela cozinha, que neste exato momento ela esteja preparando a última refeição que vai servir para mim e que nem vou provar.

Enquanto me contorço para colocar o telefone em meu bolso, vejo algo surpreendente e assustador diretamente em cima de mim. Há uma menina debruçada numa janela, e seus grandes olhos castanhos me encaram. Se a tivesse visto antes, teria desistido desse local imediatamente, mas agora é tarde demais para mudar de ideia. Ela está usando um uniforme de escola cinza e roxo e não parece mais velha do que eu, mas seu cabelo está dividido em duas tranças, uma de cada lado da cabeça, o que a faz parecer bem mais nova. Suas sobrancelhas estão juntas, formando uma expressão de divertida perplexidade.

Durante um momento estranhamente longo, nós nos olhamos: a garota debruçada na janela, eu escondido atrás da motocicleta. Com os olhos, imploro a ela que não me entregue. Levo o dedo indicador aos lábios, exatamente no momento em que ouço o som de quatro pés disparando na minha direção, tão próximos que partículas de terra atingem os raios da roda da motocicleta. Eu me encolho e pressiono meu corpo no chão, torcendo para que os garotos continuem correndo.

Eles passam direto sem me ver, mas antes que os passos se silenciem, eu os ouço desacelerar, então parar. A rua logo depois da motocicleta tem uma bifurcação. Ouço os dois trocando algumas palavras, então eles se viram e voltam na minha direção. Sinto algo dentro de mim ceder, um colapso interno de coragem e esperança que faz o chão parecer se abrir sob meu esconderijo, me jogando em queda livre.

Escuto os garotos falando novamente, suas vozes estão mais altas, e seus pés, a menos de um metro de mim, mas o idioma ainda é incompreensível. Então ouço outra voz: é a menina. Pelos gestos e pela entonação, está claro o que está sendo dito. Eles querem saber se ela me viu e para onde fui.

Sem abaixar os olhos na minha direção, ela aponta para uma das ruas, parecendo entusiasmada e sanguinária, balançando o dedo enfaticamente, como se os encorajasse a se apressar. Eles nem mesmo esperam a menina acabar de falar para sair correndo.

Ela observa enquanto eles se distanciam sem nem mesmo olhar para baixo. Depois que o som dos passos dos garotos se silencia, ela abaixa os olhos e me dá o que é quase um sorriso. Olho para ela, exausto e confuso demais para retribuir o sorriso.

Ela gesticula para que eu me levante, então lentamente estico o corpo, agachando por um momento atrás do banco para ver com meus próprios olhos se os garotos sumiram. Quando eu me levanto, minhas pernas estão rígidas e doloridas e olho para a menina pela janela aberta. Ela tem um rosto bonito e amigável, com lábios carnudos e largos e dentes frontais proeminentes, como se sua boca tivesse sido feita para uma cabeça um pouco maior. Seus olhos têm um círculo de grãos negros no perímetro das grandes íris castanhas, como o local de uma pequena explosão. São os olhos de alguém que pensa rápido.

Ela diz algo para mim, mas não consigo entender. Minha boca parece incapaz de formar um sorriso ou dizer qualquer palavra de agradecimento. Então, sem qualquer aviso, ela fecha a janela na minha cara e desaparece.

Olho ao meu redor. Estou completamente perdido. Não faço ideia de como cheguei a este local, ou como vou embora daqui. Não demorará muito para que os garotos, percebendo que foram mandados para a direção errada, voltarem. Por um momento, penso se deveria me abaixar atrás da motocicleta novamente ou se é inútil adiar o inevitável por mais tempo. Talvez devesse apenas ficar em pé ali e deixar que eles me encontrassem.

Uma porta faz barulho e se abre, então a menina aparece novamente, na entrada da sua casa. Ela diz mais algumas palavras para mim, com urgência dessa vez, mas ainda não consigo compreender. Dou de ombros e ela respira fundo. Formando cada sílaba cuidadosamente, ela fala mais uma vez, dessa vez na minha língua.

— Entre — diz ela.

Olho para ela sem entender.

— Rápido — fala ela. — Eles podem voltar.

Eu saio de trás da motocicleta me arrastando, quase derrubando-a, e sigo a garota até entrar na casa. Assim que estamos do lado de dentro, ela fecha e tranca a porta atrás de nós.

Tento agradecer, mas, quando abro a boca, meu queixo começa a tremer, e essa sensação faz com que meus joelhos decidam que, também, se esqueceram de como devem se comportar. Com as pernas bambas, percebo que não conseguirei ficar de pé por muito mais tempo. Apoio minhas costas na porta e deslizo até o chão. Sem saber realmente como isso aconteceu, me vejo sentado sobre os ladrilhos do hall de entrada da casa daquela menina.

Ela indica com as mãos que devo permanecer onde estou e some, voltando alguns minutos depois com um copo d'água. Não sei se é seguro beber a água desse lado do Muro, mas não quero parecer ingrato e estou desesperado de sede, então viro o copo inteiro em um grande gole. Enquanto lhe devolvo o copo vazio, percebo que recuperei a habilidade de mover voluntariamente meu rosto e estico meus lábios num sorriso de gratidão, ao mesmo tempo preocupado que aquilo possa ser interpretado como uma careta de dor. Sinto que preciso de um espelho para me assegurar de que minhas feições estão fazendo o que acho que estão fazendo.

Ela pega o copo da minha mão, nossos dedos se roçam por um instante. Os meus estão pretos de sujeira, os dela estão limpos e são longos, as unhas impecavelmente pintadas num tom escuro de vermelho-sangue. É uma combinação estranha: essas mãos adultas e aquele cabelo infantil. Seus pés descalços se movem silenciosamente sobre os ladrilhos enquanto ela se afasta, e depois volta com o copo novamente cheio. Engulo tudo aquilo, mais uma vez, num único grande gole.

Sem fazer mais do que levantar uma sobrancelha, ela me oferece outro copo. Eu sorrio e balanço a cabeça, mais confiante dessa vez que meu sorriso realmente é um sorriso.

Esse terceiro copo eu bebo mais lentamente. Consigo, inclusive, dizer obrigado.

— Não há de quê — diz ela.

— Por me salvar, eu quis dizer.

— Não há de que também — fala ela.

Sua voz é mais grave do que o esperado para uma menina do seu tamanho, seu sotaque carregado e gutural, porém fácil de entender. Ela dá um espaço entre palavras, pronunciando cada uma como se fosse uma peça de um quebra-cabeça sendo encaixada no lugar.

— É muita gentileza da sua parte — afirmo. — Quero dizer, mais do que gentileza. Não sei qual é a palavra. Eles iam... Não sei...

Não consigo terminar a frase. Não quero imaginar o que teriam feito comigo.

— Odeio aqueles garotos. Eles são valentões. Bateram no meu primo.

A testa dela se enruga com raiva, seus lábios se unem num bico ressentido.

— Você acha que eles vão voltar? — pergunto.

— Não sei.

— Eu quero... Eu quero... — Não consigo fazer a palavra seguinte sair. A sensação de vê-la sendo formada em meu cérebro até chegar à minha língua faz meu queixo ter espasmos novamente. Faço uma pausa, respiro fundo, então tento soltar a frase inteira de uma vez. — Quero ir pra casa.

Olho para dentro do meu copo e bebo um gole de água. Há um padrão verde de redemoinhos cobrindo o copo; a borda é dourada. Uma gota de suor escorre pelas minhas costas. Começo a tremer, sem saber se estou com calor ou com frio. Percebo que posso sentir um bafo azedo, com cheiro de carne, vindo do resíduo do cuspe do garoto em minha bochecha. O fedor daquilo faz com que eu me lembre da expressão em seu rosto quando ele cuspiu — um ódio puro que eu nunca tinha visto antes, muito menos direcionado a mim —, como se, caso não houvesse aquela cerca entre nós, ele fosse cair em cima de mim e me partir ao meio.

Mergulho meus dedos na água e os passo na minha bochecha e na minha pálpebra. Minha mãe pode ter ligado para a mãe do David a essa altura e descoberto que não estou com ele. Pode ter telefonado para a escola, também, para checar se eu tinha saído na hora certa. Ela provavelmente vai perceber que algo aconteceu, que estou desaparecido, mas nem mesmo seus piores pesadelos contam com a possibilidade de eu estar aqui.

Não estou, na verdade, muito longe dela. Provavelmente apenas a algumas centenas de metros. Mas estou em outro mundo.

— Vou tentar ajudar você — diz ela —, mas temos que ser rápidos. Antes que meu pai chegue em casa.

— Certo — falo, enquanto tiro o telefone do bolso da minha calça. — Obrigado. Posso telefonar?

— Telefonar pra quem?

— Pra casa. Eles podem mandar alguém me buscar. Preciso de um endereço.

— Mandar quem?

— Não sei. Soldados, talvez.

— O Exército?

— Sim.

— Aqui?

— Sim. Só pra me buscar.

— Não! Não, não, não. Aqui não.

— Por quê?

— Guarda isso! Guarda isso!

Coloco o telefone de volta em meu bolso.

— Mas...

— Você consegue ficar em pé? — pergunta ela.

Empurro meu corpo e me levanto com dificuldades. Minhas pernas estão doloridas e fracas, elas mal têm força suficiente para suportar meu peso. A garota se virou e está olhando dentro de um armário. Este cômodo, com seu chão de ladrilhos rachados coberto parcialmente por um tapete gasto, parece ser todo o apartamento. Há uma área reservada à cozinha no canto, uma mesa de madeira com cinco cadeiras frágeis em volta e um pequeno sofá que parece estar caindo aos pedaços. Todo o espaço apertado e escuro não é muito maior do que o meu quarto.

Há várias fotografias nas paredes, algumas emolduradas, outras apenas coladas; algumas recentes, outras velhas e desbotadas. Mesmo de relance, é possível reconhecer os mesmos rostos em diferentes estágios da vida — sentir uma família crescendo em número ao longo do tempo. A moldura mais ornamentada é a de um velho retrato em preto e branco de um casal de aparência severa sentado em frente a uma casa grande e elegante, com quatro crianças usando roupas chiques e posando de forma rígida em volta deles. A cabeça da criança mais nova está borrada, virada tanto para a frente quanto para o lado.

Quando a menina se vira novamente para mim, segurando um lenço com um padrão intricado em preto e branco, percebo um monte de colchonetes empilhados debaixo da janela.

— Você dorme aqui? — pergunto, percebendo, assim que as palavras saem, que não escondi a surpresa em minha voz.

— Ali — responde ela, apontando para um espaço no chão, aparentemente sem se sentir ofendida pela pergunta ou nem mesmo notando o tom da minha voz. Então acho que talvez ela tenha entendido, porque me olha atentamente em busca de uma reação enquanto complementa: — E minha mãe, meu pai e meus irmãos.

Tentando não mover nenhum músculo em meu rosto, apenas balanço a cabeça.

— Onde estão todos eles?

— Saíram. Mas voltarão logo, então temos que ser rápidos. Isso é do meu pai — diz ela, me entregando o lenço. — Tenha cuidado com ele.

Pego o lenço, sem saber muito bem o que ela quer que eu faça com ele. Fico parado ali por um momento, sentindo o cheiro de cigarro velho no algodão macio. Ela se aproxima de mim e cobre minha cabeça e meus ombros com ele.

— Onde estão seus sapatos? — pergunta ela.

— Tive que tirá-los pra pular uma cerca.

— Seus pés estão bem?

— Não sei. Não quero olhar.

— Estão doendo?

— Estão ardendo, mas está tudo bem.

Só de pensar neles sinto pontadas de uma nova dor correndo pelas minhas pernas.

— Talvez possa te emprestar um par de sandálias.

A voz dela parece relutante. Sei que deveria recusar, mas a ideia de sair novamente sobre as solas nuas e feridas dos meus pés é terrível demais. Dou de ombros e ela se afasta, voltando com um par de chinelos de plástico e espuma, bem maior que meus pés, que ela posiciona à minha frente. O interior das solas está afundado e amaciado no contorno exato dos pés do irmão dela, incluindo cada dedo.

Agora que os vi, quase quero mudar de ideia e recusar, mas sei que não posso. Posiciono meus pés relutantemente sobre eles.

— Agora você está bem — diz ela. — Não muito estranho.

— Obrigado.

Ela sorri para mim e me pego sorrindo para ela. Não sei bem por quê. Fico nervoso com a ideia de sair daquela casa.

— Como você chegou até aqui?

— Por um túnel — respondo, me perguntando, assim que as palavras saem da minha boca, se aquilo é algo que eu deveria admitir.

— Onde?

— Não sei.

— Você não sabe?

— Sei onde fica do outro lado, mas nesse lado é um borrão. Eu saí do buraco, e logo depois aqueles garotos começaram a me perseguir. Simplesmente saí correndo. Não consigo me lembrar da rota. Foi um longo caminho.

— Não posso levar você ao posto de controle. Não tenho permissão pra me aproximar do posto de controle.

— Você pode me dizer onde fica?

— Está fechado agora. Não faz sentido.

— Eles me deixariam passar.

— Você não vai conseguir chegar perto o suficiente.

— O que quer dizer com isso?

— Você nunca viu um posto de controle?

— É claro que sim.

— Você nunca passou por um?

— Claro. Eles apenas acenam pra gente passar.

— Bem, não desse lado.

— Mas eles vão ver quem eu sou. De onde sou.

— Não vão, não. Eles não vão ver você, e você não vai ver ninguém. Quando está fechado, está fechado. Apenas cercas de arame farpado. Não há ninguém com quem falar e, se você acha que pode simplesmente se aproximar de uma das casamatas a pé, então você é realmente maluco.

Eu quase lhe pergunto o que poderia acontecer, mas percebo que não preciso. Então, num estalo, me lembro de algo:

— O túnel! Fica perto de uma padaria com uma foto de uma fatia de torta voadora.

— Sei de que lugar está falando. É perto daqui. Você deve ter corrido em círculo.

— Se você conseguir encontrar a padaria, posso chegar ao túnel de lá.

— Certo. Vamos lá.

Em um instante, ela sai pela porta. Eu me esforço para alcançá-la e manter seu ritmo veloz, porém sem pressa.

— Atrás de mim — exclama ela. — Não estamos juntos.

Deixo que ela se distancie e a sigo, alguns passos atrás dela, acompanhando seus movimentos com o rabo do olho para não parecer que estou seguindo-a. Parcialmente escondido pelo lenço, e sem ninguém correndo atrás de mim, percebo que na verdade é bem fácil caminhar por essas ruas sem ser notado. Pareço um pouco diferente, mas não muito, e, pelo visto, mesmo que as pessoas possam dizer que sou do outro lado do Muro, ninguém está particularmente interessado nisso. Algumas pessoas notam minha presença, registrando uma surpresa contida por ver alguém como eu usando um lenço e andando por essas ruas que não são o meu lugar, mas ninguém fala comigo ou tenta se meter no meu caminho.

Depois de dobrar algumas esquinas desde a casa da menina, chegamos a uma rua movimentada, esbarrando em outras pessoas enquanto seguimos por uma calçada lotada. As lojas estão todas iluminadas agora, a maioria apenas por lâmpadas penduradas em fios elétricos expostos, e há certo alvoroço no ar, porque as pessoas estão voltando para casa do trabalho, parando para comprar coisas para o jantar: mulheres apertam e cheiram verduras, pechincham, fofocam com as amigas e os donos das lojas. Tudo parece estranhamente normal, porém exótico, e é esquisito pensar que esse lugar sempre esteve aqui, tão movimentado e vivo; tão próximo mas invisível. Sou atingido novamente pelo burburinho, um zumbido de atividade que você nunca vê nas ruas silenciosas e espaçosas do meu lado do Muro.

A menina para e aponta para o outro lado da rua. Sigo seu dedo na direção da placa da torta voadora.

— Você sabe para onde ir? — pergunta ela.

Olho para o que está em frente à padaria e vejo o beco onde fiquei parado observando esta mesma rua há tão pouco tempo.

Balanço a cabeça.

— Obrigado — agradeço. — Eu... Eu acho que você salvou a minha vida.

Ela balança a cabeça em resposta, me disparando um olhar breve, porém poderoso, como se estivesse prestes a dizer algo, então gira sobre os calcanhares para ir embora. Sem pensar, me estico e seguro seu braço. Não posso deixá-la desaparecer tão repentinamente.

— Espera — digo. — Quero te dar uma coisa. Estou te devendo.

Ela olha fixamente para mim com seus olhos hipnotizantes e brilhantes, um olhar que me penetra com tanta força que é difícil não desviar os olhos. Por um longo tempo, parece propensa a falar, mas novamente nenhuma palavra sai de sua boca. Ela balança o braço para se soltar de mim.

— O quê? O que foi? — pergunto.

Ela parece estar lutando contra a ideia, então seus olhos se voltam para o chão.

— Você tem comida? — pergunta ela sem olhar para mim.

A forma como ela diz aquilo me faz examiná-la mais atentamente, e percebo pela primeira vez que é muito magra, notando com um sobressalto como senti meus dedos envolverem o osso quando segurei seu braço.

Não consigo pensar em nada para dizer. Enquanto meus ombros se elevam numa expressão de impotência, os olhos dela disparam para o que está atrás de mim, como se tivessem visto algo, ou alguém, que a deixou alarmada. Mesmo antes de eu pensar em pedir o endereço dela, antes de ter tempo de checar meus bolsos para ver se tinha dinheiro, ela se vira e corre na direção de onde viemos. Observo seu corpo magro desviar para a esquerda e para a direita através da multidão, e então desaparecer do meu campo de visão.

Os sons da rua vão diminuindo conforme sigo apressadamente pelo beco. De vez em quando olho para trás, mas ninguém está me seguindo. Passo entre as latas de lixo e corro na direção do túnel.

Depois de empurrar o alçapão para o lado, enfio a mão no bolso traseiro da minha calça para pegar a lanterna. Ele está vazio. Checo apressadamente minha roupa toda, mas a lanterna sumiu. Em algum momento da perseguição ela deve ter caído.

Uma lufada de ar azedo sobe do vazio negro abaixo. Ver o buraco escuro e frio me enche de pavor, mas, enquanto fico ali parado, hesitante, me lembro da gangue de garotos que me perseguiu. Dois deles não foram atrás de mim e provavelmente ainda estão por perto. Podem estar me observando neste exato momento. Cada segundo que fico ali, olhando para o buraco, desejando ter uma lanterna, é um segundo em que posso ser descoberto. É uma ideia assustadora descer aquele túnel sozinho, na completa escuridão, mas ser perseguido dentro dele seria bem pior. Se alguém conseguisse me alcançar ali embaixo, alguém disposto a me ferir, seria capaz de fazer o que quisesse comigo debaixo da terra sem ninguém para ver e ninguém para impedi-lo. E ninguém para encontrar as provas depois.

Com meu estômago embrulhado enviando jatos ácidos para a minha garganta, desço pela corda. Enquanto ainda consigo alcançar, fecho o alçapão para que ninguém que passe por ali veja que a tampa está fora do lugar.

Quando ele se fecha com um estrondo, me encontro mergulhado numa escuridão mais intensa do que qualquer uma que já experimentei. Não é apenas a ausência de luz, e sim uma presença poderosa e sinistra que se arrasta sobre mim, cercando meu rosto com algo espesso e pesado.

As respirações curtas e entrecortadas que passam por minha boca são o único som que escuto. Minhas mãos, segurando a corda bem em frente ao meu nariz, estão invisíveis. Parecem objetos distantes dos quais eu poderia facilmente perder o controle. Já não tenho mais certeza de que posso confiar nelas para me levar até o fundo do buraco.

Fico pendurado ali, me segurando à corda úmida e esfiapada, tentando me acostumar com a escuridão, balançando nesse poço vertical de negrume frio e aveludado. O cheiro de mofo que o túnel exala penetra em minhas narinas enquanto o ar úmido passa por dentro das minhas roupas e pela minha pele. Fico ali parado por tanto tempo que os músculos das minhas pernas começam a tremer. Obrigo minhas mãos a me obedecerem, fazendo meu sistema nervoso controlar meus dedos, forçando-os mentalmente a se soltar da corda e os convencendo a me levar até o fundo do túnel.

Pisco sem parar até perceber que não é uma questão de se acostumar a esse nível de luz, porque simplesmente não há luz. Não há nada para ver. Aqui embaixo, meus olhos são inúteis.

De quatro no chão, estico um braço à minha frente, então o movo em círculo para cima, para a direita, para baixo e para a esquerda, sentindo o teto, as paredes e o chão do túnel. Dessa forma, tenho uma ideia de onde estou e em que direção devo ir.

O túnel, que parecia muito silencioso enquanto eu viajava na outra direção, agora parece habitado por sons sinistros. Posso distinguir um zumbido grave, que aumenta e diminui; possivelmente o som de uma rua acima, ou talvez de alguma outra coisa misteriosa e irreconhecível. Há um estalo baixinho, provavelmente o som de gotas caindo na terra, ou não. Também noto, pela primeira vez, um cheiro acre e sulfuroso no ar — um odor de putrefação, ou veneno, ou, quem sabe, explosivos. Imagino se isso é definitivamente apenas um túnel ou também alguma espécie de depósito subterrâneo.

Começo a rastejar. Mão, joelho, mão, joelho. Mão, joelho, mão, joelho. Não preciso de luz e não tenho como me perder. Estou num túnel. Tenho apenas que silenciar todas as vozes em minha cabeça que estão me dizendo para ficar com medo, e então me concentrar nessa tarefa simples: mão, joelho, mão, joelho. Se eu for capaz de fazer isso, consigo chegar à minha casa.

Não faço ideia de qual é o tamanho desse túnel, ou o quão à frente um único rastejo me move, mas decido estimar uma meta pessoal de 250 rastejos. Vou fazer a contagem regressiva. Vou dividir a distância nessas unidades claras e contar de trás para a frente, preenchendo minha cabeça com números, afogando todos os outros pensamentos.

Mão, joelho, mão, joelho. 249.

Mão, joelho, mão, joelho. 248.

Mão, joelho, mão, joelho. 247.

Estou chegando perto de 150 quando sinto algo escorregadio debaixo da minha mão. Um guincho fraco enche o ar. Congelo e escuto o som de pequenos pés fugindo à minha frente.

Um rato. Toquei nele. Olho para minha mão para checar se algo saiu do roedor e grudou nela e para examinar se há alguma mordida, mas obviamente não consigo ver nada. Não consigo sentir nada, também, além de uma pequena área lambuzada com algo oleoso, então não posso ter sido mordido. Se você é mordido por alguma coisa, você sabe, mas, nessa escuridão, parece difícil ter certeza de qualquer coisa. A mensagem que parte de postos avançados de meu próprio corpo e chega a meu cérebro parece misturada, confusa e não completamente confiável. Tenho uma sensação estranha em relação à minha mão agora, como se não quisesse tocá-la, mas você não pode não tocar na própria mão. É a sua mão.

Aquele rato, percebo, ainda está na minha frente. E onde existe um podem existir centenas. Não sei muito sobre ratos, mas sei que não vivem sozinhos.

Paro e penso, escutando minha respiração apressada e curta ressoando de volta em minha direção pelas paredes do túnel, tentando descobrir o que posso fazer em relação aos ratos, mas logo percebo que não estou realmente pensando em qualquer coisa. Não há nada em que pensar, nenhum plano alternativo para descobrir. Tenho só que seguir em frente.

Mão, joelho, mão, joelho. 150.

Mão, joelho, mão, joelho. 149.

Mão, joelho, mão, joelho. 148.

Decido parar a cada cinco contagens para tentar escutar os ratos. Cada vez que paro, grito e bato palmas três vezes, tentando espantar quaisquer roedores que possam estar por perto, tentando me fazer parecer e me sentir grande.

Mão, joelho, mão, joelho. 103.

Mão, joelho, mão, joelho. 102.

Mão, joelho, mão, joelho. 101.

Mão, joelho, mão, joelho. 100.

Paro, grito, bato palmas. Mais cem pela frente. Já passei da metade do caminho. Vou conseguir. Vou chegar em casa.

Mão, joelho, mão, joelho. 5.

Mão, joelho, mão, joelho. 4.

Mão, joelho, mão, joelho. 3.

Mão, joelho, mão, joelho. 2.

Mão, joelho, mão, joelho. 1.

Mão, joelho, mão, joelho. 0.

Paro novamente. Estico o braço à minha frente. Nada. Eu deveria estar no fim! Cheguei ao zero, mas há apenas o vazio à minha frente. Onde está o fim do túnel? Será que poderia existir uma bifurcação que não notei? Será que peguei o caminho errado? Será que agora poderia estar seguindo por outro túnel cujo comprimento não conheço, talvez quilômetros no total, me levando sabe-se lá aonde — talvez inclusive de volta ao outro lado do Muro? Será que eu deveria dar meia-volta e me assegurar de que estou seguindo na direção certa?

Uma tremedeira toma conta do meu corpo, me sacudindo de dentro para fora, dominando meus membros e meu torso. Deixo meu corpo cair para a frente e fico deitado sobre a terra fria, tentando silenciar a bateria de perguntas apavorantes que disparam em minha mente. Digo a mim mesmo para me concentrar em desacelerar minha respiração, me acalmar, parar de tremer. Lembro a mim mesmo que escolhi o número 250 aleatoriamente. Não há razão para estar mais assustado agora do que há um minuto, quando ainda estava seguindo pela escuridão. Não sei qual é a extensão do túnel. Foi apenas um palpite.

Eu já o atravessei uma vez, no entanto, e tenho certeza de que cheguei ao outro lado muito mais rápido quando ia na outra direção. Eu não estava com pressa quando tinha a lanterna; agora estou indo o mais rápido que consigo, mas o túnel parece ser infinito.

Talvez eu não chegue em casa no fim das contas. Talvez esteja preso agora num labirinto de túneis, empacado aqui até morrer e ser comido por ratos. Ou será que os ratos esperariam eu morrer?

Talvez a única coisa a fazer seja ficar deitado aqui até recuperar as forças. Descansar um pouco pode me fazer bem. Estou tão cansado e com tanto medo que por um momento parece que, independentemente do que eu decida fazer, uma irresistível onda de sono vai tomar conta de mim. Mas, se eu dormir, será que os ratos vão andar em cima de mim? Será que vão me morder para ver se estou no ponto? Será que estão olhando para mim agora, tentando descobrir se está na hora de agir?

Decido me dar apenas mais um minuto para recuperar as forças. Fecho os olhos e penso em minha antiga casa, junto ao mar, e, enquanto uma imagem dela se forma em minha cabeça, os tremores em meu corpo começam a diminuir. Imagino as paredes de concreto lisas, brancas como um dente novo, brilhando sob um céu azul. Eu me imagino debruçado em nossa grande janela saliente, que era como a proa de um navio. Se você ficasse parado no meio dela com o nariz pressionado no vidro, não via nada a não ser água.

Essa janela formava uma ponta do grande espaço aberto que de certa forma constituía a casa inteira. Ele era na maior parte vazio, decorado com nada mais do que um sofá de couro gasto, uma mesa de jantar redonda e uma cozinha pintada de vermelho vivo no canto. Eram três ambientes separados quando nos mudamos, mas meu pai comprou uma marreta e derrubou todas as paredes. Minha lembrança mais antiga é de me agarrar à minha mãe, escutando a batida contra uma parede, assustado, porém empolgado, então o gesso racha e se estilhaça, caindo no chão, e, enquanto o ar clareia, meu pai aparece no buraco, com o rosto coberto de poeira branca e um enorme sorriso nos lábios, parecendo um fantasma feliz.

De vez em quando eu deitava de barriga para cima e olhava para as ondas de luz que se refletiam no mar e vagueavam pelo teto. Durante as tardes, a sala ficava fresca e escura. Tínhamos cortinas, mas apenas as gaivotas podiam ver o que havia do lado de dentro, então nunca as fechávamos, a não ser nos dias mais quentes do ano, quando o algodão branco e fino tremulava e dançava diante das janelas abertas.

Eu era muito pequeno quando nos mudamos para lá, e meu brinquedo favorito era um triciclo laranja de madeira. Quando vejo a casa, normalmente me imagino naquela sala enorme e iluminada, pilotando meu triciclo para todo lado entre um amontoado de brinquedos, batendo na mobília, saltando do meu velocípede e voltando para ele, perdido em elaboradas tarefas e viagens inventadas.

Isso foi há cerca de dez anos, então não sei se me lembro disso puxando da minha memória ou por causa dos vídeos caseiros que vi. Temos um DVD que é basicamente pedacinhos curtos e tremidos da nossa antiga vida. Há apenas poucos momentos em que meu pai aparece, porque geralmente ele estava filmando. Em uma das vezes, ele quer me pegar no colo, mas está fingindo que não consegue porque sou muito pesado. Não chego nem ao seu joelho, mas ele geme e grunhe com o esforço, inchando as bochechas e fazendo as veias do pescoço saltarem, então começa a ter espasmos e age como se estivesse tendo um ataque cardíaco. Eu rio tanto que caio para a frente, e a imagem balança loucamente enquanto minha mãe corre para evitar que eu bata com a cabeça em alguma coisa. Teve uma época em que assistia a esse DVD todos os dias, até uma vez em que Liev entrou apressado e ejetou o disco, me acusando de egoísmo e crueldade. Ele acabou me dizendo que estava "na hora de seguir em frente", então foi embora com o DVD.

Procurei em todos os lugares da casa, até no sótão, mas não tive sorte. Não acho que minha mãe teria deixado que ele o jogasse fora, mas não tenho como afirmar.

Naquela casa junto ao mar ninguém nunca rezava, a não ser na manhã que todos temíamos, a manhã que acontecia uma vez por ano, quando meu pai tinha que cumprir sua obrigação de reservista do Exército. A última coisa que ele fazia antes de sair era pegar um velho livro com capa de couro numa prateleira alta e ficar parado ali por cerca de três minutos, murmurando algo para si mesmo. Então se virava e saía.

Uma vez, depois que ele saiu, pedi à minha mãe que pegasse o livro para mim. Ela me mostrou o nome do meu avô escrito com letra cursiva antiquada na folha de rosto, então abriu na página marcada, a prece para viajantes.

Não consigo me lembrar das palavras exatas da prece, mas me lembro do que se tratava, que você pedia a Deus para ajudá-lo a chegar ao seu destino em paz. Eu me lembro de que você pedia a Ele para salvá-lo de quaisquer inimigos que pudesse encontrar no caminho. Eu me lembro de que você pedia bondade e misericórdia, a Deus e a qualquer um que conhecesse em suas viagens.

E me lembro de como termina: "Louvado seja você, Eterno, que responde à prece."

Nenhuma dessas coisas aconteceu. Meu pai não foi salvo de seus inimigos. Há cinco anos ele deu tchau, saiu de casa e nunca mais voltou. Disseram que foi um franco-atirador, mas não me contaram onde nem como nem por quê. Não sei se minha mãe sabe mais do que eu, ou se quer saber mais, ou se me contaria mais se soubesse.

Posso ver tudo exatamente como nos vídeos caseiros, sempre a mesma coisa: tenho guardado em meu cérebro um fragmento de imagens repetidas que não sou capaz de apagar ou modificar. Nunca vejo o momento em que ele é atingido, apenas meu pai estirado de uniforme, seu sangue escorrendo na rua, cercado por pessoas gritando e atirando, mas em silêncio. Nunca há som algum. Posso ver o barulho, mas não posso ouvi-lo.

É a única imagem que tenho dele usando o uniforme, e sei que a inventei. Ele me deixava tocar o algodão verde áspero passado e dobrado em sua bolsa da farda, mas nunca me permitiu que o visse usando-a. Mesmo no dia que a vestia, sempre saía de casa usando uma camiseta e chinelos. Antes de se apresentar para o serviço, devia parar no caminho e se trocar. Ele não queria lutar, mas foi obrigado e o mataram.

Liev acha que se tornou meu pai, mas ele está errado.

Deitado aqui no escuro, partes daquela prece voltam à minha memória, frases curtas pedindo a Deus para me levar até minha casa em segurança. Se meu pai ainda fosse vivo, eu poderia dizê-las em voz alta, mas sei perfeitamente bem que elas não funcionam. Não funcionaram com ele, então não funcionarão comigo. Não há ninguém lá em cima para ajudá-lo. Liev reza, reza e reza, mas sei que está apenas falando consigo mesmo. Se eu quiser ir para casa, tenho que fazer isso sozinho.

Eu me esforço para ficar novamente sobre minhas mãos e meus joelhos e começo a rastejar. Dessa vez vou contar de forma crescente. Se passar de cem, penso novamente no que fazer, mas até lá vou apenas rastejar e contar, rastejar e contar.

Mão, joelho, mão, joelho. 42.

Mão, joelho, mão, joelho. 43.

Mão, joelho, mão, joelho. 44.

Então uma batida delicada — um leve toque, quase — no topo da minha cabeça faz minhas mãos vasculharem o que está à minha frente para sentir a obstrução. O primeiro toque me faz saltar para trás, horrorizado. É algo peludo e balança quando o toco.

Caio com a barriga para cima e espero pela sensação de dentes se afundando em mim. Não há para onde correr ou me esconder. Fico deitado, completamente imóvel, com minhas pernas e meus braços esticados no ar, mas os dentes nunca me tocam, e o silêncio preenche o túnel. Rolo de lado, estico o braço e tateio mais uma vez.

É a corda. Olho para cima e vejo o que se parece com um triângulo — apenas o formato, um triângulo — pendurado ali, na impenetrável escuridão. Minhas pálpebras tremulam, tentando dar significado a essa estranha visão, mas não consigo entender o que é aquilo. Tudo o que vejo é uma forma abstrata cinza flutuando no espaço, impossível de computar como algo pequeno ou grande, perto ou distante, até que as distâncias e dimensões começam a fazer sentido e percebo que aquele é um pedaço do céu à noite. Não fechei a tampa nesse lado. Este é o buraco por onde entrei na ida.

Seguro a corda o mais firme que posso e, por um momento, parece que não tenho força o bastante em meus braços para me erguer até a superfície, mas continuo insistindo, me recusando a permitir que meus músculos desistam de mim e, no momento em que meus dedos começam a lembrar garras travadas e em chamas sobre as quais eu já não tenho controle algum, uma brisa despenteia meu cabelo e me vejo rolando na terra do terreno em construção.

Um feixe de luz brilha dos postes da rua, e essa paisagem sombria de terra, cascalho, pedra e mobília destruída subitamente parece a coisa mais linda que já vi. Apenas ver novamente — ter de volta a capacidade de usar meus olhos — é algo primoroso. Viro para ficar de barriga para cima e olho para o alto, saboreando a sensação da visão, embasbacado com a magnificência do céu vasto e pontilhado por estrelas.

Lentamente, a força volta aos meus membros. Estou a salvo, mas ainda não estou em casa. Tenho que ir para casa.

Eu me levanto, me erguendo sobre pernas fracas e bambas, e noto algo redondo e branco ao lado dos meus pés. A bola de futebol. Aquilo se parece com uma relíquia antiga que você poderia ver num museu, de um passado muito distante — da época em que eu a chutava alegremente pelas ruas com David.

Eu a apanho, não porque realmente a quero, mas como uma lembrança da pessoa que eu era há algumas horas, que sinto que talvez não exista mais.

Caminho até o local por onde entrei no terreno em construção e jogo a bola por cima do tapume, escutando quando ela quica, rola e para do outro lado. A escalada parece cheia de farpas e difícil de subir, mas sei que sou capaz de fazer isso. Agora que passei pelo túnel e voltei ao meu lado do Muro, nada vai me impedir de chegar à minha casa.

Enquanto estico o braço para começar a escalada, um nó na minha garganta se desfaz. Algo desliza de meus ombros e cai tremulando. A princípio não consigo pensar no que seria, mas, quando sua maciez fresca roça na minha mão, percebo com um embrulho de culpa no estômago o que fiz. É o lenço. O lenço emprestado pela menina que me salvou e, embora ela tenha pedido a coisa mais simples em troca, eu não lhe dei nada. Pior do que isso, agora vejo que a roubei, tanto o lenço de seu pai quanto os chinelos de seu irmão, que ainda estou calçando.

Em um apartamento tão inóspito e vazio quanto o dela, a ausência desses itens será sentida. Ela terá que pensar numa explicação. A verdade, imagino, não servirá.

Amarro o lenço sobre meu peito e começo a escalar.

Quando apareço à porta, as mãos da minha mãe vão até as bochechas e sua boca se abre como se estivesse soltando um uivo poderoso, mas apenas um som esganiçado e estrangulado é emitido: parte grito, parte suspiro. Seus olhos, que estão vermelhos e arregalados, se fixam em mim como se eu tivesse voltado dos mortos. Mesmo antes de eu entrar na casa, ela estica o braço e me puxa em sua direção, me apertando com tanta força que mal consigo respirar.

— Achei que você tinha desaparecido — diz ela, num sussurro cantado em meu ouvido, seus lábios quentes em minha pele. — Achei que tinha desaparecido. Achei que tinha desaparecido.

Ela repete aquilo sem parar, me apertando em seu corpo e nos balançando para a frente e para trás como se estivéssemos unidos numa prece conjunta. Eu também a aperto, inalando seu cheiro — uma mistura única de seu perfume doce e cítrico com uma pitada de sabão em pó e um leve cheiro natural que é só dela. Absorvo o máximo que posso dela, sentindo seu cheiro sem qualquer tipo de vergonha. Estou em casa. Estou a salvo. Não estou desaparecido.

Envolvido pelos seus braços que me prendem com força, aninhado na nuvem íntima de seu cheiro, me pergunto se valeu a pena passar pelo túnel e vivenciar aquele terror para ver essa reação da minha mãe. Mal posso me lembrar da última vez que ela me tocou. Essa mulher embrulhada ao meu redor, me abraçando com uma afeição feroz, se parece com minha antiga mãe, minha mãe de verdade, uma pessoa que desapareceu quando meu pai morreu, que se fechou em seu pesar, então se escondeu ainda mais atrás de Liev.

"Achei que *você* tinha desaparecido", quase falo, mas não seria capaz de explicar aquilo, então apenas a puxo com mais força para mim, sentindo seu corpo se sacudir em ondas de soluços. Estou chorando também, lágrimas alegres e tristes, não apenas pelo alívio de estar em casa, mas por todas as outras coisas que parecem se abater sobre minha mãe; algo relacionado a este momento nos leva de volta ao dia sobre o qual nunca falamos, quando nossa antiga vida terminou. Aquele dia está conosco, dentro de nosso abraço. Posso senti-lo.

Ela normalmente finge que ele foi esquecido, mas, neste instante, pela primeira vez sinto que ela entende o que eu entendo: que, afinal de contas, você não pode enterrar os mortos. Mesmo se você fugir, olhar na direção oposta e nunca mais falar sobre isso, a pessoa — a pessoa morta — não irá desaparecer. A ausência pode ser tão real quanto a presença e, para mim, a ausência do meu pai é quase como um par de óculos que eu nunca tiro — é algo que uso para ver, e não algo que vejo, e que muda tudo o que vejo, sempre visível e ao mesmo tempo invisível.

Depois de um tempo, nós nos soltamos e ela me puxa para dentro da casa.

— Onde você estava? O que aconteceu? — pergunta ela com uma arfada.

Tenho uma história pronta. Eu conto à minha mãe que uma bola de futebol caiu no terreno em construção, mas, depois de ter escalado o tapume e entrado lá para recuperar a bola, percebi que não conseguiria pular o muro para sair. Falo que gritei por socorro, mas que ninguém me escutou e que só consegui escapar usando minhas próprias mãos para construir uma plataforma com tijolos e lixo.

— Por que você entrou lá?

— Pra pegar a minha bola.

— Mas... Você não pode fazer isso! Você não deve fazer essas coisas!

Minha mãe está tentando ser severa, mas sua voz ainda está cheia de mimos e, com uma das mãos, ela acaricia meu pescoço.

— Desculpa — digo sorrindo para ela.

Há um cacho de cabelos em sua bochecha esquerda, grudado ali pelas lágrimas. Eu o solto com meu dedo indicador e o prendo atrás da orelha dela. Não consigo me lembrar da última vez em que toquei aquele cabelo tão escuro que chega a brilhar. Quando meu pai estava vivo e morávamos junto ao mar, o cabelo da minha mãe era curto e arrepiado. Ou ficava assim às vezes. Toda vez que saía para cortá-lo, ela voltava diferente. Agora ela usa cabelo comprido e parece nunca ir ao cabeleireiro, então, sempre que saímos de casa, ela o cobre.

— É apenas uma bola de futebol — diz ela. — Nós compraríamos outra pra você. Fiquei tão preocupada! Você me assustou!

— Não vou fazer isso de novo.

Os dedos dela estão fazendo cócegas em mim agora, então me afasto.

— Bem, espere só até Liev chegar em casa — exclama ela, mas ainda há mais doçura do que veneno em sua voz e ambos sabemos que é uma ameaça vazia.

Sorrio para ela, como se a beijasse com meus olhos. Ela sorri para mim, então um pensamento parece interrompê-la. Ela coloca as mãos nos meus ombros e me sacode, um solavanco de agressão meiga.

— Essa cidade não é normal — diz ela com um olhar sério e penetrante. — Acontecem coisas aqui. Temos muita proteção, mas nem toda proteção do mundo é o suficiente. Há pessoas morando muito, muito perto que querem nos pegar. Eles nos querem fora daqui. — Estou um pouco distante dela agora, mas ela ainda me toca, com os braços esticados e a testa franzida em preocupação. Pela primeira vez parece mesmo irritada. Ela cutuca meu peito com o dedo indicador. — Se eu me preocupo quando você desaparece, não é porque sou uma mãe idiota boba e ansiosa; é porque nós o tempo todo escutamos histórias sobre pessoas que de repente estão no lugar errado, sem ninguém para defendê-las, e nunca mais voltam.

Os golpes de seu dedo e a frieza repentina em sua voz me fazem ajeitar a postura, como se ela tivesse deixado cair um pedaço de gelo em minhas costas. Minha mãe da época do meu pai sumiu de novo. Desapareceu diante dos meus olhos, e eu não sei quando a verei novamente. Esta é minha mãe da época de Liev, minha mãe de Amarias, de volta até que alguma outra crise a afaste momentaneamente.

— Quem? Que pessoas? — pergunto enquanto saio do alcance de seus cutucões.

Posso ver os músculos de seu queixo se contorcerem enquanto ela abre a boca:

— Não dê uma de espertinho pra cima de mim.

— Você disse que escuta histórias o tempo todo.

— Não retruque!

Ela está com o dedo de cutucar a postos, mas estou preparado para me esquivar:

— Se é tão ruim aqui, por que não voltamos pra casa? Se não é seguro, vamos embora.

— Essa é nossa casa. Não vou deixar você me arrastar pra essa conversa.

Ela se vira e caminha na direção da cozinha.

— Eu odeio esse lugar!

Ela para no vão da porta, vira-se e olha para mim, a cabeça inclinada para um lado, como se estivesse avaliando quão irritada deveria ficar.

— Bem, estamos aqui — diz ela, afinal. — E, se você parar de tentar odiar esse lugar, talvez descubra que não é tão ruim quanto pensa. Você acha que teríamos condições de ter uma casa confortável como essa em qualquer outro lugar?

— Ah, o problema é dinheiro agora, não é? É por isso que estamos aqui?

— Não vou discutir isso com você.

— É por causa de Deus ou de dinheiro? Você está sempre mudando de opinião.

— O que aconteceu com seus tênis? — pergunta ela, irritada, apontando para os chinelos imundos que ainda estou usando.

Preparei uma desculpa para isso também, mas não é tão boa. O lenço da menina está escondido na minha bolsa, mas não há nada que eu possa fazer em relação aos meus sapatos perdidos.

— Foram uns garotos da escola. Eles fizeram uma brincadeira comigo.

— Que tipo de brincadeira?

Estou acuado. Fiquei sem desculpas. Está na hora de partir para o ataque:

— Por que você está me enchendo o saco? Achei que ficaria feliz por eu estar bem!

— Eu estou fe...

— Bom, então me deixe em paz!

— Você sabe quanto aqueles sapatos custam? Você vai recuperá-los?

Corro para o segundo andar, entro no meu quarto e bato a porta. Durante um bom tempo fico parado ali, esperando minha mãe entrar toda agitada, repassando opções em minha cabeça de como poderia ter perdido os sapatos. Poderia dizer que alguns garotos estavam pegando no meu pé. Poderia dizer que eles jogaram meus tênis do outro lado do Muro. Se ela me obrigar a dizer quem fez isso, há muitos nomes para escolher. Mas a porta não se move e, depois de um tempo, me jogo na cama.

Liev pode dizer o que quiser quando voltar, não me importo. Ele não é meu pai. É meu antipai.

Quando Liev entra em casa, estou enroscado no sofá num ninho de almofadas, já de banho tomado e com roupas limpas, assistindo a um desenho animado. É sobre um cachorro que tenta o tempo todo sair de casa para pegar o osso que deixou do lado de fora, mas, toda vez que sai, outro cachorro, maior que ele e que se esconde para esperá-lo, o acerta na cabeça com um pedaço de madeira. O cachorro menor nunca desiste e continua procurando novas rotas para chegar ao osso, mas, toda vez que se aproxima, o maior aparece com o pedaço de madeira e lhe dá uma bordoada na cabeça. É muito engraçado.

Liev faz o que costuma fazer quando chega. Vai até a cozinha. Minha mãe está lá cozinhando, e posso dizer pela forma tensa como ela fala sem parar que está contando a Liev o que fiz — ou o que acha que fiz — e está pedindo para ele me repreender. Pelos sons de sucção e da porta da geladeira batendo, sei que Liev está fazendo um lanche enquanto ela fala.

Sinto sua presença na porta da cozinha, mas não levanto os olhos.

— Sua mãe me contou que você fez uma coisa idiota hoje — diz ele.

Dou de ombros, pensando nas minhas opções. Poderia ignorá-lo, adiando o conflito, mas aquilo só o deixaria mais furioso. Eu poderia ser sarcástico, chamando minha mãe de "sua esposa" para combinar com o "sua mãe" dele, o que poderia ser brevemente satisfatório, mas no fim das contas pioraria tudo. Nunca é uma boa ideia deixar Liev irritado. Na maioria das conversas que tenho com ele, penso no que vai acontecer em seguida, como um enxadrista, planejando minhas melhores jogadas para lhe dar o mínimo de terreno possível sem forçá-lo a ter um de seus ataques de raiva.

Olho para cima e vejo que, embora seu corpo esteja virado na minha direção, seu pescoço está torto e seus olhos estão fixos no desenho animado. É um bom sinal. Se ele estivesse a fim de discutir, teria desligado a TV antes de falar para chamar minha atenção. Teria se posicionado na minha frente, exalando aquela respiração quente no meu rosto. Ter a atenção das pessoas é algo importante para Liev. Poucas coisas o deixam mais irritado do que achar que você pode não estar escutando o que ele diz.

A forma como está parado e seu tom de voz cansado dão a impressão de que ele está me repreendendo apenas para agradar minha mãe. Ela claramente não conseguiu comunicar seu nível de pânico. Tudo parece calmo agora. Ninguém está desaparecido; ninguém foi ferido. Parece que ele simplesmente não acredita que nada ruim realmente aconteceu. Ele me dá uma bronca de forma automática, como se fosse um afazer doméstico. Tenho que simplesmente entrar no jogo.

— Eu perdi uma bola no terreno em construção. Nem fui eu que chutei a bola pra lá.

— Você deixou sua mãe extremamente assustada.

— Eu sei. Já disse que sinto muito.

— Bem, isso é bom — diz ele. — Mas se você um dia... — A voz dele se perde, distraída. O cachorro pequeno está subindo a chaminé, mas o grande viu o que ele está fazendo pela janela e está escondido atrás da chaminé com o pedaço de madeira. A cabeça do cachorro pequeno aparece. Ele olha em volta e sorri, pensando que o caminho está livre. Então ele sai da chaminé e está prestes a descer do telhado quando o cachorro grande se levanta com o pedaço de madeira e o gira no ar, como se fosse um taco de beisebol. WHACK! Com o som de um longo e decrescente zunido, o cachorro pequeno voa para longe enquanto o maior corre pelos quatro cantos do telhado como se tivesse marcado um *home run*, recebendo os aplausos de uma plateia imaginária. Liev abre um sorriso minúsculo, como uma vírgula, e se vira novamente para mim. — Se você um dia... Você sabe, perder algo lá de novo, tem que me prometer que não vai entrar lá.

— Tá — digo.

Parece que é isso. Fácil. Se ele soubesse o que eu realmente fiz... Onde estive...

Ele já está se afastando quando a curiosidade toma conta de mim.

— Por quê? — pergunto.

Ele para e se vira, seu rosto agora inexpressivo e perplexo, como se já tivesse se esquecido do assunto do qual estávamos falando.

— O quê? — pergunta ele.

— O que tem lá que é tão proibido?

— Nada. É apenas propriedade particular.

— De quem é?

— Bem... É particular, mas acho que pertence a todos nós.

— Então é pública.

— É... Alvo de uma disputa judicial.

— Quem está na disputa?

— As pessoas que viviam lá.

— Quem vivia lá?

— Ninguém.

— Ninguém? Então quem está disputando o quê?

— Você sabe o que quero dizer, espertinho — diz ele com um sorriso impaciente. — Eles abandonam suas casas, então agem como se fosse culpa nossa.

— Eu vi. Eu estava lá dentro — digo. — Eu vi a casa.

Ele olha fixamente para mim, sem piscar, um olhar frio e direto.

— Você também viu? — pergunto.

Ele dá de ombros.

— Eles são pessoas más. Constroem sem autorização. Não escutam o Governo, não escutam o Exército, só entendem a violência.

— O que aconteceu com as pessoas que moravam lá? Onde elas estão agora?

— Foram embora.

— Foram embora pra onde?

— Pro lugar delas. Por que você está fazendo todas essas perguntas idiotas?

— É só que... Foi estranho. A casa. Ela está destruída, mas tudo ainda está lá, como se eles não tivessem nem arrumado as malas... Como se algo simplesmente tivesse caído do céu no meio de um dia normal e derrubado a casa. Parecia assustador.

— Você não precisa ficar preocupado. Nada caiu do céu. Isso não pode acontecer com a gente.

— Não foi isso que eu quis dizer. Eu senti uma coisa ruim.

— Você *sentiu* uma coisa?

— Alguém morreu?

Sinto que ele está começando a perder a paciência:

— Quando essas coisas acontecem, são tomadas todas as precauções para salvar vidas, mas algumas pessoas não querem ser salvas. E pessoas morrem em todos os lugares, o tempo todo. Isso é normal. O que é uma loucura é termos que lutar tanto por cada metro quadrado de terra em que queremos viver. O que é uma loucura é o fato de existirem traidores que ajudam essas pessoas a lutar por terras que deveriam ser nossas. O que é uma loucura é que algumas pessoas não sossegam em seus cantos e simplesmente continuam tentando nos impedir de ter uma vida normal e pacífica. E se você está *sentindo* alguma coisa e se preocupando com alguma coisa que não te diz respeito, então sugiro que se concentre mais em seus estudos e passe menos tempo especulando sobre coisas que não é capaz de compreender. Você está me escutando?

Ele agora está crescendo sobre mim e, acima de sua barba, posso ver que seu rosto está vermelho, com pequenos deltas de veias roxas acesas em volta das beiradas de suas narinas. Eu dou de ombros e me viro novamente para a TV. O cachorro grande está martelando o cachorro menor no chão agora como uma estaca de uma cerca.

Liev me olha de cima mais um pouco, levemente ofegante por causa de seu discurso inflamado, então vai embora, de volta para a cozinha.

Não quero arriscar falar com ele novamente antes do jantar, então desligo a TV e volto para o meu quarto, pegando minha mochila da escola no caminho. Tenho que encontrar um esconderijo para o lenço.

No meio da noite, os dígitos vermelhos do relógio da minha mesa de cabeceira pareciam brilhantes o bastante para iluminar todo o quarto. São 3:31. Os números são bem marcantes, mas os dois pontos entre eles piscam a cada segundo. Não sei o que me acordou — talvez tenha sido um sonho —, mas agora estou totalmente desperto, observando os dois pontos piscantes.

Mesmo se você olhar com toda a atenção, mesmo se prometer a si mesmo que não vai tirar os olhos de cima daquilo nem por um instante, é quase impossível ver os números mudando. De alguma forma, eles mudam sem que você perceba em que momento aquilo aconteceu. Há algo agradável em 3:33 e decido que será uma conquista especial se eu conseguir ver aquilo aparecer.

Consigo pegar o 3:31 se transformando em 3:32, que é uma espécie de passo de dança legal — a parte inferior do 1 pula para a esquerda, exatamente enquanto todas as três linhas horizontais são preenchidas —, mas o 3:33 parece demorar horas e horas para chegar e, quando menos espero, lá está ele e perdi o momento da mudança. Minutos diferentes têm extensões diferentes. Sei que isso não é realmente verdade, mas é o que parece.

Acendo a luminária na minha mesa de cabeceira, fico sentado na beirada do colchão por um tempo, então levanto o lençol de algodão com babados que esconde o espaço debaixo da minha cama. Tenho algo ali embaixo há anos e ninguém nunca vê aquilo a não ser eu. Se David encontrasse aquilo, eu morreria.

Puxo para fora. Não olhava ali embaixo havia meses, e a coisa toda está coberta de uma camada fina de poeira. Não consigo realmente explicar o que é, ou por que alguém da minha idade se interessaria por isso, posso dizer no máximo que, quando você é filho único, passa muito tempo sozinho, e a melhor forma de evitar o tédio é inventar coisas. Se você passa tempo suficiente com a mesma coisa inventada, algumas vezes aquilo se torna impossível de explicar a qualquer outra pessoa.

Para olhos despreparados, é uma tábua de madeira com aproximadamente metade do tamanho da cama, com casas e pessoas sobre ela. Isso é tudo. As casas são feitas de Lego, papelão, plástico e madeira, tiradas dos mais diferentes tipos de lugares e posicionadas de acordo com um esquema do qual não me lembro mais. As construções não combinam umas com as outras, e metade delas está em escala completamente errada. Há também uma confusão de bonecos de vários jogos de tabuleiro e kits de montagem de vários lugares de onde pessoas de plástico possam vir. Alguns cachorros e gatos estão espalhados por ali, mas não há nenhum outro animal, e certamente nenhum dinossauro ou qualquer idiotice dessas.

É difícil explicar o que faço com aquilo, mas uma hora ou duas podem passar bem rápido quando estou apoiado sobre minhas mãos e meus joelhos, movendo pessoas pela tábua e inventando histórias. Quando sei que ninguém mais está vendo, consigo me libertar nessa cidade de mentira como se, de alguma forma, eu fosse todas as pessoas que vivessem ali ao mesmo tempo. É como ser Deus, tirando o fato de que Deus não existe e eu existo. Nenhuma das pessoas na cidade corresponde a pessoas de verdade, mas, se uma delas fosse Liev e ele estivesse rezando para mim e eu fosse Deus, eu o ignoraria completamente. Na verdade, faria o oposto de tudo que ele me pedisse.

Quando termino, sempre empurro aquilo para debaixo da minha cama e escondo a tábua onde ninguém mais que visite meu quarto possa vê-la.

Fico de pé sobre a cidade de mentira, olhando para ela. Numa beirada está um muro, da mesma altura da casa mais alta. Ele é feito de uma caixa de cereais cortada e colada na tábua. Lembro-me da tarde em que coloquei o muro nela, há anos, levando horas até que tivesse a altura certa e ficasse resistente. Há inclusive uma torre de observação num canto, feita com a base de um rolo de papel higiênico com um pote de iogurte no topo, que normalmente está cheia de soldados. Agora, pela primeira vez, me ocorre que é estranho o fato de eu ter colocado esse muro na beirada, sem nada do outro lado.

Continuo olhando fixamente para a maquete, sem me mover. No meio da noite, o tempo parece diferente. Durante o dia é como um rio, sempre fluindo. Agora é como um lago, apenas parado ali, e estou flutuando nele, suspenso, olhando de cima para esse brinquedo de criança que repentinamente parece infinitamente familiar e totalmente estranho, como tudo que sou e que não sou, ao mesmo tempo.

Não é um pisão e não me sinto furioso ou destrutivo enquanto faço aquilo, mas lenta e intencionalmente, levanto um pé e piso numa casa de papelão no coração da cidade. Com a sola do pé, sinto a pequena estrutura resistir por uma fração de segundo, antes de ficar amassada sob meu peso. Uma a uma, esmago calmamente todas as outras que são feitas de papelão. Duas são de madeira balsa. Essas eu arranco de onde estão coladas e aperto em minhas mãos até se quebrarem. A madeira frágil se dobra e se quebra facilmente nos meus dedos. Cuidadosamente derrubo o muro, então pego as casas de Lego e as desmonto, peça a peça. Há também uma delegacia, tirada de algum brinquedo feito para crianças bem mais novas, mas é apenas um pedaço de plástico moldado. No começo foi difícil rasgá-la, mas, com a ajuda da perna de uma cadeira, consigo arrancar o teto e, depois de ficar sem essa parte, o resto se separa rapidamente. Então sobram a escola, o parque e as lojas.

Quando olho para o relógio de novo são 4:21 e estou de pé sobre um monte de lixo. Meu coração está acelerado, e sei que não vou conseguir dormir, mas também tenho consciência de que terminei. Jogo a maior parte do que está solto sobre a tábua e empurro tudo aquilo para debaixo da minha cama. Algumas peças, alguns bonecos, alguns farrapos de papelão e pedaços de plástico quebrado que ainda estão espalhados pelo chão. Um a um, sem deixar qualquer prova, eu os apanho e os jogo na lixeira.

Enquanto puxo o lençol para me cobrir e sinto o travesseiro frio contra minha bochecha, fico feliz em saber que a cidade destruída está bem debaixo de mim. Estou satisfeito por ter lidado com isso. Preciso apenas colocá-la num saco e levá-la à lixeira do lado de fora da casa antes que minha mãe descubra a bagunça e comece a fazer perguntas.

Observo os pontos que piscam no meu relógio e decido que vou esperar pelo 4:44. Essa será uma boa mudança para ver, então poderei dormir.

O 4 nos relógios digitais não é nada como um 4 de verdade. É um "h" de cabeça para baixo. A pessoa que convenceu todo mundo de que isso podia se passar por um 4 era muito esperta.

Parte Dois

Pego meu caminho habitual para a escola e dou um grito para chamar David, segurando a bola bem visível debaixo de um braço enquanto ele vem até a porta. Percebo que ele a vê, mas não faz qualquer comentário.

Eu lhe digo que escalei o tapume, pulei para o outro lado e a peguei sozinho. Ele apenas dá de ombros.

— Você não vai acreditar no que tem lá dentro — falo.

Ele não responde, então deixo o silêncio no ar. Posso ver que ele está tentando fingir que não está interessado, mas sei que despertei sua curiosidade.

— O quê? — pergunta ele depois de uma longa pausa.

— Uma casa — digo. — A casa mais esquisita que eu já vi.

Estamos chutando a bola pela rua, nos revezando com ela, mas em determinado momento eu a seguro com as mãos. Quero atenção total.

— Esquisita como? — pergunta ele.

— Esmagada. Demolida.

— O que há de tão esquisito nisso?

— A sensação. Há roupas por toda parte e os móveis ainda estão lá dentro, e livros, como se as pessoas ainda estivessem morando lá. Só que está totalmente achatada.

— E?

— E o quê?

— Achei que você tivesse dito que era esquisita.

— Isso é esquisito. Você não acha isso esquisito?

Ele dá de ombros.

— Eles têm que fazer isso.

— Quem tem que fazer o quê?

— O exército. Imagina como é legal simplesmente derrubar uma casa. Já pensou ser o condutor? Duuush!

Ele me dá um esbarrão para dar ênfase, quase me derrubando, como se ele fosse a escavadeira e eu, a casa.

Eu o empurro também, mas ele levanta o braço e me acerta no bíceps com um dos cotovelos. Eu não passo a mão no braço nem dou qualquer sinal de que ele me machucou. Um segundo depois, apesar de ter a intenção de não falar sobre o assunto, apesar de saber que eu não deveria fazer isso, escuto minha voz lhe contar que encontrei um túnel.

— Um túnel?

— Sim, mas você não pode contar pra ninguém.

— Que tipo de túnel?

— Tinha simplesmente um buraco no chão e, quando desci pra ver o que era, achei um túnel que passava por debaixo do Muro.

Ele para de andar e me lança um olhar desconfiado.

— Um túnel! E você desceu até ele?

Sei que vou estar em sérios apuros se algum adulto descobrir o que fiz, mas posso sentir meu segredo desejando sair da minha boca da mesma forma que um sorvete quer levar uma lambida. David é o mais próximo que tenho de um melhor amigo em Amarias. Se não puder contar isso a ele, não posso contar a mais ninguém. Porém, imediatamente, vendo o olhar horrorizado em seu rosto, sinto que calculei errado.

Eu me imagino contando sobre a menina do outro lado e como ela me salvou, mas que não pude fazer nada para ajudá-la. Imagino que estou descrevendo a minúscula casa em que ela mora; seu pedido por comida, seus braços magros e seus olhos orgulhosos e tristes. Consigo me visualizar tentando explicar a culpa que penetra minha alma toda vez que penso nela, e é bastante óbvio que ele nunca entenderá o que quero que ele entenda, e que nunca manterá minha história em segredo. Ele mora em Amarias desde que nasceu. Seus pais estavam entre os primeiros moradores da cidade. David, eu sei, nunca se perguntou um momento sequer se Amarias era o lugar que fingia ser. Minha incerteza, para ele, seria completamente incompreensível, subversiva e repugnante.

Percebo enfim que tenho que parar de falar antes de deixar escapar mais alguma coisa. Na verdade, tenho que pensar numa forma de desdizer o que já disse. Solto uma risada forçada e dou um soco no braço dele.

— Você acreditou em mim!

Por um momento, o brilho ressabiado permanece em seu olhar, então ele também me dá um soco.

— Não acreditei, não.

— Acreditou, sim.

— Bom, é possível — diz ele. — Aposto que existem túneis. Eles fariam qualquer coisa pra nos explodir. São loucos. — Ele estica o braço e puxa a bola de debaixo do meu braço, quicando-a enquanto fala. — Algumas vezes olho pra esses soldados — continua ele — e mal posso esperar.

— Esperar o quê?

— Até ser a nossa vez. Você consegue imaginar como vai ser? Vestir o uniforme, carregar uma arma. Ir até o outro lado e ver todas aquelas pessoas por toda parte com medo de você, fazendo tudo o que você manda.

Eu viro o rosto. Não consigo imaginar. Nem mesmo enquanto tento visualizar aquilo naquele momento consigo fazer aquilo parecer real ou plausível. O primeiro rosto que vem à minha mente é o da menina. Assim que a imagem dela, na mira de uma arma, começa a se formar em minha mente, David a afasta com sua voz esganiçada e empolgada:

— E, se alguém mexer com você, ou te irritar... — Ele arremessa a bola para mim, ergue um rifle imaginário até a altura do ombro e solta três disparos imaginários. — TUUF! TUUF! TUUF!

Seus olhos estão assustadores agora. Iluminados por seu entusiasmo.

— É o melhor exército do mundo — diz ele. — E em alguns anos vamos fazer parte dele. Você tem ideia de como nós temos sorte?

Não consigo pensar numa resposta, então simplesmente estico o braço e dou um empurrão em seu peito, jogando-o contra uma parede. Saio correndo, dando uma risada forçada, sabendo que ele vai me perseguir, sabendo que é mais rápido e mais forte e que vai me derrubar no chão em questão de segundos. Sua retaliação provavelmente será o dobro do que fiz a ele, mas não me importo. Simplesmente continuo correndo e rindo.

Passo a manhã inteira lutando para me concentrar. Toda página que vejo parece se transformar na imagem que David criou: eu, de uniforme, apontando uma arma para a cabeça daquela menina.

Quando tento afastar a visão, outra surge para tomar seu lugar, a dos garotos que me perseguiram e o que eles teriam feito comigo se tivessem me encontrado atrás daquela motocicleta. Eu os imagino rindo do meu corpo acuado, derrubando a moto, então acabando comigo. Quando tento fechar essa nauseante fábrica de pensamentos, meu cérebro simplesmente me leva de volta à menina e ao olhar de medo repentino em seu rosto quando ela se virou, sem nem dizer adeus.

Engulo meu almoço o mais rápido que posso, me forçando a pensar em qualquer outra coisa que não seja a menina, lutando, como fiz durante toda a manhã, para trazer meus pensamentos de volta à minha própria vida, ao meu próprio mundo deste lado do Muro. Assim que coloco a comida para dentro, corro até o pátio e forço a barra para entrar num jogo de futebol, correndo atrás da bola freneticamente, onde quer que ela vá, sem esperar um passe ou defender uma posição, apenas correndo o máximo e o mais rápido que consigo usando o jogo como forma de apagar os pensamentos venenosos que invadiram minha cabeça. Geralmente sou medroso nas divididas, mas nesse jogo não sinto medo algum e dou carrinhos nos outros jogadores, sentindo prazer ao escutar o som de suas pernas batendo nas minhas enquanto brigo pela bola.

Começo a sentir que as pessoas estão olhando de forma estranha para mim. Vejo um grupo de garotos no canto mais afastado do campo sussurrando entre si e olhando fixamente na minha direção, mas não paro. Pela primeira vez depois de passar pelo túnel, o nó de tensão que havia dentro de mim parece ter afrouxado. Os outros garotos no jogo, normalmente meus "meio que amigos", parecem distantes, sem importância, não completamente reais.

Quando marco um gol, abrindo espaço entre dois zagueiros e mandando um chute no canto direito inferior, corro até o outro lado do campo para comemorar, mas ninguém no meu time se junta a mim. Na verdade, eles se afastam de mim, mas não me importo e, assim que a partida recomeça, simplesmente dobro meus esforços, correndo ainda mais rápido do que a bola, dividindo com ainda mais garra, até perceber que meu coração e minhas pernas estão gritando para que eu pare e que meu estômago está se revirando, praticamente pronto para vomitar.

Eu paro, vou até a lateral do campo e me sento no chão. Ninguém me acompanha ou me pergunta se estou bem.

Enquanto meu enjoo diminui, observo a bola de futebol, um pouco zonzo. Os outros garotos parecem mais distantes do que nunca agora, seus gritos abafados e vazios, sua animação com o jogo estranha e não totalmente compreensível.

Quando começo a me sentir melhor, do nada vem uma bola desgovernada na direção do meu rosto. A única forma de evitar um nariz quebrado é me jogar de cara no chão, o que faço a tempo de sentir a bola passando milímetros acima do meu cabelo. Quando volto a me sentar, o garoto que chutou a bola está olhando para mim com um sorriso cruel. Vários outros meninos têm expressões semelhantes em seus rostos e percebo que isso não foi de forma alguma um acidente, mas um míssil bem direcionado. Olho para o outro lado, fingindo não ter notado. Decido me dar mais um minuto ou dois antes de ir embora, para que eles não pensem que me venceram.

Justo quando estou me preparando para me levantar, David aparece com seu amigo Seth, um garoto gorducho com o lábio inferior proeminente que está sempre brilhando com saliva. Seth me odeia. Eles estão de pé e tão próximos de mim que tenho de entortar o pescoço para ver seus rostos.

— Seth quer saber do túnel — diz David.

Eu pisco por causa da luz do sol, que forma uma auréola cintilante sobre suas cabeças.

— Que túnel?

— O túnel que você encontrou no terreno em construção.

Olho fixamente para David, mantendo minha boca apenas levemente aberta.

— Do que você está falando?

Os dois garotos olham para mim por alguns segundos, então, como se obedecendo a um sinal invisível, caem na gargalhada e vão embora.

Contei mais do que deveria a David. Não posso confiar nele.

Uma mão pousa em meu ombro e faz meu corpo se erguer. Minha garganta emite um som entrecortado que é quase um grito. Metade do meu rosto está dormente.

Durante um instante, meu cérebro se embaralha e se agita, não entendendo onde estou ou o que está acontecendo. Era como se uma pessoa estivesse em cima de mim, uma mulher, sua testa franzida, ela parece ansiosa. É minha mãe. Esse lugar, tudo à minha volta... eu não estava aqui um momento antes.

Estou no meu quarto. Estou em minha escrivaninha. À minha frente está meu dever de casa. Devo ter adormecido sobre um livro de exercícios.

— O jantar está pronto — diz minha mãe. — Estou te chamando há horas.

— Desculpe — falo, a palavra saindo como um murmúrio rouco.

— Você está bem?

— Estou legal.

— Você está com uma aparência péssima.

— Eu... Eu acho que tive um pesadelo.

— O que foi?

— Nada. Não sei. Não me lembro mais.

— Vem comer.

— Tá.

Ela tenta me ajudar a me levantar da cadeira, mas eu a afasto.

— Vou em um minuto.

— Tá bem. Mas vem logo. E lave as mãos. A comida está esfriando.

— Já vou — respondo atravessado. — Só preciso de um minuto.

Ela se retira, deixando a porta parcialmente aberta ao sair. Fecho os olhos novamente, tentando encontrar os vestígios do meu pesadelo. Estou no túnel novamente, mas ele está molhado no fundo, uma camada fina de água cobre tudo, e quando sinto o cheiro, percebo que o líquido sob minhas mãos e minhas pernas é mais viscoso do que água. Levanto uma das mãos e a viro, mas não consigo ver nada até que um alçapão se abre sobre mim e um feixe de luz desce. As palmas das minhas mãos, meus dedos e meus pulsos estão vermelhos. Então algo segura meu ombro e eu me viro, sabendo que é a mão do garoto que cuspiu em mim, sabendo que ele estará empunhando uma arma, mas ele desaparece antes mesmo de ficar visível e o túnel de repente não é o túnel, e a mão é a mão da minha mãe, me acordando ao me chamar para jantar.

Minha mãe e Liev me observam em silêncio quando entro na sala de jantar. É em momentos como esse que mais sinto falta de ter um irmão ou uma irmã, nos momentos em que há dois pares de olhos sobre você, observando tudo o que você faz, analisando cada contração do seu rosto, sem ninguém para desconcentrá-los ou distraí-los.

A maioria das outras famílias em Amarias é enorme. Se meu pai não tivesse sido baleado, sei que eu teria irmãos e irmãs. Às vezes parece que ele não é a única pessoa faltando na família, como se tivessem matado mais do que apenas meu pai.

Às vezes me pergunto se há algo de errado com Liev e sinto que o fato de nossa família ser tão pequena é parte da razão para que as pessoas sejam tão desconfiadas a nosso respeito. Não é normal, por aqui, ter apenas um filho.

Se Liev tivesse um filho de verdade — um que fosse realmente seu —, sei que ele o trataria de forma diferente. A ideia de um mini Liev na casa, que acreditasse no que Liev dissesse e que desejasse ser como ele quando crescesse, me dá vontade de vomitar. É melhor não ter irmão nenhum a ter um assim. Exceto, talvez, em ocasiões como essa, quando não há nada que eu queira mais do que a presença de outro ser humano no recinto, fazendo alguma coisa, qualquer coisa, para tirar aqueles quatro olhos vidrados de cima de mim.

— Fiz o seu prato favorito — diz minha mãe assim que Liev termina a bênção. — Frango assado.

— Obrigado — sussurro.

— Achei que... Depois do que aconteceu ontem...

— Depois do que você fez — interrompe Liev.

— Só achei — continua minha mãe, tentando fingir que Liev não falou nada — que, como você tomou um grande susto, merecia um agrado.

Balanço a cabeça. Não vou agradecer duas vezes.

— Sua mãe é boa demais — diz Liev. — Você não a merece.

"E eu mereço você?", penso, mas guardo isso para mim. A verdade é que não mereço Liev, assim como minha mãe também não. Ele foi se metendo na família sem ninguém notar o que ele estava fazendo e agora está no comando.

Minha mãe ficou bem maluca depois que meu pai morreu. Tentou segurar as pontas, mas durante meses parecia uma vidraça cheia de rachaduras que, de alguma forma, ainda se mantinha presa à moldura. Era impossível olhar para ela sem pensar que o mínimo toque a estilhaçaria em milhares de pedaços. Tentei ajudar, mas também estava muito abalado, e era muito difícil conversar com ela por mais de um minuto sem que seus lábios começassem a tremer e seus olhos se enchessem de água. Quando tinha escolha, eu muitas vezes apenas tentava ficar fora do caminho dela.

Foi então que Liev começou a aparecer. A princípio foi um alívio. Minha mãe precisava de compaixão quando estava quieta e de alguém para agir como se estivesse escutando quando seu humor mudava e ela começava a falar. Mesmo quando ela dizia a mesma coisa pela centésima vez, Liev nunca parecia entediado ou impaciente, nem ansioso para ir embora. Não demorou muito para ele estar conosco todas as noites. Parecia estranho o fato de ele ser religioso, mas religião ocupa um bom tempo, e minha mãe parecia gostar daquilo — ter dias, semanas e meses pontuados por rituais que Liev gradualmente ia incluindo em nossa rotina. Minha mãe estava perdida, e ele era como uma bússola, sempre apontando para o Norte, sempre a levando em uma direção.

Durante um tempo fui grato a ele. Eu queria ser atencioso, queria cuidar dela, mas não era capaz de fazer aquilo. Estava furioso e perturbado demais para ter algo para oferecer a qualquer outra pessoa. Liev era afetuoso com ela da forma como eu desejava conseguir ser. Ela era um objeto frágil, e eu não confiava em mim mesmo para carregá-lo, então fiquei feliz por poder entregá-la a outra pessoa.

Ele ainda é gentil com ela hoje em dia, ainda a trata como se o menor aborrecimento pudesse destruí-la, só que, agora, a coisa da qual ele tem tentado protegê-la sou eu. Ele acha que sou egoísta e que não tenho consideração, então não para de tentar se meter entre nós e policiar a forma como falo com ela. Se não estivesse por perto, tudo estaria bem, mas ele simplesmente não consegue deixar de se intrometer e tentar encaixar tudo em suas regras idiotas.

Se tivesse criado resistência a ele desde o início, eu poderia ter sido capaz de mantê-lo afastado, mas, quando percebi o que ele estava tramando — que estava dando um jeito de entrar definitivamente em nossas vidas, e que mudaria tudo e nunca iria embora —, já era tarde demais. Ainda me lembro do momento em que percebi o que iria acontecer e que ele tinha me vencido.

Eu só tinha 9 anos quando ele começou a nos visitar e estava sempre desesperado atrás de alguém com quem jogar jogos de tabuleiro. Havia fins de semana nos quais ficávamos sentados na mesa de jantar durante tardes inteiras, jogando dados e movendo peças, enquanto minha mãe vagava pela casa, mantendo distância e incentivando que nos "conectássemos". Era bom ter outra pessoa em casa além de mim e dela. Ele era uma pessoa atrás de quem eu poderia me esconder, alguém para lidar com as mudanças de humor da minha mãe, alguém para mudar nossa direção e nos fazer olhar para a frente em vez de para trás.

Ele fez o máximo possível para ser legal comigo, e eu tentei gostar dele, mas, no dia em que ele sugeriu um "passeio em família", percebi pela primeira vez o que estava tentando fazer. Ele era todo sorrisos quando me perguntou aonde eu queria ir, com minha mãe bem ao lado dele, sorrindo para mim, e percebi, num piscar de olhos, que os dois estavam juntos naquela missão — eles estavam trabalhando como um time — de me arranjar um pai substituto.

Fiquei parado ali, sem falar nada, devastado pelo horror daquela ideia — pela ideia de que *qualquer um* pudesse achar que podia fazer aquilo, ainda mais aquele velho, barbudo e abominável desconhecido —, enquanto eles olhavam para mim, esperando para ouvir minha escolha de passeio. Optei pela piscina, não porque gostasse de nadar, mas porque achei que era a melhor escolha para expor o abismo ridículo entre Liev e meu pai. Achei que a visão dele com roupa de banho pudesse fazer minha mãe acordar e forçá-la a ver o que estava fazendo.

Quando ele saiu de seu cubículo, andando nas pontas dos dedos nos ladrilhos molhados como se não quisesse que o chão tocasse seus pés, pensei por um momento que meu plano poderia funcionar. Eu já sabia que ele não era nenhum atleta, mas sua aparência naquela roupa de banho antiquada (que não era muito maior do que uma calcinha) era mais assustadora do que havia ousado imaginar. Seu corpo era gordo e magro ao mesmo tempo, ossudo e também flácido, com pele da cor e textura de massa, tão macia que dava a impressão de que uma cutucada forte poderia deixar uma marca duradoura. Até mesmo seus dedos dos pés eram peludos.

— Então, vamos nadar! — disse ele, esfregando as mãos uma na outra, se esforçando a agir como se o passeio fosse qualquer coisa diferente de uma tarefa desagradável. Ele não parecia fazer ideia de como sua aparência estava horrível.

Minha mãe não reagiu àquela visão da forma que eu tinha imaginado. De alguma maneira ela reprimiu sua resposta instintiva, que deveria ter sido sair correndo dali. Ela nem sequer se encolheu quando ele saiu do vestiário. Talvez tenha sido tato; talvez ela já tivesse visto tudo aquilo antes. Aquele não era um pensamento em que eu queria me demorar.

Fiz questão de jogar muita água nele e de ser o mais irritante possível dentro dos limites do que poderia se passar por brincadeira, mas nada o tirava do sério. Sabia que o estava deixando aborrecido e que ele achava que água com cloro nos olhos não era nem um pouco divertido, como estava fingindo achar, mas ele suportava tudo aquilo com um bom humor irritante.

Depois de um tempo, decidi perguntar se ele gostava de saltar. Estávamos na piscina com as plataformas altas e desde o começo ele ficou desconfiado.

— De vez em quando — respondeu ele, sorrindo cautelosamente, seus olhos se movendo na direção da minha mãe para ver se ela estava escutando.

Cheguei mais perto dela.

— Vamos mergulhar um pouquinho. Você me ensina? — sugeri.

Ele deu de ombros num sim relutante, então nadei até a beira da piscina, me certifiquei de que ele estava me seguindo, então fui até a torre de mergulho e esperei por ele antes de subir. Podia ver minha mãe do outro lado da piscina, observando. Acenei para ela e, assim que Liev se aproximou, comecei a subir a escada.

E continuei subindo, passando pela plataforma baixa, então passei pela plataforma intermediária, ouvindo o eco metálico dos passos de Liev atrás de mim, sentindo seu peso fazendo a armação da escada balançar. Não parei ou olhei para baixo até percorrer todo o caminho até a plataforma de 10 metros. Eu nunca tinha subido até esse nível antes. Uma olhada entre minhas pernas mostrou os banhistas parecendo miniaturas lá embaixo, seus gritos e uivos se combinando num zumbido agudo contínuo. A queda sempre parecera alta vista da piscina, mas parecia enorme lá em cima. A ideia de andar até a beira e se jogar daquela altura era nauseante. Arrastei os pés do fim da escada até o corrimão fixado nas laterais da plataforma. Meus joelhos pareciam bambos e nada confiáveis enquanto eu tentava alcançar a barra de metal, que segurei com toda minha força enquanto esperava por Liev.

Eu sabia que ele estava numa missão para se provar para minha mãe, então ele não iria saltar de uma plataforma mais baixa nem desistir. Demorou um bom tempo até que Liev aparecesse no topo e, quando apareceu, seu rosto estava pálido, seus lábios apertados num aro rígido e branco. Os músculos flácidos de seus braços tremiam enquanto ele se erguia.

Tentando esconder meu sorriso malicioso, me virei novamente para minha mãe, encontrando-a lá embaixo e acenando de forma entusiasmada com a mão direita enquanto me segurava firmemente com a esquerda. Não consegui identificar sua expressão quando ela acenou para mim.

Liev chegou ao topo da plataforma, se levantando desajeitadamente dos joelhos até os pés, então se aproximando lentamente do corrimão, no qual segurou com força suficiente para deixar as articulações de seus dedos brancas. Durante um tempo, ficou parado com a cabeça arqueada, recuperando o fôlego.

Quando olhou para mim, cada traço de cordialidade havia desaparecido de seus olhos.

— Eu sei o que você está fazendo — disse ele, sua voz fria e direta.

— Eu subi muito alto? — respondi cheio de inocência e sorrisos.

— Eu sei exatamente o que você está fazendo.

— Meu pai era um mergulhador muito bom — falei. — Ele não tinha medo de nada.

Ele olhou em meus olhos, respirando lentamente pelas narinas, enquanto levantava o dedo indicador e me dava um cutucão firme nas costelas. Logo abaixo do meu coração.

— Você acha que é mais esperto do que eu? — perguntou ele.

Segurei no corrimão com mais força, me sentindo repentinamente vulnerável, mais nu do que gostaria de estar, mais alto do que era seguro. Passou pela minha cabeça que eu nunca tinha ficado sozinho com ele antes, longe dos ouvidos da minha mãe. O corpo dele estava posicionado para me tirar do campo de visão dela.

— Não faça joguinhos comigo — disse ele. — Jamais pense que pode jogar comigo. Você não vai ganhar.

Ele esticou o braço e, com um dedo, levantou meu queixo, me forçando a olhar para ele. Sua boca estava esticada num sorriso afetuoso e amigável que, de alguma forma, também era o oposto daquilo.

— Então... seremos amigos? — perguntou ele.

Dei de ombros, olhando fixamente para uma única gota que estava presa à ponta de sua barba.

— Amigos?

Continuei sem responder, mas ele prosseguiu como se eu tivesse dito que sim.

— Então vamos apertar as mãos — falou ele, como se estivéssemos, agora, nesse momento, nos encontrando pela primeira vez numa plataforma de mergulho.

De certa forma, realmente estávamos. Aquele, eu percebi, era o verdadeiro Liev.

Não havia nada a fazer a não ser estender minha mão mole e encharcada e apertar a dele. Seus dedos estavam inchados, macios e quentes. Ele balançou meu antebraço para cima e para baixo, como se eu fosse uma máquina operada por uma alavanca. Esse gesto pareceu satisfazê-lo, e ele respirou fundo, satisfeito.

— Bom menino — disse ele —, bom menino — repetindo o comentário com uma entonação musical, como um treinador recompensando um cachorro obediente.

Depois disso, inclinou a cabeça para trás e girou o pescoço num círculo lento, então virou-se e caminhou em direção à beirada da plataforma. Tentou parecer confiante, mas estava curvado e indeciso, seus joelhos não estavam completamente esticados, sua mão pairava no ar, pronta para agarrar o corrimão. Ninguém subia aqui havia um tempo, tirando as pegadas dele, a superfície estava seca. Pouco depois, não havia mais concreto à sua frente, apenas ar.

Ele curvou os dedos dos pés na beira da plataforma, abriu os braços e ficou parado ali, balançando levemente. A parte inferior de sua roupa de banho tinha se encharcado e descolado de seu corpo, soltando gotas de água que respingavam entre seus tornozelos.

Com o queixo erguido, ele lentamente flexionou os joelhos e pulou, voando pelo ar com as costas arqueadas, num perfeito e gracioso salto frontal. Durante meio segundo, foi bonito. Então, enquanto sua cabeça cortava o ar na direção da água, a falha em sua técnica ficou evidente. Com vários metros restantes de queda, ele permanecia rodando. Suas pernas e seus braços começaram a se debater numa tentativa inútil de corrigir a trajetória, antes de a pele de suas costas atingir a água com o som do estalo de um chicote. Uma onda circular se alastrou a partir de seu ponto de impacto, fazendo com que círculos concêntricos de banhistas balançassem na água. Um burburinho de risadas se elevou enquanto o som do impacto com a água diminuía.

Ele voltou à superfície e nadou na direção da minha mãe. Eu não conseguia distinguir a expressão no rosto de nenhum dos dois, mas pude ver que, antes de dizer qualquer coisa, ele a beijou nos lábios. Foi a primeira vez que eu o vi tocá-la. A visão daquele beijo me apunhalou no peito como outro cutucão. Aquele foi o momento em que soube que ele tinha me vencido.

Desci a escada, lutando contra os degraus escorregadios, meu corpo pesado com o pressentimento. Liev havia assumido o controle. Eu não sabia aonde ele nos levaria, mas sentia que tudo mudaria e que eu não conseguiria impedir aquilo.

— Muito alto pra você? — perguntou ele enquanto eu me aproximava nadando.

— Suas costas estão bem? — perguntei.

— Ótimas.

— Devem estar doendo.

— Na verdade, não.

— Posso ver?

— Não tem nada pra ver — disse ele, espirrando água em meu rosto de brincadeira e com seriedade ao mesmo tempo.

Só quando estávamos no vestiário que vi sua pele ferida. Uma assadura violenta se espalhava pelas costas dele como se alguém o tivesse amarrado a uma mesa e o lixado, a vermelhidão interrompida apenas por uma fina linha branca, como um raio dividindo o ferimento. Dava para ver que toda aquela área ficaria sensível ao toque. Parecia incrível o fato de ele não ter chorado, de não ter deixado transparecer nem um traço de desconforto. Uma leve hesitação quando ele colocou a camisa foi o único sinal de que estava sentindo algum tipo de dor.

No caminho para casa, ele segurava o volante com as duas mãos, mantendo o corpo ereto para que as costas não tocassem o assento. Ele me disse que meu nado precisava ser aperfeiçoado e se ofereceu para me levar novamente à piscina, apenas nós dois, "para algumas lições".

Minha mãe girou em seu assento e sorriu para mim.

— Isso não é muita gentileza? — perguntou ela.

Não respondi.

Dois meses depois, eles estavam casados, e Liev tinha nos trazido para cá, para a Zona Ocupada, para uma casa nova em folha na fronteira de Amarias.

* * *

— Você está bem? — pergunta minha mãe, inclinando o corpo na minha direção e acariciando minha bochecha.

Eu me afasto, ficando fora de alcance, e abaixo os olhos na direção do frango intocado em meu prato. Liev já comeu mais da metade de sua porção.

— Estou bem — digo. — Apenas cansado.

— Você tomou um grande susto.

— Estou apenas cansado — respondo atravessado.

— Certo — fala ela, levantando as mãos numa minirrendição falsa. — Você está apenas cansado.

— É claro que está — diz Liev, deixando o sarcasmo escorrer pela boca cheia de arroz. — Adormecendo sobre os trabalhos da escola. Acha que é assim que vai conseguir notas boas?

— Ele está se saindo bem.

— Eu sei que está. Bem é bom, mas não é ótimo. Bem não é excelente.

— Deixa ele comer — diz minha mãe.

— E eu estou impedindo que ele coma? Estou?

Minha mãe dá de ombros.

— Ele tem 13 anos. Você não pode ficar atrás dele o tempo todo.

Abaixo minha cabeça e tento começar a comer minha refeição, me perguntando por quanto tempo os dois serão capazes de continuar essa conversa sem qualquer participação minha. Só que não consigo comer. O frango em meu garfo parece suculento, coberto por um molho espesso e brilhante que pinga, mas na minha boca ele parece pegajoso e seco. Mastigo e mastigo, desejando que houvesse alguma forma de cuspi-lo, mas aqueles quatro olhos estão fixos em mim, mais atentos do que nunca, então continuo mastigando e me obrigo a engolir.

Posso sentir meu estômago faminto gritando por nutrientes, mas a ideia de comida de verdade entrando em meu corpo parece nauseante e estranha.

O silêncio toma conta da sala enquanto me obrigo a engolir cinco ou seis garfadas, antes de cortar e misturar o resto cuidadosamente em uma massa para esconder a quantidade de comida que estou deixando no prato.

— Você tem certeza de que está bem? — pergunta minha mãe.

Eu balanço a cabeça.

— Quer sobremesa?

Respondo negativamente com a cabeça.

— Sorvete? Temos sorbet de limão.

— Não, obrigado.

Ela estica o braço e coloca uma das mãos na minha testa. Deixo seus dedos finos repousarem, quentes e delicados, em minha pele.

— Você não parece estar quente — diz ela.

— Estou só cansado. Já disse.

— É claro que está.

— Posso ir pro meu quarto?

Minha mãe e Liev trocam olhares ansiosos. Ela tenta me ajudar a me levantar da cadeira, mas eu me desvencilho dela e saio andando, resmungando que vou me sentir melhor pela manhã.

Fico parado no meio do quarto durante um tempo, sem tirar a roupa, sem nem mesmo pensar realmente em nada, apenas parado ali. Só percebo o que estou fazendo quando minha mãe entra, fechando a porta de sua maneira única e silenciosa, sem levantar a maçaneta até que a porta esteja totalmente fechada.

Ela me ajuda a me sentar em minha cama e se aconchega ao meu lado, perto o bastante para nossas pernas se encostarem.

— Aconteceu alguma coisa? — pergunta ela. — Alguma outra coisa?

Seu rosto está tão próximo que tenho que piscar para focar. É o rosto que melhor conheço no mundo. Cada ruga e cada sarda, cada mancha, cada expressão é familiar para mim. Mesmo quando ela parece distante, perdida em sua luta misteriosa e particular para compreender o que lhe aconteceu, ainda assim parece parte de mim, como a única pessoa no mundo que conheço de verdade.

Quero lhe contar sobre o túnel. Por um instante parece que tenho que lhe contar sobre o túnel, que o que fiz e onde estive são como uma toxina aprisionada dentro de mim, prestes a vazar para minha corrente sanguínea e me envenenar se eu não encontrar uma forma de colocá-la para fora.

Com ela sentada ao meu lado na cama, preocupada e atenta, esperando que eu fale, sinto que posso nunca mais ter uma oportunidade tão boa para explicar o que fiz, onde fui, como escapei e quem me salvou. Sei que tenho que encontrar uma forma de compartilhar o peso da sensação que está me estrangulando, a sensação de que devo minha vida a alguém com quem agi errado.

Respiro fundo e levanto a cabeça, olhando para a frente, para o guarda-roupa. Atrás dele está escondido o lenço. Que pertence à menina que mora naquele aposento pequeno, escuro e abarrotado. Impossivelmente distante, mas ao mesmo tempo nem um pouco longe. Tudo que ela pediu foi algo para comer, mas eu não lhe dei nada e fui embora, roubando seu lenço e os sapatos de seu irmão.

Por que ela estava com fome? Ninguém fica com fome deste lado do Muro. Minha porção de frango assado, ainda quente, estaria agora no lixo da cozinha, esfriando lentamente, deslizando entre uma massa de comida descartada.

Sinto uma mão em minhas costas, esfregando de uma omoplata à outra, passando pela minha coluna. A voz suave e baixa de minha mãe surge:

— Você pode me contar. O que quer que seja, pode me contar.

Seu lábio superior está vermelho, o inferior está pálido.

Algo cede em meu peito, e sinto um reservatório de lágrimas começar a se encher em algum ponto atrás do meu nariz.

— Nós podemos te ajudar — diz ela.

Nós. Qualquer coisa que eu disser a ela será contado para Liev. Se eu lhe contar a verdade, isso vai desencadear uma série de acontecimentos que sairão imediatamente do meu controle. Liev irá contar à polícia, a polícia vai contar ao Exército, o Exército vai até o outro lado do Muro para fazer seu trabalho. Haverá uma investigação, checagens, prisões. Uma máquina vingativa e furiosa está preparada para entrar em ação assim que eu abrir minha boca. Se eu não quiser ligar essa máquina, não posso dizer nada a ninguém.

Ajeito a postura e respiro fundo.

— Não é nada — falo.

Ela abaixa o queixo e olha para mim com uma falsa expressão irritada, tentando mostrar uma testa franzida engraçada. Ela está usando táticas diferentes. Dando uma chance ao humor.

Eu me levanto, me virando de costas para ela.

— Você está sentada no meu pijama — digo.

— Se você... Se for alguma coisa...

— O quê?

Ela olha para mim, suas mãos perfeitamente juntas sobre seu colo.

— Eu só quero dizer... Que posso guardar um segredo.

— De quem?

Quero ouvi-la dizer: de Liev.

— De... Qualquer um. De todo mundo.

— Sobre o quê?

— Quero saber o que está errado. O que aconteceu com você.

— Eu já te contei o que está errado.

— Quando?

— Agora mesmo.

— E o que é?

— É que você está sentada no meu pijama. E quero dormir.

Ela se encolhe. Eu me concentro em manter meus músculos do rosto bem rígidos enquanto minha mãe olha fixamente para mim. Seus olhos escuros parecem mais tristes, cansados e desapontados do que nunca. Ela apoia as mãos nos joelhos e se levanta de forma pesada, então se afasta e me observa enquanto pego a camiseta que uso para dormir.

Sem dizer mais nada, ou olhar para trás, ela sai do quarto e fecha a porta.

Paro de jogar futebol na hora do almoço. Em vez de continuar no jogo, vou à biblioteca para fazer meu dever de casa, ou pelo menos para fingir que estou fazendo meu dever de casa. Normalmente eu o deixo na minha frente, mas fico apenas sentado ali, pensando, sonhando acordado, desenhando.

Nunca me permito desenhar o túnel, para o caso de alguém ver e fazer perguntas desconcertantes, mas desenho os prédios e as pessoas que vi do outro lado. Quero me ajudar a lembrar. Ou esquecer. Ou talvez um misto dos dois. Honestamente, não sei por que continuo desenhando essas coisas, mas é isso que parece sair da minha caneta — as ruas deterioradas, as poças, as caixas-d'água no topo de todos os prédios, os fios espalhados por todos os lados, alguns rostos. E a menina. O tempo todo. Suas feições delicadas e sérias; seus braços finos como gravetos; seus olhos flamejantes.

Quão magra ela realmente era? Eu desenho e desenho, mas não consigo acertar. Não sei se me lembro direito dela. Quanto mais versões produzo, menos precisas elas parecem. Quanto mais me esforço para capturar sua imagem, mais indefinida fica.

Um dia, depois da escola, percebo que meus pés não estão me levando para casa. Eles estão me levando na direção oposta, para fora da cidade, por uma estrada que nunca peguei sozinho, e nunca a pé. Não sei por que isso acontece, mas, numa tarde de quarta-feira bastante comum, me vejo andando em direção ao posto de controle.

A cidade acaba de forma brusca. A última casa, idêntica à minha, logo depois de um caminho feito de pedras, manchado com óleo de motor e um retângulo de grama bem cuidada, fica ao lado de uma extensão de uma vastidão rochosa. A estrada continua como antes, um longo trecho de asfalto liso e novo, com uma linha branca cuidadosamente pintada no centro; exatamente igual às pequenas ruas organizadas de agora, além dessa fronteira invisível que leva ao árido cerrado pontilhado por arbustos baixos e espinhosos e cactos ocasionais. Alguns terrenos estão demarcados ao longo da estrada com cordas presas firmemente em cavilhas de metal, mas nenhuma construção parece ter se iniciado. Não sei dizer se essas são apenas demarcações especulativas ou se a terra foi comprada e uma casa está a caminho. Construções costumam aparecer rapidamente aqui. Nada acontece por longos períodos, então você se pega caminhando por uma rua de casas que nunca viu antes, cheia de famílias que não conhece.

Continuo andando, apertando os olhos contra a luz forte do sol. Não há sombra em lugar algum e minha camisa está encharcada de suor. O sol parece se refletir no asfalto, atacando meu rosto de cima e de baixo. O horizonte borbulha na bruma de calor, como se a própria terra estivesse prestes a entrar em ebulição.

Uma construção de concreto redonda, como uma torre de controle aéreo baixa e protegida, é a primeira parte do posto de controle que aparece. É claro que a vi centenas de vezes antes, mas apenas passando por ela de carro, nunca dessa forma, a pé, com tempo para avaliar sua altura e como ela é inatingível. Não consigo ver nenhum soldado olhando para baixo, mas o ângulo do parapeito de concreto dá a impressão de que esconderia o que ou quem quer que estivesse lá em cima.

Debaixo da torre há um emaranhado de arame farpado, que se estende por toda a área em que O Muro se expande, em torno de uma zona de barracas de ferro ondulado que parecem depósitos, cercas de metal, portões de aço e blocos de concreto usados para bloquear a estrada, espalhados de maneira aparentemente aleatória.

Conforme me aproximo, vejo a estrada que os carros do meu lado usam para atravessar O Muro. Um soldado com expressão entediada está acenando para que todos passem tranquilamente. Apenas a cor da placa dos automóveis é o suficiente para deixá-los passar com nada mais que uma breve pausa. Todos em Amarias têm placas amarelas e, se você é amarelo, pode passar por qualquer posto de controle ou bloqueio na estrada sem ser parado. As placas dos carros do outro lado são brancas, com números e letras verdes e esses automóveis têm que encostar e ser revistados. Posso ver uma família sentada em silêncio numa pedra ao lado de seu carro, cujas portas, o porta-malas e o capô estão abertos, enquanto dois soldados — rapazes aparentemente jovens, de 18 ou 19 anos — examinam o estofamento e o motor.

Por um portão separado, vejo o tráfego se movendo na direção oposta, um gotejamento de veículos, na maior parte caminhões e carros antigos, um de cada vez, como pingos vazando de uma torneira. Vejo uma passagem de pedestres cercada ao lado desse portão, por onde passa uma corrente constante de pessoas. A maioria parece ter expressões semelhantes em seus rostos — distantes, cansadas — enquanto saem apressadas e caminham na direção de um pátio em que enxames de micro-ônibus se concentram e do qual partem depois, tirando as pessoas de maneira rápida e eficiente de perto do enorme muro. Todos os ônibus parecem partir desse mesmo local; nenhum deles atravessa o posto de controle.

Fiquei sabendo pelos mapas que O Muro segue uma rota curva e longa que aparentemente não faz sentido. Já tinha ouvido boatos de que pessoas do outro lado muitas vezes tinham que cruzar O Muro só para ir até outros lugares em seu próprio território. Isso parece mesmo ser verdade pela movimentação que vejo aqui, com todos que chegam parecendo partir imediatamente para outro lugar. Ninguém anda pela estrada onde estou parado, na direção de Amarias.

Atrás de mim percebo uma formação rochosa tão alta quanto O Muro. Eu a escalo, subindo pela superfície quente e quebradiça de quatro, com a esperança de conseguir espiar o outro lado. Uma cascata de pequenas pedras desliza enquanto avanço.

Do alto não consigo ver muito mais do que um caos de telhados, cobertos com aquelas caixas-d'água familiares, mas, de um ponto específico, um ângulo através do portão no Muro me dá a visão de algo que nunca vi antes — a aproximação do outro lado do posto de controle, uma área escondida da visão dos carros que passam pela enorme placa que diz "Bem-vindo a Amarias".

Minha visão não é muito maior do que uma fresta, mas é o suficiente para distinguir uma rede de jaulas de metal, como o caminho que leva o gado ao abatedouro. Cada jaula tem a largura de uma pessoa, com barras de metal grossas dos dois lados e no alto. Uma longa linha serpenteante de homens, mulheres e crianças enche cada jaula, se arrastando lentamente em fila indiana, contida por catracas operadas à distância que parecem estar deixando as pessoas passarem uma de cada vez. Acima dessas jaulas estão passarelas elevadas com soldados andando de um lado para o outro, observando as pessoas enjauladas, segurando rifles com as duas mãos. Posso distinguir uma casamata baixa feita com o concreto mais espesso que já vi, parecendo conter mais soldados, presumivelmente aqueles que operam as catracas.

A frente da fila leva a uma construção com telhado de metal. Não consigo ver o que acontece ali dentro, ou adivinhar quanto tempo as pessoas são detidas até receberem permissão para atravessar O Muro, mas posso ver que a fila é longa e se move devagar.

Olhando novamente para os rostos das pessoas saindo apressadas e seguindo na direção de seus ônibus, vejo outra coisa, algo que não tinha notado antes: em seus rostos há uma expressão equilibrada de paciência e fúria, fadiga e rebeldia, orgulho e impotência.

Fico sentado observando, sem ser notado. Penso novamente no garoto que cuspiu em mim, me lembrando da sensação de sua saliva pegajosa batendo em minha bochecha e em minha pálpebra — uma lembrança ainda nauseante e repugnante, mas agora não tão desconcertante.

Não sei exatamente se é o que eu esperava ver. Particularmente não tinha pensado no posto de controle antes, sobre como as pessoas passam de um lado para o outro do Muro, então não tenho realmente uma visão alternativa em mente que possa confirmar ou contradizer o que eu estava vendo na minha frente. Mas, enquanto observo, sinto uma sensação de embrulho, de nó, no estômago.

É estranho o suficiente simplesmente ficar sentado observando, sabendo que inúmeras vezes atravessei aquela passagem de carro sem a menor dificuldade. Mais bizarro ainda é saber que em pouco tempo não serei apenas um espectador. Não demorará muito até que eu me torne um soldado, possivelmente um daqueles ali, sentado numa casamata à prova de balas e operando uma catraca elétrica, ou então andando pela passarela com um rifle apontado para uma fila de pessoas enjauladas. Se você se recusar, é mandado para a prisão.

Quero descer da formação rochosa, mas me sinto paralisado pelo que estou vendo, fascinado pelos rostos passando pelo posto de controle. Apenas quando as luzes começam a enfraquecer desço e sigo para casa, caminhando rápido, embora despreocupado, pela cidade, mal vendo as ruas à minha volta, as fileiras seguidas de fileiras de casas idênticas, as pequenas construções estilosas com suas pequenas janelas estilosas e telhados vermelhos como algo enviado diretamente de um programa de TV americano e colocado aleatoriamente aqui, a milhares de quilômetros de distância, no topo árido de um morro.

Tudo em Amarias é tão novo, tão fresco, que é quase como se, do nada, tudo aquilo tivesse sido criado num passe de mágica. E ninguém parece achar isso estranho. Ninguém parece se preocupar com a possibilidade de haver outro passe de mágica que possa fazer o local desaparecer tão rápido quanto apareceu.

Na porta de casa, demoro para encaixar a chave e fico parado, atordoado, olhando para nossa pequena extensão de grama. O sprinkler está cuspindo um arco de água sobre o gramado, girando sem parar, chkchkchkchkchk.

Olho para o carro estacionado em frente à casa, nosso pequeno sedã japonês, e meu olho é atraído para a placa. A placa amarela.

Nossa chave para O Muro. Com uma placa amarela, você não é revistado no posto de controle, então O Muro não é realmente um muro. Podemos ir aonde quisermos, andar por estradas novas construídas especialmente para nos levar a outras cidades novas, povoadas por outras pessoas com as mesmas placas amarelas. Com uma placa branca, você está num mapa diferente, sujeito a regras diferentes.

Onde quer que decidamos morar, onde quer que construamos nossas cidades, pessoas como eu ganham essas placas amarelas que abrem os postos de controle. Todas as outras pessoas que vivem ao nosso redor só poderiam conseguir placas brancas. Com esse retângulo amarelo em seu carro, o Exército é seu amigo e você pode andar livremente. Com um retângulo branco, O Muro, o arame farpado, os soldados, as torres de observação, as armas têm um significado totalmente diferente.

Viro de costas para o carro, sem querer continuar olhando para ele, mas, ao ser confrontado pela porta de casa, congelo, como um ator que não decorou suas falas, com medo de subir ao palco. Sinto que tenho um personagem a representar, um papel que me foi designado, mas já não consigo me lembrar qual é.

Minha mãe abre a porta.

— O que está fazendo?

Passo a língua pela boca, procurando palavras.

— Não conseguia achar minha chave.

— Está na sua mão.

— Acabei de pegar ela. Estava no bolso errado.

Ela franze a testa e posso ver a pergunta seguinte se formando em seus lábios, então abaixo a cabeça e entro em casa, seguindo diretamente para o meu quarto. Posso ouvir sua voz atrás de mim, me perguntando o que aconteceu com meu rosto, resmungando algo sobre queimaduras de sol, mas aquele som vai ficando agradavelmente mais baixo à medida que eu me afasto e se reduz a quase nada quando fecho a porta do meu quarto.

Sinto-me estranho, mais tarde, quando me sento para jantar — como se não fosse eu mesmo e a sala à minha volta não fosse a sala com a qual estou acostumado. Penso em como as fileiras de casas idênticas pareciam vagamente irreais depois do que vi no posto de controle, e agora percebo que o interior da minha própria sala de estar tem um aspecto lustroso estranho, como se estivesse sobre um palco. Parece ser uma sala fingindo ser uma sala, com móveis posicionados para manter as aparências. Olho ao meu redor: estantes de livros e pinturas vistosas nas paredes vermelhas, sofás rechonchudos, luminárias arroxeadas, uma TV de plasma. Mas nada do que consigo ver parece meu.

Um homem fala. É Liev — o homem que finge ser meu pai, sentado à mesa que finge ser uma mesa de jantar na casa que finge ser minha casa. Ele se apressa em sua bênção e corta nossas costeletas de cordeiro que lembram um esqueleto. Abaixando a faca, ele se vira para mim e examina minha queimadura de sol. Não é muito comum Liev olhar assim para mim, como se estivesse realmente olhando.

— Então, o que aconteceu com o seu rosto? — pergunta ele, sorrindo.

"O que aconteceu com o seu?" é a resposta óbvia, mas você não pode dizer coisas assim para Liev. Ele ficaria tão furioso que sua cabeça explodiria. Pedaços de barba voariam por todos os lados, um temporal de aranhas peludas. Em vez do cérebro, milhões de preces voariam em pequenos pedaços de papel, como confete. Posso visualizar a cena. Comentário desaforado — nariz vermelho

— olhos esbugalhados — veias pulsantes — BUM — aranhas voadoras — confete de preces.

Apenas dou de ombros.

— Você tem que ser mais cuidadoso — diz minha mãe. — Câncer de pele não é brincadeira.

— Toc-toc — falo.

— O quê?

— Quem é? É o câncer de pele.

— Pare com isso! — exclama ela.

— Você tem razão — digo. — Não é brincadeira.

— Do que ele está falando? — pergunta Liev à minha mãe.

Ela balança a cabeça e corta a carne em seu prato.

— Então aonde você foi? — pergunta Liev. — Sua mãe falou que você se atrasou de novo.

Eu mastigo, mastigo e mastigo, o cordeiro ficando duro e seco na minha boca. Se você ampliar um vírus cem mil vezes, verá uma enorme bola felpuda que se parece com uma boca cheia de cordeiro mastigado. Durante um tempo, repasso as mentiras ou desculpas que poderia usar, então decido não me dar o trabalho. Sinto-me estranho — quase sem peso — enquanto falo, casualmente:

— Ao posto de controle.

A faca de Liev bate em seu prato.

— Isso é outra brincadeira? — pergunta ele.

— O que, como o câncer de pele?

— Tão espertinho! Sempre o espertinho!

Solto um naco de cordeiro do osso, sem olhar para ele. A gordura se estica numa substância grudenta, transparente e fibrosa antes de arrebentar.

— Só espero que esteja brincando — diz ele.

— Você não fez isso! — fala minha mãe. — Por que faria isso? Não é seguro!

— Como pode não ser seguro? Está cheio de soldados.

— Apenas o ignore — diz Liev. — Ele acha que sabe tudo, então vamos ver aonde isso o levará.

— Você foi até lá? — pergunta minha mãe.

— Ele está só tentando nos chocar — fala Liev. — Não dê corda pra ele.

— Estou avisando... — diz minha mãe.

Nós nos encaramos, e posso ver que ela não sabe sobre o que está me avisando, com o que está me ameaçando, quem sou ou o que quero. É como se estivéssemos nos olhando através de uma vidraça, como naqueles filmes de presídios, quando seu visitante está bem na sua frente, mas você tem que falar com ele por um telefone. Durante um instante, sinto pena dela e posso vê-la lendo meus pensamentos. Não sei bem qual de nós é o prisioneiro e qual é o visitante.

Eu dou um pequeno sorriso amarelo para minha mãe, e ela abre um sorriso amarelo para mim, mas há algo tão suplicante e desesperador em sua expressão que me faz afastar os olhos e me virar para a comida.

Depois de algum tempo, fujo da mesa, tendo me obrigado a engolir metade da porção do prato principal e recusar a sobremesa. Apenas a desculpa de um dever de casa acumulado me dá a chance de sair.

A noite toda fico olhando para os meus livros escolares, mas o texto passa batido diante dos meus olhos. Não consigo me concentrar. Meus pensamentos apenas deslizam, sem parar, de volta ao posto de controle, às jaulas e armas e ao arame farpado, ao posto de controle e à menina.

Tenho dois trabalhos de casa para entregar no dia seguinte, mas não consigo escrever uma palavra sequer. Quando o relógio mostra 21, depois 22h, e percebo que nunca vou terminar, ou mesmo começar aquilo, passa pela minha cabeça que amanhã serei punido. Mas essa ideia parece ridícula. A palavra "punido" parece uma piada.

Deitado na cama com a luz apagada, noite adentro, a mesma coisa continua, sem parar. O posto de controle. As jaulas. As armas. O arame farpado. O Muro. As filas de pessoas e seus rostos fechados e amargos. A menina.

Os sábados são calmos em Amarias. Todas as lojas estão fechadas. Não há quase nenhum carro nas ruas. Liev não gosta nem que eu saia de casa com uma bola, no caso de os vizinhos, ou Deus, estarem observando.

Liev sempre vira sua poltrona, que normalmente fica de frente para a TV, para a direção da porta do terraço. Ele destranca o armário com porta de vidro que se agiganta sobre a mesa de jantar, tira um dos seus livros encadernados com capas de couro e fica ali sentado por horas a fio. O livro permanece aberto naquela poltrona o dia todo e ninguém tem permissão para tocá-lo, nem mesmo quando Liev está fazendo outra coisa. Se recebemos alguma visita, a poltrona permanece daquela forma, virada de costas para a sala, para as pessoas perceberem que estão interrompendo.

Liev sabe que nunca serei como ele e desistiu de tentar me consertar há anos. Minha tarefa no sábado é colocar meus deveres de casa em dia enquanto tento evitar morrer de tédio. Contanto que Liev não me veja trabalhando, ele não se importa. E, como sua poltrona está sempre virada lá para fora, ele não vê nada. Talvez seja esse o motivo. Desde que eu não toque na TV, ele não se importa com o que faço.

No fim do dia, o livro volta à prateleira, as portas do armário são trancadas, a cadeira é virada de volta para a sala e nós comemos.

É o dia da semana que demora mais a passar, com cada hora e cada minuto se arrastando, como se alguém tivesse enchido os relógios de melado, mas esse sábado parece se arrastar em sua velocidade habitual e, ao mesmo tempo, de alguma forma, desaparecer num piscar de olhos. Passo o dia inteiro no meu quarto e, no fim de tudo isso, nada do meu dever de casa foi terminado. Não sei o que fiz ou aonde o tempo foi parar. Desenhei uma espiral perfeita numa página do dever de matemática apenas preenchendo os minúsculos quadrados; fiz um estudo exaustivo sobre quais moedas conseguem ficar equilibradas em sua borda por mais tempo numa variedade de superfícies; e descasquei uma camada brilhante e invisível de plástico de um livro de história sem rasgar nenhum pedaço, então ele ainda tem a mesma aparência, só que não é mais lustroso. Quanto ao meu trabalho de verdade, nada.

Jantamos praticamente em silêncio, com uma tensão estranha pairando sobre nós. Minha mãe tira a mesa, fazendo um som de desaprovação ao ver meu prato com metade da comida ainda nele. Ela vai na cozinha e volta, levando pratos, copos e talheres, então a jarra de água, os guardanapos, o candelabro e até mesmo os jogos americanos. Sempre que volta da cozinha, está de mãos vazias. Liev observa, sem se mover em sua cadeira, respirando ruidosamente pelo nariz. Escuto o raspar dos pratos e o som dos restos de comida indo para a lata de lixo, os respingos quando a jarra de água é esvaziada na pia. Depois de um tempo, ela volta e se senta. Não há sobremesa. A mesa está vazia. Ela olha para mim, para Liev, para suas mãos, então inclina o corpo para a frente. De repente, isso se parece menos com uma refeição e mais com uma reunião de negócios.

Há um silêncio desconfortável antes de ela limpar a garganta e dizer, animadamente:

— Temos procurado psicólogos infantis. Não que você ainda seja uma criança, mas... Há alguns muito bons na cidade.

— *O quê?*

— Achamos que é uma boa ideia.

— De que está falando?

— Gostaríamos de ajudar você.

Eu me levanto, querendo sair correndo da mesa, para longe da minha mãe e de Liev, para fora da casa, para fora de Amarias. Vejo, como num sonho minúsculo tão longo quanto um piscar de olhos, uma imagem de mim mesmo correndo pelo cerrado rochoso, subindo uma montanha, sem nada ao meu redor.

— Você acha que sou maluco? É isso o que está dizendo?

— Não! Você só parece perturbado e não quer se abrir com a gente, então achei que talvez devêssemos procurar outra pessoa.

Não consigo pensar numa resposta, então apenas a encaro, tomado por uma descarga repentina de emoções conflitantes, uma confusão nauseante de fúria e gratidão. Não sei dizer se sua sugestão é um insulto terrível ou minha salvação.

— Por que você não tem nenhum amigo? — pergunta Liev.

— Eu tenho amigos!

— O que há de errado com você? — continua ele.

Eu me viro para encarar meu padrasto.

— Está tudo errado comigo — falo, um pouco sarcástico, um pouco sincero.

Ele olha para mim, perplexo, então golpeia o ar entre nós.

— Ahh! — exclama ele, olhando para minha mãe enquanto dá de ombros como se dissesse "eu desisto".

— Talvez você devesse tentar — diz ela olhando para mim, seu rosto congelado numa ridiculamente falsa tentativa de encorajamento e otimismo.

— Talvez *você* devesse tentar. Talvez você seja a louca — falo com um latido, minha voz se tornando aguda como um guincho de um menininho novamente.

Liev se levanta, as pernas de sua cadeira chiando ao se arrastar nos ladrilhos do chão.

— Não ouse falar com a sua mãe desse jeito!

Minha mãe se levanta também e se coloca entre nós dois.

— Está tudo bem — diz ela. — Ele está só irritado.

Olho fixamente para Liev, piscando, mas sem desviar os olhos ou recuar. Ele ainda é mais alto do que eu, mas não muito, e não por muito tempo.

— Por que você trouxe a gente pra cá? — pergunto.

— Porque aqui é o nosso lugar — responde Liev. — Bem aqui.

— Quem disse? Deus?

— Não vou permitir que fale desse jeito na minha casa! Como se essas coisas fossem algum tipo de piada!

Inclino a cabeça para trás e mostro uma expressão de impaciência. Tentando parecer entediado em vez de assustado, me viro e ando até meu quarto, ignorando os gritos de Liev exigindo que eu volte, que aprenda a ter um pouco de respeito, que cresça.

Um pouco depois, minha mãe bate à porta do meu quarto, abre uma fresta, empurrando uma tigela de morangos para dentro do quarto, e a fecha novamente: uma oferta de paz.

Sei como minha mãe funciona. Hoje foi uma sugestão; na semana que vem será uma exigência; daqui a algum tempo, ela me forçará. A não ser que eu consiga encontrar um jeito de parecer normal e feliz, eles vão me mandar a um psiquiatra. Não faço a menor ideia do que essas pessoas fazem, mas posso imaginar. Se são especialistas em algo, é em tirar informações que as pessoas não querem dar. Será como um interrogatório, e não sei se sou forte o suficiente para guardar meu segredo.

Bem mais tarde, depois que a casa ficou em silêncio, me levanto da cama e estico o braço atrás do meu guarda-roupa. Sinto o lenço liso e escorregadio em minha pele, desgastado até ficar perfeitamente macio ao longo de anos de uso. Eu o amasso e o cheiro. Ele não tem o cheiro da menina, e sim o da casa dela. Tem o cheiro do outro lado — de comida condimentada, sabão estranho, cigarros e suor estrangeiro. Eu o levo para a cama comigo, inalando os aromas dessas pessoas irreconhecíveis, com seus lares estranhos e suas vidas misteriosamente oprimidas, como se estudar esses cheiros pudesse desvendar o mistério.

Durante todo o tempo em que vivi aqui, escutei histórias sobre "o inimigo" e o que eles querem fazer conosco, e como apenas nosso exército pode detê-los. Tudo a respeito de Amarias, a respeito de como é construída, de onde é construída, do Muro, dos soldados, dos postos de controle, começa nessa história. Se você duvidar disso, todo o seu mundo se dissolve. Em Amarias, se você não souber quem é seu inimigo, você não sabe de absolutamente nada.

Envolvo o lenço em minha mão, observando meus dedos ficarem vermelhos, então lentamente se tornarem roxos. A pele debaixo das unhas desbota até um branco fantasmagórico e meus batimentos cardíacos começam a ser sentidos como um formigamento nas pontas dos dedos. Aquela menina — essa menina — que salvou minha vida usando esse lenço — será que ela era o inimigo? Será que era minha inimiga?

Desamarro o lenço e sinto a pressão sanguínea na minha mão se igualar ao restante do corpo, meus dedos avermelhados rapidamente voltando ao normal. Penso no meu pai e no fato de ele não permitir que eu o visse de uniforme. Nunca entendi por que e ainda não tenho certeza, mas essa lembrança parece ser uma gota de sanidade em meio a uma enorme tempestade de confusão. E, enquanto penso nele, saindo para o serviço militar usando camiseta e bermuda, com sua enorme bolsa verde do exército pendurada no ombro, passa pela minha cabeça, pela primeira vez — um pensamento tão nítido quanto o badalo de um sino —, que, a não ser que eu faça algo de fato para lutar contra a vergonha e a culpa que estão me assombrando, posso ser esmagado por elas.

Com a sensação do sangue inundando novamente meus dedos esbranquiçados, sinto uma espécie de essência estrangulada e faminta do meu próprio ser se reabastecer e renascer, enquanto percebo o que tenho que fazer.

Minha bolsa está arrumada e pronta.

1) Dois sacos de arroz, duas embalagens de macarrão, um saco de lentilha, outro de grão-de-bico, um de nozes, de avelás e de pinhões. Um pacote de biscoitos de gengibre, duas barras de chocolate, três latas de sopa, duas de tomates picados, atum e sardinha, cada. Um pote de mel. Um saco de farinha, outro de açúcar.

Peguei a maior parte disso aos poucos, ao longo de cerca de 15 dias, da despensa da minha mãe, sempre escolhendo itens que estavam sobrando ou repetidos e escondidos debaixo de outras coisas, nunca levando mais de dois itens por vez. O arroz, o macarrão, a farinha e o açúcar comprei juntando algumas economias com uma nota que encontrei dentro da bolsa da minha mãe. Comprei aquilo no caminho de volta da escola e, durante meu horário de dever de casa, transferi tudo da minha mochila da escola para um esconderijo, debaixo dos casacos de inverno na última gaveta do meu guarda-roupa.

Essa quantidade de comida é o máximo que posso esconder e provavelmente o máximo que consigo carregar.

2) Uma muda de roupas.

Compradas em uma loja de caridade durante uma visita à minha tia na cidade. Depois que vi como as pessoas se vestem do outro lado, não foi difícil encontrar algo que me ajudasse a me misturar aos locais. Não é tão diferente assim — apenas um jeans velho, sapatos surrados e uma camiseta larga —, mas as roupas que tenho parecem todas muito impecáveis e, de certa forma, estampadas com meu local de origem. Um boné de beisebol é o elemento chave. Reparei em algumas pessoas usando bonés, então acho que um grande, cobrindo meus olhos, vai ocultar meu rosto sem fazer parecer que estou tentando me esconder.

3) Lanterna.

Do tamanho de uma caneta de marcar texto, adulterada com algumas tiras de fita crepe no meio, como um cinto com ponta pendurada. A ideia é que eu seja capaz de colocar o pedaço solto de fita crepe na boca e jogar um pouco de luz à minha frente, mas ainda tenha as duas mãos livres para engatinhar.

4) Mapa.

É muito fácil encontrar um na internet e imprimi-lo. Já localizar meu ponto de partida e de chegada não é tão fácil assim. Depois de estudá-lo noite após noite, ensaiando em minha mente a rota que a menina pegou para me levar de volta ao túnel, desenho por cima dele, com lápis, o que imagino que seja o local onde acho que vou sair, onde espero encontrar a padaria com a torta voadora, meu caminho ao longo da rua principal com lojas e as três curvas que tenho que fazer para chegar à casa da menina.

O mapa é apenas uma rede de segurança. Guardei o máximo que pude dele na memória e não planejo consultá-lo em qualquer lugar público. Não posso arriscar ser visto consultando um mapa.

A última coisa que faço antes de colocá-lo na minha bolsa é apagar minha rota.

5) O lenço.

6) Os chinelos.

7) Quatro sacolas plásticas.

Lisas, sem logomarcas ou nada escrito.

8) Roupa para jogar futebol.

Para ser colocada sobre os itens 1 a 7, para o caso de minha mãe olhar minha bolsa antes de eu sair de casa.

Não sinto medo algum até o momento em que estou de pé no topo da lixeira, prestes a entrar no terreno em construção. A franja de farpas presa no alto dos tapumes é a primeira coisa a me lembrar de que isso não é simplesmente uma aventura, uma travessura. A sensação daquela madeira dentada penetrando na minha pele é nítida e desencadeia uma corrente de lembranças parcialmente esquecidas: o cheiro azedo e de ovo podre; a escuridão envolvente; a terra pegajosa contra as palmas das minhas mãos; minhas arfadas ofegantes ecoando diante de mim como água escorregando pelo ralo.

Achei que me lembraria do meu medo, mas fica claro que a verdade sobre passar debaixo do Muro desapareceu. As lembranças que venho carregando comigo são como um contorno, como ligar os pontos da história verdadeira, e apenas agora, perto da entrada do verdadeiro túnel, prestes a atravessá-lo, sinto a imagem sendo preenchida. De perto, o brilho da empolgação evapora, dando lugar a uma sensação nauseante na minha garganta e na minha barriga. Aquilo era medo: escuro, feroz e assustador.

Sabia que minha determinação acabaria hesitando em algum momento e me preparei para esse momento com uma pequena repetição de imagens inventadas, apresentadas como uma entrevista: meu pai, me observando, me dizendo para ser corajoso e seguir em frente, me incentivando a fazer a coisa certa, me lembrando do quanto devo àquela menina e o que significaria ignorar essa dívida. Fico parado ali, sobre a caçamba de lixo, com os olhos fechados e assisto àquilo uma, duas, três vezes. Quando minhas pálpebras se abrem, estou pronto para continuar.

Vendo como é alto da caçamba até o topo, percebo que não vou conseguir passar por cima do tapume carregando a bolsa nas costas. Com o peso adicional, não serei forte o bastante para me erguer usando apenas as pontas dos meus dedos.

Tiro a bolsa dos ombros e a balanço como um pêndulo, para a frente e para trás, até que ela chegue à altura do meu ombro, então a jogo com toda minha força para cima. Ela bate no topo do tapume, dá uma cambalhota e então bate no chão fazendo barulho do outro lado. Não projetei a embalagem para uma queda tão alta e parece improvável que ele vá chegar ao solo incólume. Deveria ter pensado melhor. O pote de mel foi uma ideia ruim.

Eu me ergo sobre o tapume e, sem parar para olhar para a casa demolida, desço e examino a bolsa. Abro o zíper, tiro a roupa de futebol que tinha sido usada como engodo e a jogo de lado. Como temia, o pote de mel quebrou. O único outro dano que posso ver é o saco de açúcar, agora rasgado.

Não há tempo para me preocupar com o mel ou limpar a bagunça. Tiro minhas roupas rapidamente, jogo-as no chão e coloco o traje que comprei na loja de caridade. Há uma mancha grudenta em forma de listra em uma das coxas, mas minha aparência está boa. Pareço estar pronto para o outro lado.

Coloco a bolsa nos ombros e corro na direção do túnel, olhando rapidamente para a casa demolida. Ela ainda está ali, exatamente como eu me lembrava dela. Eu sabia que estaria, mas tenho que checar. Mesmo quando algo é real e está logo à sua frente, ainda pode ser difícil acreditar.

A tampa está posicionada perfeitamente sobre o buraco. Foi assim que a deixei? Eu a coloquei na posição correta depois que saí dali de dentro? Não consigo me lembrar. Pegadas cruzam a área — pessoas entraram e saíram —, mas quando, não faço ideia.

Empurro o metal para o lado com as duas mãos e me deito de barriga para o chão, olhando para a escuridão abaixo. Não há nada para ver e nada para escutar. Se há alguma pessoa lá embaixo, está parada e em silêncio. Minhas narinas absorvem uma lufada úmida e azeda. Puxo a bolsa na minha direção, estico o braço o máximo possível na coluna de ar negro e a deixo cair.

Posso ouvir o vidro do pote de mel se quebrar em mais pedaços. Aquele som faz com que eu me lembre da lanterna, que estupidamente deixei na bolsa.

Desço apressado, nó por nó, pela corda até o fundo do buraco e enfio a mão na bolsa à procura da lanterna. Se estiver quebrada, está tudo cancelado. Não posso atravessar o túnel novamente no escuro. Por nada nem por ninguém no mundo.

Assim que meus dedos encontram o metal sulcado em seu invólucro de fita crepe, eu a seguro e a giro. Um feixe de luz ilumina meu rosto, me cegando, e por um instante fico desapontado. Minha última chance de recuar não existe mais.

Agindo o mais rápido que posso, assumo a posição que pratiquei em meu quarto, de quatro, a bolsa pendurada sob minha barriga, as alças passando atrás de meus ombros. Dessa forma ela não vai arrastar no teto do túnel enquanto engatinho. Coloco a lanterna na boca, presa pela alça que fiz em casa, e olho para o vazio estreito à minha frente. Cintilações de poeira rodopiam no feixe tímido de luz amarela. A fita em minha boca tem um gosto amargo, áspera contra a ponta da minha língua.

Passa pela minha cabeça que, se não tivesse encontrado esse túnel, nunca ficaria debaixo do solo dessa forma, cercado por terra, até o dia da minha morte. Esse é o lugar para onde você vai quando sua vida acaba. Foi aí que colocaram meu pai.

Uma lembrança de seu enterro surge em minha mente: eu pegando a pá num monte cônico de terra; então jogando três pás cheias; o *tump, tump, tump* enquanto os punhados de terra caíam sobre o caixão, cada um deles fazendo menos barulho quando tocavam a madeira; então enfio a pá de volta na terra para a próxima pessoa; apenas minha mãe está à minha frente, uma longa fila de pessoas de luto se estende atrás de mim; em um dos lados, uma fileira de soldados com uniforme completo, cabeças abaixadas, armados.

Percebo que está frio aqui embaixo — agradavelmente, a princípio, um alívio do sol —, mas, se eu parar de me mover, ou ficar preso, essa temperatura não será mais tão agradável. Não sei se tenho mais medo do túnel ou do outro lado, mas, quando começo a rastejar, sinto uma nova espécie de medo se estabelecer dentro de mim, um medo azedo como uma mordida num limão, mas também doce, repulsivo, sim, mas delicioso. Sinto esse medo me envolver, me acalmar, fazer com que eu fique focado. Ele me diz para não me preocupar, ou especular, ou contar, ou tentar adivinhar sobre meu progresso. Apenas rastejo, sem nenhum pensamento em minha cabeça a não ser o ato de rastejar.

Tenho uma lanterna. Se algo vier na minha direção, dessa vez verei. Ainda escuto chiados e rangidos ocasionais, a agitação de pequenos pés de vez em quando, mas nada fica à mostra.

Pensar que O Muro está em algum lugar acima de mim me faz formigar de empolgação. Todo aquele concreto está logo acima de mim, mais sólido e impenetrável do que nunca, e mesmo assim estou quase magicamente atravessando para o outro lado sem nada para me impedir.

Enquanto me movo para a frente, as latas de comida balançando e se chocando debaixo da minha barriga, percebo algo novo em relação ao túnel. O cheiro não é constante. Durante um misterioso instante, sinto um sopro de café, então, depois, canela.

Encosto meu ombro em algo áspero e uma explicação me ocorre. Os apoios do teto são feitos de caixotes: pranchas de madeira, enterradas bem fundo no solo, ainda se apegando a uma lembrança residual de sua vida anterior.

Mais rápido do que parece possível — sinto que mal cheguei à metade do caminho — vejo a corda cheia de nós se erguendo no feixe de luz à minha frente. Acelero e estico o braço, precisando confirmar com minhas mãos, nessa luz estranha e pouco confiável, que a corda realmente é a corda.

Tiro a bolsa de meus ombros e abro o zíper. O pote de mel está quebrado em vários pedaços, a tampa ainda perfeitamente acoplada a um aro de vidro quebrado. Uma gosma dourada e grudenta invadiu um canto da mochila e lambuzou várias das latas e as duas embalagens de macarrão. Praticamente metade do açúcar vazou pelo rasgo, mas o resto pode ser salvo.

Tiro minhas quatro sacolas plásticas e coloco a comida dentro delas, limpando o máximo de mel que consigo com minhas mãos. Coloco os chinelos na bolsa menos grudenta e, usando as pontas dos meus dedos mais limpos, envolvo o lenço da menina em meu pescoço.

Usando um apoio de madeira do teto, tento limpar as mãos, criando uma fileira de estalactites de mel, então estico a mão para segurar a corda. Subo o mais rápido que posso, deixando tudo no fundo do buraco, e empurro o alçapão para o lado. Decidi que, se houver alguém à vista, vou fechar o tampo, esperar sentado por um tempo, então tentar novamente. Farei três tentativas — talvez durante cerca de meia hora — então desistirei. Esse é o plano. São os limites de coragem que estabeleci para mim mesmo. Se acabar voltando para casa, posso apenas tirar a comida do túnel e deixá-la ali. Alguém vai encontrá-la; alguém vai comer aquilo.

Mas, agora, pensando nos garotos que tentaram me atacar, que poderiam estar ali procurando por mim novamente, lembro-me de que o túnel parecia de muitas formas pertencer a eles. Se deixar qualquer comida dentro ou perto do túnel, serão eles quem vão ficar com ela. Talvez até mesmo o garoto que cuspiu em mim, o garoto que parecia pronto para me matar. Será que eu realmente queria deixar um presente para ele?

Talvez ele visse o texto nos rótulos e soubesse de onde aquilo tinha vindo e se perguntasse se alguém do outro lado tinha ido ajudá-los. Talvez... Não, eu não conseguia imaginar uma forma de entrar em suas cabeças. Nunca vou saber o que aqueles garotos pensam, além do fato de que me desprezam e que ficariam felizes em me ver morrer. *Eles* sabem quem é o inimigo: eu, e todas as pessoas como eu.

Debaixo das lixeiras posso ver pés distantes caminhando pela rua principal, mas o beco está vazio. Desço pelo túnel e levo as quatro sacolas até a superfície, uma de cada vez. Antes de subir pela última vez, desligo a lanterna e a guardo no canto da mochila que não está sujo de mel.

Agachado na entrada do túnel, empurro o tampo de volta para o lugar. Antes de me levantar, olho para todos os lados mais uma vez — para a rua; na direção da cerca de arame; até para as janelas dos apartamentos acima de mim; ao longo do Muro grafitado —, então passo as mãos grudentas pelas alças das sacolas plásticas e começo a andar.

Com o boné enterrado na minha cabeça e meu queixo apontando para baixo, meu rosto fica escondido da visão de qualquer pessoa mais alta que eu. Escolho meu ritmo cuidadosamente, veloz o bastante para fazer um progresso rápido, mas lento o suficiente para parecer que estou sem pressa. Olho ao meu redor casualmente e de vez em quando, como se estivesse acostumado aos arredores e soubesse aonde estou indo.

Na saída do beco, olho para a padaria da torta voadora. Esse é o meu farol, o único ponto de referência que conheço, o guia em que confio para me levar para casa. O mesmo idoso, sentado no mesmo banco de plástico, está posicionado à sua porta, ainda mexendo no mesmo isqueiro. Ele olha em meus olhos por um instante, mas não parece surpreso ou interessado.

Viro à direita e continuo andando, lutando contra o peso das minhas sacolas. As alças de plástico machucam meus dedos, mas, com a carga distribuída igualmente entre os dois lados, não há alívio em trocá-las de mão. Os músculos que cruzam meus ombros parecem cabos tensos puxados a ponto de quase estourar.

Decido me dar uma breve pausa a cada dois minutos e aproveito esses descansos como uma oportunidade para tirar os olhos do chão e avaliar minha posição. Enquanto me movo, apenas me força a seguir com a cabeça abaixada.

Primeiro descanso: ainda na rua principal. À minha esquerda, está um homem sem os dentes da frente parado atrás de um carrinho com sabonetes, carteiras, pasta de dente, pilhas e um monte de controles remotos embrulhados em papel celofane. Música distorcida sai de pequenas caixas de som atrás de sua cabeça — uma voz aguda, fúnebre e espertalhona. Lembro-me vagamente da aparência daquela banquinha. Ainda no caminho certo.

Segundo descanso: a mesma rua, num vão entre uma mulher vendendo pequenas beringelas em uma caixa de madeira e uma loja decorada com casacos de cores vivas que vão até a altura do tornozelo. Evito olhar para a mulher das beringelas, pois sinto que estou sendo observado. Logo adiante está a primeira curva à direita. Isso é o que está marcado no mapa, mas ela parece estar muito próxima do túnel, o que não parece estar certo. Decido continuar andando.

Terceiro descanso: o próximo cruzamento. Na esquina, há uma loja de comida que vende queijo, leite e iogurte em uma geladeira com porta de vidro na calçada. Acho que me lembro disso, de ter virado aqui com a menina. Um homem rondando a entrada da loja, usando jeans desbotado e apertado, diz algo na minha direção e dá alguns passos para mais perto de mim, então, sem olhar para ele, junto minhas sacolas e desço apressado pela rua lateral.

Quarto descanso: encruzilhada empoeirada na área residencial. Isso é diferente da minha rota marcada no mapa, que envolvia uma virada rápida à esquerda no fim da rua e então uma bifurcação. Dois homens passam me empurrando enquanto carregam um conjunto de longos canos de cobre. Quase me derrubam, mas me desvio do caminho a tempo. Meu boné cai, mas o recupero rapidamente. Foi uma má ideia parar aqui. Viro à esquerda.

Quinto descanso: meu mapa mental se dissolveu agora, sem guardar qualquer relação com o lugar à minha volta. Será que essa é a segunda das duas curvas rápidas? Eu me dou tempo suficiente apenas para voltar a sentir algum tato nos meus dedos, então entro à direita, seguindo cegamente.

Sexto descanso: os músculos dos meus ombros estão tremendo, e meus dedos, ardendo. Essa parece a distância correta, mas nada mais parece estar certo. Estou procurando uma porta frontal verde com um batedor quadrado de ferro. Eu me lembro disso claramente. Também há a motocicleta preta atrás da qual me escondi, que deveria estar estacionada em frente à casa. Agora que saí da minha rota, estou totalmente perdido, a não ser por um fio mental a que estou me prendendo: o caminho de volta até a rua principal, na direção da padaria. Decido continuar andando até sentir esse fio enfraquecer. No momento em que achar que posso estar perdendo o caminho de casa, vou simplesmente abandonar as sacolas e voltar.

Sétimo descanso: perto de desistir. Sei que é a rua errada. À minha frente está um prédio mais afastado da rua, pintado de amarelo, que tenho certeza de que nunca vi antes. Não parece haver ninguém por perto, então me dou um descanso maior, depois dou meia-volta. Fico com as sacolas, mas volto à rua principal.

Oitavo descanso: uma porta verde! Mas nenhum batedor quadrado. Nenhuma cortina na janela. Eu me lembro de cortinas sobre mim quando olhei para cima, na direção da menina, em meu esconderijo. Olhando ao meu redor, vejo uma rua inteira de portas verdes. Isso parece certo. Apanho as sacolas e sigo em frente.

Nono descanso: um batedor de ferro, mas não é quadrado. Redondo. Cortinas, mas nada da motocicleta. Será que havia mesmo um batedor? Dou um passo na direção da janela e olho para o chão, que está cheio de marcas quadradas. O apoio da moto. Eu me lembro, a centímetros do meu nariz enquanto me escondia, que a motocicleta ficava em pé com o auxílio de um apoio de metal. Chegando mais perto, vejo alguns pequenos círculos pretos, visíveis apenas no chão cinza. Manchas de óleo. Olho novamente para a porta. Três degraus para subir a partir da rua. Sim, esta é a porta.

Com as sacolas junto aos meus pés, olho para a casa. É esta! Meu plano funcionou! Mas, enquanto fico parado ali com meu coração batendo acelerado, percebo que não tenho ideia do que devo fazer agora.

Meu plano termina aqui, como se eu estivesse fazendo uma entrega comum a uma família comum, mas, ao olhar para a porta, me dou conta dos riscos de bater. Sem contar com a possibilidade de ser a casa errada, está claro que outra pessoa que não a menina provavelmente vai atender a porta. O que fazer, então? Como vou me explicar? E se a menina não estiver em casa, como serei recebido? O que fariam comigo, um garoto do outro lado do Muro trazendo o lenço e os chinelos desaparecidos, algumas sacolas de comida e sem falar o idioma para explicar qualquer coisa? Estaria à mercê deles. A menina me ajudou, mas o restante de sua família poderia me odiar quando me conhecesse, como o garoto da cusparada e seus amigos.

Cada músculo e tendão em meu corpo parecem esmorecer enquanto sinto toda a confiança escorrer de dentro de mim. Meu plano repentinamente parece estúpido, precipitado, letal. Mas cheguei até aqui. Não posso simplesmente largar tudo e sair correndo. Não agora.

O impulso de fugir, de me levar de volta ao túnel e seguir meu rumo para casa, faz com que eu me afaste da porta verde, me empurrando para trás. Porém, se eu não quiser que meus esforços sejam desperdiçados, sei que tenho que pelo menos me aproximar da casa e deixar as sacolas nos degraus da entrada. Elas podem ser roubadas, ou não, mas, de qualquer forma, se eu fizer isso, sei que fiz o melhor que pude.

Eu me aproximo da soleira da porta e abaixo as sacolas o mais silenciosamente possível. Bater e correr?

Não. Sem correr. Não devo fazer nada que possa chamar atenção.

O lenço, eu decido, pode entrar pela caixa de correio, então poderei voltar para casa certo de que não sou mais um ladrão. A menina entenderá essa mensagem. Se ela encontrar o lenço, saberá quem entregou a comida. Não quero louvores, ou agradecimentos, mas quero que ela saiba que fui eu.

A caixa de correio é pequena, com molas rígidas, mas o lenço cabe ali dentro se eu o esticar e o colocar aos poucos. Faço isso o mais rápido que posso, movendo os pedaços de algodão entre meus polegares e indicadores e cutucando a fenda estreita. Estou quase acabando quando a porta se abre repentinamente, desaparecendo da minha frente, me fazendo perder o equilíbrio e cair para a frente.

Eu me levanto o mais rápido que consigo e me pego olhando para o rosto furioso e barbado de um homem que parece um pouco mais velho que Liev. Deve ser o pai da menina, o dono do lenço que agora está pendurado na caixa de correio. Ele me diz algo, uma cadeia de palavras ríspidas e guturais que não consigo entender e percebo que, tendo a escolha entre tentar me explicar e sair correndo, não há dúvida. Prometi a mim mesmo que não correria deste lado do Muro, mas esse homem — e a expressão em seu rosto — muda tudo. Está na hora de correr.

Giro sobre meus calcanhares e flexiono meus joelhos, me preparando para pular para a calçada. Meu dedão está pressionando a beirada do degrau mais alto, para me impulsionar, mas, antes que consiga levantar voo, algo aperta com força meu antebraço. Parece uma máquina, uma braçadeira de ferro me prendendo onde estou, mas é a mão do homem. Pontadas de dor sobem pelo meu braço. Tento me soltar — me contorço, giro e puxo —, mas não adianta. Seus dedos são tão fortes quanto algemas.

Antes que possa falar qualquer coisa, o homem me puxa para dentro da casa e bate a porta.

Com seus ladrilhos quebrados e seu tapete gasto e encardido, o hall de entrada da casa parece instantaneamente familiar. Pelo menos estou na casa certa. Mas, enquanto o homem continua gritando, com a raiva gorgolejando em sua garganta, isso não parece ser uma garantia de segurança. Pela forma como sua mandíbula está protuberante e pelo leve tremor em seu braço, sinto que, se eu continuar sem responder, ele vai bater em mim em questão de segundos.

Ele tira o boné da minha cabeça e o joga no chão. Um solavanco parece atingir seu corpo quando ele descobre quem eu sou, quando nota, apenas agora, que sou do outro lado.

Sei que isso provavelmente desencadeará uma surra e me encolho enquanto ele me segura, mas o homem não se move. Examinando cautelosamente seu rosto, vejo que sua expressão mudou, como se a raiva estivesse agora misturada com confusão e até mesmo uma pitada de medo.

— Sou um amigo — balbucio.

Ele parece me entender, mas demora um pouco a falar.

— Você é do outro lado? — pergunta ele, falando minha língua agora, rápido e fluentemente, mas com um sotaque carregado.

Apesar de estarmos dentro da casa, ele ainda não afrouxou sua mão em volta do meu braço.

— Sim — digo.

Não faz sentido tentar negar.

— O que está fazendo aqui?

— Sou um amigo.

— Pra quem você está trabalhando?

— Ninguém.

— *Pra quem você está trabalhando?*

Ele me sacode, dando um solavanco tão forte em meu ombro que sinto o osso se mover na cavidade.

— Ninguém. Vim por conta própria.

— Quem mandou você?

— Vim por conta própria. Ninguém sabe que estou aqui.

— Pra quem?

— Ninguém.

— O que está fazendo aqui?

— Sou um amigo.

— Amigo de quem?

— Da sua filha.

— Da minha filha!? — Seus olhos, a parte branca agora rajada com pequenos raios vermelhos, se arregalam em suas cavidades.
— Como conhece minha filha?

— Ela me ajudou. Eu estava do lado de fora da sua casa, perdido, e uns garotos estavam me perseguindo, então sua filha me escondeu.

— Por quê?

— Não sei. Ela me ajudou a voltar pra casa. Voltei pra agradecer.

— Agradecer?

— Pra devolver o lenço que ela me emprestou e trazer um presente pra ela. Olha no degrau do lado de fora.

O homem finalmente solta meu braço e abre a porta. Ele estica os braços e traz as sacolas para dentro da casa, checando o que há dentro de cada uma delas.

— Você trouxe isso?

— Ela pediu comida, mas eu não tinha nada.

Ele olha novamente para as sacolas, ainda desconfiado, como se fossem algum tipo de armadilha. Um homem de cerca de 20 anos entra na casa. Ele é alto e magro, com cabelo cheio de gel e um rosto ossudo. Está usando uma calça jeans um pouco curta para ele, passada com vincos perfeitos. Eles começam uma longa conversa aos sussurros, os dois olhando de forma nervosa para mim enquanto falam.

— Você conheceu a minha filha? — pergunta o homem, mudando novamente para o meu idioma.

— Sim.

— Qual é o nome dela?

Não faço ideia. Não sei nada sobre ela. Se ela não estiver em casa, não há como provar minha história.

— Hmm... Eu não sei. Mas posso descrever como ela é. E ela me emprestou aquilo ali. — Aponto para o lenço que está preso pela metade na caixa de correio, pendurado como a língua de um cachorro exausto. — Se o senhor trouxer ela aqui, ela pode confirmar que não estou mentindo.

Os dois homens têm outra discussão e o jovem sai. O homem mais velho tranca a porta com uma chave, que ele tira da fechadura e guarda em seu bolso. Então anda até a cozinha e volta com um copo de água. Penso por um instante que aquilo poderia ser para mim e estico a mão bem no momento em que ele começa a beber.

— Você está com sede? — pergunta ele.

Eu faço que sim.

— Você está nervoso? Com medo?

Faço que sim novamente. Não sei dizer se ele está sendo amigável ou tentando me enganar.

— Por que está aqui? O que quer? — pergunta ele.

— Eu já te disse.

— Pra quem está trabalhando?

— Pra ninguém. Sou só um menino. Não estou trabalhando pra ninguém.

— Qualquer um pode trabalhar pra qualquer um. Acha que sou idiota?

— Não sei o que o senhor quer dizer.

— Ah! É claro que não sabe.

— Não sei!

— Quem te mandou aqui?

— Ninguém.

— Como chegou aqui?

— Tem um túnel.

— Você veio por um túnel?

— Sim.

— Que túnel?

— Um túnel. Encontrei um túnel.

— Onde?

— Num terreno em construção.

— Que terreno em construção?

— Parece um terreno em construção, mas não é. É uma casa demolida. Ele termina num beco perto de uma padaria. Aquela com uma torta voadora na frente.

— Como você achou esse túnel?

— Eu simplesmente achei. Estava procurando uma bola de futebol.

— Quem sabe sobre isso?

— Ninguém.

— Você contou pra alguém?

— Não.

— Alguém mais sabe do túnel?

— Não.

— Como sabe disso?

— Eu quero dizer que não contei pra ninguém.

— Por que não?

— Porque é um segredo.

— Por quê?

— Porque... Não sei... Simplesmente não contei pra ninguém.

— Por que eu deveria acreditar em você?

— Porque é verdade. — Eu estico minhas mãos, mostrando a terra debaixo das minhas unhas. Aponto para meus joelhos manchados de lama. — Eu rastejei pelo túnel. Duas vezes. Sua filha salvou minha vida. Ela disse que estava com fome.

— Ela não está com fome.

— Eu não queria voltar, mas aquilo parecia errado. Quanto mais pensava naquilo, pior eu me sentia... eu morava tão perto e não tinha dado nada em troca.

— Foi por isso que veio?

— Sim.

— Quem te passou essa história?

— Ninguém!

— Você acha que somos idiotas?

— Não estou mentindo! — Sinto lágrimas de desamparo começarem a deixar meus olhos marejados. — Não estou mentindo!

A porta chacoalha. Praticamente sem tirar os olhos de cima de mim, o homem recua e a abre com sua chave. O adolescente com cabelo cheio de gel entra apressado, arrastando a irmã atrás dele. É a menina. Seu rosto está marcado por lágrimas. Ela dispara um breve olhar furioso na minha direção quando o homem começa a gritar novamente, interrogando-a de forma ríspida. Posso ver pelos seus gestos e pelo tom de voz que ela está confirmando minha história. Por um momento, acho que ele está prestes a esbofeteá-la. Não consigo entender por que está tão furioso.

O pai se esqueceu de trancar a porta novamente e passa pela minha cabeça num piscar de olhos que, enquanto seu foco está na menina, eu poderia fugir. Mas o outro cara é mais alto e mais velho que eu. Ele me pegaria num instante. Em vez disso, tiro as sacolas do hall de entrada e as levo até a mesa de jantar. Sobre a madeira pálida, coloco dois sacos de arroz, duas embalagens de macarrão, sacos de lentilha, de grão-de-bico, nozes, avelãs e pinhões, um pacote de biscoitos de gengibre, duas barras de chocolate, três latas de sopa, duas de tomates picados, duas de atum, duas de sardinha, um saco de farinha e meio saco de açúcar, rasgado no meio.

Quando termino, a mesa está coberta de comida e o recinto caiu em silêncio. Eles pararam de gritar com a menina.

— Uma parte das coisas está grudenta — falo. — Sinto muito. Tinha um pote de mel, mas ele acabou quebrando.

Ninguém fala. Uma mulher com um xale preto, a mãe da menina, apareceu agora. Todos os quatro ficam olhando para a mesa, como pessoas num enterro paralisadas diante do cadáver.

— Foi tudo o que consegui carregar — digo, apenas para quebrar o silêncio.

A mulher se arrasta na direção da mesa e olha para cada item, um por um, sem pegar nenhum deles. Ela resmunga algo para o marido em voz baixa.

— Onde conseguiu isso? — pergunta ele.

— Eu comprei pra vocês — respondo, me esquivando da pergunta. — Pra todos vocês. Queria pedir desculpas.

— Desculpas?

— Quer dizer, queria agradecer. Por me salvar. — Eu me viro para a menina. — Você disse que estava com fome.

Seus olhos estão úmidos, brilhando na luz fraca. Ela abre a boca, então a fecha novamente, a cabeça se movendo lentamente de um lado para o outro, meio concordando, meio discordando, mas sem deixar claro o que queria dizer.

O pai dela tem uma expressão mais calma no rosto agora, mas aquilo não dura muito. Com os olhos se revezando entre mim e a filha, ele diz:

— Não sei quem é mais estúpido, você ou ela. Você sabe quem são aqueles garotos? Aqueles que perseguiram você?

— Não.

— Eles são muito perigosos. Você não pode mentir pra eles. Você não pode falar com eles. Se você quer ficar em segurança, tem que ficar longe do caminho deles. Você apenas espera que eles não notem sua presença.

— Mas eles já tinham me notado. Estavam me perseguindo.

— Isso é problema seu. Agora vá embora. Não quero ver você aqui de novo. E não precisamos da sua comida. Não estamos com fome.

— Mas...

— Não queremos sua caridade.

— Não é caridade. Sua filha me ajudou.

— Leve isso embora.

— Não posso. É pesado demais.

— Então não deveria ter trazido.

— Eu queria ajudar.

— Você pediu comida pra ele? — pergunta o pai, se agigantando sobre a menina.

— Não! Eu só... Achei que ele pudesse ter algo no bolso. Algum doce.

Ele se vira novamente para mim.

— Por que fez isso?

— Ela me ajudou. Eu quis ajudar ela também.

— Se você for pego aqui, não vai ajudar. Não vai ajudar nem um pouco. É muito perigoso pra todos nós.

— Sinto muito.

— Se você for ferido, por aqueles garotos ou por qualquer outra pessoa, será um grande problema pra cidade toda.

— Sinto muito.

— Apenas vá embora. E tome cuidado.

Alguns instantes atrás, eu teria aceitado essas condições. Tudo o que queria era sair daquela casa ileso. Mas agora não consigo me mover. Não consigo sair dali. Não por enquanto. Preciso juntar minhas forças, pensar um pouco, planejar minha rota até o túnel. O fio que deveria me levar de volta à rua principal se arrebentou. Não sei o caminho até minha casa.

Olho para o outro lado da casa na direção da menina em busca de apoio, mas seus olhos estão grudados no chão, suas bochechas coradas com o que parece ser raiva ou vergonha.

— Ninguém sabe que você está aqui? — pergunta o homem.

Balanço a cabeça negativamente.

— E se alguma coisa acontecer com você?

Dou de ombros.

— O que o seu pai diria se soubesse o que você fez? — ruge ele.

— Ele ficaria orgulhoso. E não tenho pai.

As sobrancelhas do homem se juntam, se levantando com um lampejo de confusão.

— Você não tem pai, mas ele ficaria orgulhoso?

Eu me viro para ele e olho fixamente em seus olhos.

— Sim. Ele está morto. Ele foi assassinado.

Não deixo meu olhar vacilar e, por um instante, parecemos estar numa espécie de competição, então ele pisca e olha para a filha. Andando em absoluto silêncio sobre os pés descalços, a menina sai do hall de entrada, voltando alguns momentos depois com um copo de água, que me entrega sem falar nada. Eu o viro num único gole.

— Obrigado — digo. — Já vou.

Eu me viro para ir embora, mas sinto a mão de alguém tocar meu ombro. É o pai. A pele de seus dedos é áspera e enrugada, como a casca de uma árvore.

— Como você vai voltar? — pergunta ele. — Pelo posto de controle?

— Não. Não posso.

— Vocês podem passar. Somos nós que não podemos.

— Não a pé. Não desse lado, apenas eu, sozinho. Eles me fariam milhares de perguntas e entrariam em contato com a minha casa, depois perguntariam como cheguei aqui e, se meu padrasto descobrir que atravessei O Muro, ele vai... Ele simplesmente não pode saber.

— Por quê?

— Ele ficaria louco.

— Então como você vai voltar pra casa? — pergunta ele.

— Pelo túnel.

— Vá, então. Vá. E tome cuidado. Se aqueles garotos estiverem perto do túnel, não deixe que vejam você.

— Certo.

— E obrigado. Pela comida. Você é corajoso. — Ele estica o braço para apertar minha mão. Enquanto nos cumprimentamos, ele continua a falar: — Mas a coragem é a melhor amiga da estupidez, e você também é estúpido.

Balanço a cabeça, meus lábios se contorcendo num sorriso relutante enquanto caminho em direção à porta. Antes que possa sair, a menina corre e bloqueia minha passagem. Ela começa a falar na própria língua, apontando para mim furiosamente, para a mãe, para a comida, para o lenço, direcionando todo aquele chafariz de palavras para o pai, que escuta de cabeça baixa, a princípio sem olhar nos olhos dela.

Depois de um tempo ele levanta os olhos, convencido por seu fervor, e a silencia levantando uma das mãos, como um homem tentando parar um carro que vem em sua direção.

— Ok, ok, ok — diz ele, se virando na minha direção. — Vou levar você de volta pro túnel. Ela não quer que você se machuque.

— Obrigado — falo.

Sei que deveria lhe dizer que isso não é necessário, mas a ideia de voltar para a rua sozinho me deixa aterrorizado. Sem ajuda, posso não conseguir encontrar o caminho de casa.

— Mas quero algo em troca — diz ele, se virando e rabiscando num pedaço de papel.

O filho o observa de perto. Posso sentir os olhos da menina sobre mim. Viro minha cabeça e lhe ofereço um breve sorriso nervoso. Ela abaixa os olhos para o chão mas posso ver que está sorrindo também.

— Você não deveria ter voltado — diz ela, sua voz tão baixa que mal posso ouvi-la.

— Eu tinha que voltar — respondo. — Você me salvou.

Ela dá de ombros. O desejo de esticar o braço e tocar seu rosto delicado e sério é tão forte que por um momento parece que não serei capaz de resistir, mas ainda não comecei a me mover quando o pai se vira e me entrega um pedaço de papel.

Ele desenhou um mapa básico da área, com O Muro como uma grossa linha preta no centro e apenas duas ruas desenhadas como um esboço no meu lado. São apenas os três morros que circundam a cidade, todos claramente marcados e corretamente orientados, o que torna óbvio o que o mapa deveria representar. Há uma única cruz escura fora dos limites de Amarias, do meu lado do Muro, riscado tão forte com tinta que o papel ficou marcado e um pouco rasgado.

Ele aponta para o X.

— Você sabe onde fica isso?

— Não conheço o lugar, mas consigo entender onde fica.

— Quero que você vá lá uma vez por semana.

— Uma vez por semana?

— É a minha plantação de oliveiras. Pertenceu ao meu pai, e ao meu avô antes disso, e estou cuidando dele pros meus filhos, mas, desde que O Muro foi construído, não posso mais ir lá. Tenho um salvo-conduto para a primeira sexta-feira de cada mês, porém nada mais do que isso. Apenas uma visita por mês e, algumas vezes, mesmo com o salvo-conduto, eles ainda não me deixam passar. As oliveiras estão bem, mas há três canteiros de limoeiros e metade das árvores morreu. Nessa época do ano, elas precisam de água. Quero que vá toda semana. Tem um reservatório no canto, com água que vem de uma nascente. Tem um balde lá. Quero que regue cada árvore com um balde. Quero que cheque se a nascente está enchendo o reservatório. Pode fazer isso?

— Acho que sim.

— Você vai fazer isso?

— Sim.

— Você promete? Prometa e eu levo você até o túnel, em segurança.

— Prometo.

— Qual é o seu endereço?

— Por que você quer meu endereço? Já prometi.

— Isso é algo diferente. Você faz essa promessa, você é meu amigo, não é?

— Sou.

— Se é meu amigo, devo ter seu endereço e seu nome.

— Por quê?

— Porque somos amigos.

— Mas por quê?

— Você não confia em mim? Se não confia em mim, por que eu deveria confiar em você? Por que deveria acreditar na sua promessa?

— Mas por que você precisa do meu endereço?

— Porque você nunca sabe o que vai acontecer. Nesse lado do Muro, qualquer coisa pode acontecer. A pior coisa que conseguir pensar, algo que mal pode imaginar, de repente isso pode acontecer.

— O que isso tem a ver com o meu endereço?

— É que um amigo do outro lado do Muro pode ajudar.

— Como?

— Porque você é livre. Pode conseguir coisas quando precisa delas. Pode ir aonde quiser. Ninguém bloqueia suas ruas, ou fecha suas lojas, ou levam você no meio da noite.

Ele me entrega uma caneta e um pedaço de papel em branco. Eu o coloco sobre um canto da mesa coberta de comida. Minha mão treme sobre a folha branca. Não sei muito bem o que fazer. Não tenho a menor ideia de por que ele quer meu endereço e o que pretende fazer com a informação. Sei que eu poderia inventar um, mas sinto que ele poderia descobrir e não é inteligente correr o risco de irritá-lo novamente. Ainda preciso da ajuda dele para encontrar o túnel.

A voz da menina se ergue no silêncio pesado:

— Não vamos te fazer mal — diz ela. — Prometo. É só para o caso de um dia precisarmos de ajuda do outro lado. Se formos atacados.

— Atacados?

— Sim.

— Por quem?

Todos os quatro se olham, como se eu tivesse dito algo idiota. Ninguém fala ou olha para mim e, devido ao silêncio, compreendo. Nenhum deles quer dizer aquilo, mas duas palavras estão pairando no ar, sem que ninguém as fale: *por vocês.*

— Tem alguma coisa vindo — diz o homem. — É como uma tempestade. Antes que ela chegue, você pode sentir no ar.

Pressiono a caneta no papel e escrevo meu nome e endereço em letras de forma. O homem pega aquilo das minhas mãos, segura longe dos olhos enquanto lê, e então dobra o papel duas vezes e o guarda em uma gaveta.

— Ok — diz ele. — Então vamos lá.

Quero dizer mais alguma coisa à menina, quero pelo menos tocar sua mão, mas nenhuma palavra sai e me vejo andando na direção da porta, me afastando dela, olhando para trás enquanto saio.

— Qual é seu nome? — balbucio.

— Leila.

— Leila — repito, testando as duas sílabas em minha boca, minha língua pressionando duas vezes o céu da boca. — Eu sou Joshua.

— Choshua — fala ela, com um sorriso mínimo. — Choshua.

— Sim, Choshua.

Na rua, o pai de Leila anda rapidamente, mais rápido do que consigo caminhar.

— Não corra — rosna ele quando acelero tentando não ficar para trás.

— O senhor está indo rápido demais.

Ele desacelera um pouco.

— E não fale. Não nessa língua.

Balanço a cabeça e o homem continua me guiando, uma rota complicada e sinuosa através de ruas secundárias que não reconheço, até chegarmos à rua principal, em frente à padaria da torta voadora.

— Essa é...

Ele me interrompe, empurrando o meu peito e soltando um "psiu" distinto.

Quero lhe dizer que ele não precisa me levar mais adiante, porém ele já está entrando no beco, tão rápido que não consigo mais acompanhá-lo sem correr.

Estamos na metade do caminho até as lixeiras quando escuto um assovio estridente e revelador acima de nós. Olho para o alto e vejo um rosto numa janela vigiando o beco. É o garoto que me deu um infeliz aceno de cabeça quando bloqueava a entrada do túnel na primeira vez que eu o atravessei. Ele está balançando os braços e chamando alguém atrás de mim.

Eu me viro e vejo um garoto parado num feixe diagonal de luz do sol entre o beco e a padaria. É um dos meninos da gangue que me perseguiu. Ele acena para o rosto na janela e dá um grito, não sei se para mim, para a pessoa no apartamento, ou para alguém mais, é impossível saber. Começo a correr, disparando na direção do túnel, ultrapassando o pai de Leila. Ele também está correndo agora, mas, de onde está, se não entrar no túnel, ele não tem escapatória. Sua única opção seria pular a cerca de arame, mas, levando em conta seu jeito lento e desengonçado de correr e a velocidade dos garotos, ele não tem chance alguma.

Quase imediatamente escuto vários passos nos seguindo pelo beco e outros gritos furiosos. Eu me viro ao passar pelo espaço apertado entre as lixeiras e vejo que o pai de Leila foi jogado no chão. O primeiro garoto a entrar no beco, que agora tem outros três lhe dando cobertura, chuta sua barriga com selvageria. O som daquilo, como um saco pesado caindo no concreto, ecoa pelo beco até a minha direção.

Ele recua a perna para outro chute, então ergue a cabeça e me procura. Durante um instante, ele congela, seus olhos fixos nos meus. *"Corra! Corra!"*, penso, mas não estou correndo. Estou parado ali, olhando fixamente para aquele homem caído, o pai de Leila, uma pessoa que apenas alguns minutos atrás se proclamou meu amigo, mas que agora está balbuciando, engasgado, se contorcendo naquele chão empoeirado.

O garoto para no meio do chute inacabado e parte em disparada atrás de mim. Agora a mensagem chega às minhas pernas. Corro na direção do túnel e empurro a tampa para o lado. Se pular, em vez de usar a corda, ganharei alguns segundos. Agacho e olho para o beco uma última vez.

Só vejo pés agora, debaixo das lixeiras: dois pares correndo na minha direção, alguns outros desferindo chute após chute no corpo e na cabeça do pai de Leila. Ele está em posição fetal para se proteger. Parece imperdoável deixá-lo ali, uma vez que só estava no beco para me ajudar a fugir, uma vez que toda a situação era culpa minha, mas sei que não tenho a menor condição de ajudá-lo e que voltar seria suicídio.

Eu giro e salto na escuridão. O chão chega mais cedo do que estou esperando e sinto um forte impacto nos pés. Algo em meu tornozelo se desloca com um breve e quente estalo interno, como uma pequena bolha de líquido fervente estourando bem no interior da articulação.

A dor percorre minha perna em pontadas que parecem intensas, mas ao mesmo tempo são estranhamente abstratas e distantes, como se algo dentro do meu corpo soubesse que tinha de priorizar minha fuga. Não há tempo para me preocupar com um mero tornozelo. Começo a engatinhar, sem usar meus joelhos, mas agachado como um cachorro, tocando o chão apenas com as mãos e os pés. É o mais próximo que consigo chegar de correr. Já atravessei parte do túnel e estou no escuro absoluto quando me lembro de que a lanterna ainda está em minha bolsa, escondida atrás de mim perto da entrada.

Paro de engatinhar. Sei que seria loucura voltar, mas por um instante sinto que simplesmente não posso atravessar o túnel novamente no escuro. Então ouço uma voz próxima ecoando. Alguém mais está no túnel. Não — duas vozes: uma conversa, acompanhada pelo som de algo se arrastando na terra. Eles me seguiram até o túnel. Não escapei.

Forço meu corpo a se mover, reiniciando minha corrida agachado como um cachorro. Não consigo ver nada, nem mesmo minhas mãos empurrando desesperadamente a terra, me arremessando contra a absoluta escuridão. Meus pulmões puxam o ar espesso e mofado em arfadas pesadas, me empurrando com toda a força; mas, apesar daquelas duas vozes ecoando pelo espaço, num segundo parecendo muito distantes, no próximo logo atrás de mim, apesar de procurar lá no fundo pela última gota de energia, logo começo a sentir que meu ritmo está diminuindo.

Continuo me movendo através da escuridão pesada, minhas mãos e meus braços mais doloridos e cansados a cada segundo, minha garganta se contraindo num nó ácido. A pele das palmas das minhas mãos parecem ter sido raladas. Não há tempo ou luz disponível para verificar se está saindo sangue, mas algo parece pegajoso e estranho no contato das minhas mãos com o solo.

Parte de mim está rezando para ver o fim do túnel, outra parte teme sua chegada. Não é nada natural e é totalmente assustador forçar seu corpo tanto assim, usando cada músculo e fibra para gerar velocidade, sabendo que diante de mim está uma parede de terra dura, invisível na escuridão, que a qualquer momento vai bater em minha cabeça. As vozes ainda estão atrás de mim, um pouco mais fracas, talvez, mais ainda em meu encalço, ocasionalmente soltando rajadas de algo que soa como ameaças, então não tenho tempo de me preocupar com a parede. Minha missão é apenas escapar, sair do túnel e passar por cima do tapume do terreno em construção, antes que os garotos me alcancem.

Se fraquejar ou cair, se eles me alcançarem, eles seriam capazes de fazer aqui embaixo o que quisessem e ninguém veria ou descobriria o que aconteceu comigo. Eu seria o menino que desapareceu: o menino que foi a um jogo de futebol que não aconteceu e nunca voltou para casa.

A corda pendurada encosta muito de leve no topo da minha cabeça enquanto me impulsiono para a frente. Levanto o braço o mais rápido que posso, virando a cabeça para o lado, mas não consigo parar a tempo. A terra bate em minha bochecha. Caio para trás, minha cabeça parecendo se esvaziar, como um computador sendo desligado. Se estivesse de pé, teria caído. Mesmo de joelhos, sinto uma sensação de tombamento, como se estivesse apagando. Tudo já está preto, é claro, então nem consigo dizer se meus olhos ainda enxergam alguma coisa, mas sinto uma momentânea sensação de leveza, como se estivesse me desprendendo do meu próprio corpo.

Um zumbido desce em ondas pela minha espinha, meu cérebro reinicia e me lembro de onde estou. Balanço as duas mãos, procurando a corda. Não sei se fiquei inconsciente, ou quanto tempo se passou desde que bati na parede no fim do túnel, mas as vozes agora estão mais próximas do que nunca, vindo em minha direção em ecos tão ressonantes que se sobrepõem.

Dois pontos de luz dançantes a princípio não parecem ser absolutamente nada, talvez apenas um inseto estranho que vive debaixo da superfície voando na frente do meu rosto, então percebo que é um par de feixes de lanterna se movendo na minha direção.

Meus braços cortam o ar, meu coração bate em golpes pesados e incessantes; nenhuma arfada, nada de batimentos duplicados, apenas uma batida forte e constante como música eletrônica alucinada através de uma parede.

Sinto algo encostar em um dos meus pulsos e seguro a corda que está balançando, então fico de pé e começo a escalar. Com o que parece ser o último resíduo de força em meu corpo, empurro o alçapão pesado, então empurro de novo, até que, na terceira tentativa, ele se move para o lado.

Estico o braço na direção da brancura quente, passo meu corpo pelo buraco apertado e me jogo no descampado. A luz do sol força sua entrada em meus olhos com um golpe ofuscante, me deixando tão cego quanto a escuridão abaixo. Apertando meus olhos em pequenas fendas, saio cambaleando pelo terreno em construção, sem ter certeza de que estou indo na direção certa, apenas tentando me distanciar ao máximo do túnel e de quem quer que esteja me perseguindo.

Enquanto o clarão se dissolve em um chão rochoso, levanto meus olhos na direção dos tapumes de madeira em volta do terreno em construção. Minhas pernas parecem ceder debaixo de mim enquanto me jogo nele e escorrego até o solo, me deitando sobre a terra quente e seca.

Depois de um tempo, com a visão recuperada, viro a cabeça e olho na direção do túnel. Ninguém saiu de lá ainda. Congelo e olho para a tampa, esperando e observando, minha respiração voltando ao normal aos poucos enquanto vasculho a área ao meu redor à procura de um esconderijo melhor.

Sei que deveria continuar correndo, pular o tapume e procurar um território seguro, mas me sinto estranhamente imobilizado, com medo de ir mais longe. O solo, a milímetros do meu nariz, tem um cheiro curiosamente doce, soltando um odor de uvas e carne.

A tampa não se move, e ninguém sai do buraco. Enquanto a sensação de que ninguém me seguirá aqui fora do túnel se estabelece, percebo, a princípio com alguma curiosidade, que estou com uma dor terrível. Meu tornozelo está latejando num pulso de reclamações insistentes, enviando um sinal que apenas agora, como a recuperação de uma antiga memória, parece estar chegando ao meu cérebro. A habilidade do meu corpo de manter a notícia ruim em segundo plano acabou. Ele está torcido e a dor repentinamente começa a parecer dor: feroz e aguda.

Em uma esquina, do outro lado do terreno em construção, vejo minhas roupas amontoadas. Se aqueles garotos tivessem me alcançado no túnel, se eu nunca tivesse voltado para casa, alguém um dia teria encontrado aquelas roupas e ligado-as a mim. Visto daqui, tudo se parece com o cenário de um suicídio.

Esse pensamento traz uma imagem de volta à minha mente, a última coisa que vi antes de pular dentro do túnel: o pai de Leila, em posição fetal, dois homens chutando sua cabeça e suas costas. Se descobriram que sou desse lado e que ele estava comigo, podem achar que ele é um colaborador. Se foi isso o que pensaram dele, qualquer coisa é possível.

Tenho uma visão clara do Muro de onde estou deitado. Se pudesse ver através dele, seria capaz de avistar o homem, provavelmente caído numa poça de sangue, talvez ainda sendo atacado. Então me lembro de que tenho um telefone celular no bolso da minha calça. Ignorando os uivos desaforados do meu tornozelo, corro pelo terreno em construção, arranco o telefone do material flexível da minha calça vazia e disco.

A primeira pergunta é o local do incidente.

Minha cabeça gira, lutando para pensar numa resposta:

— Estou perto do Muro, perto do terreno em construção no limite de Amarias. Posso ouvir algo por cima do Muro. Acho que alguém está sendo atacado. Posso ouvir a pessoa gritando por ajuda.

Há um silêncio cético no outro lado da linha.

— Quantos anos você tem?

— O que isso tem a ver com qualquer coisa? Alguém está ferido. É urgente.

— Isso é um trote?

— Não! Você tem que ajudar!

— Eles têm as ambulâncias deles. Pare de desperdiçar meu tempo.

— Mas...

A ligação é cortada.

Lutando contra as lágrimas de fúria desolada, vou mancando na direção do Muro, passando por montes de escombros, então por terra fofa marcada por trilhas de escavadeira.

— OLÁ! — grito, virando a cabeça para o céu. — OLÁ? OLÁ? VOCÊ CONSEGUE ME OUVIR? VOCÊ ESTÁ BEM?

Nenhum som volta. Encosto minha orelha no concreto áspero. Nada. Percebo que nunca perguntei ao homem o seu nome.

— VOCÊ CONSEGUE ME OUVIR? VOCÊ CONSEGUE ME OUVIR? VOCÊ ESTÁ BEM?

Silêncio.

Como uma árvore sugando umidade do solo, sinto uma onda de remorso se erguer dos meus pés, subir pelas pernas, pela barriga, pelo peito e pescoço. Lágrimas começam a vazar dos meus olhos, lentamente no início, então uma explosão de soluços incontroláveis jorra, me jogando no chão.

Fico deitado ali, em posição fetal, chorando. Meu plano tinha dado errado da pior forma possível. Tentei ajudar a menina que me ajudou, mas consegui fazer exatamente o contrário. O pai dela tinha levado uma surra brutal, e era culpa minha. Só quis fazer uma simples coisa boa. Apenas quis dar à menina o que lhe devia. Mas aqui, isso era impossível, perigoso, estúpido.

Depois de um tempo, rolo de lado, fico de joelhos, me forço a me levantar e me afasto do Muro de forma claudicante, tropeçando por causa do tornozelo inchado e rígido. Abaixo os olhos na direção da calça e da camisa que escolhi naquela manhã das gavetas no meu quarto e elas parecem ser uma fantasia agora, quase como uma roupa chique. É como se essas roupas pertencessem a um garoto que não existe mais.

Tiro minha calça jeans enlameada e manchada de mel e visto o traje limpo. Esfrego minha bola de futebol na terra para parecer que joguei, então me viro e procuro um esconderijo onde possa deixar minhas roupas da loja de caridade. Ao ver o túnel, com a tampa ainda entreaberta, percebo que nunca mais vou atravessá-lo, mesmo que minha vida dependa disso. As roupas podem ficar onde estão. Não preciso mais delas e não me importo com quem vai encontrá-las.

Olho uma última vez para a casa demolida, então posiciono minhas mãos no tapume cheio de farpas e começo a escalar.

Parte Três

O tornozelo pode se passar facilmente por uma contusão de futebol, mas a pele esfolada nas palmas das minhas mãos são outros quinhentos. Tento convencer minha mãe de que aquilo aconteceu quando escorreguei durante um aquecimento e caí no asfalto. Ela é cética e uma conversa com a mãe de David acaba expondo todo o jogo de futebol como um engodo.

Minha desculpa reserva é fraca. Falo que queria ficar sozinho nas montanhas. Digo a ela que estava desesperado para escalar as pedras, mas, como sabia que eles nunca me deixariam fazer isso, então simplesmente saí e fui sozinho. Caí e ralei as mãos e torci o tornozelo. Isso não é muito mais plausível do que a história do futebol, mas me agarro a ela.

— Isso não faz sentido — diz minha mãe. — Por que você faria isso?

Dou de ombros.

— Você não pode simplesmente sair assim! Há pessoas lá fora!

Dou de ombros.

— É proibido — diz Liev. — Quem você pensa que é, simplesmente saindo e fazendo essas coisas?

Dou de ombros novamente. Mais tarde, eles tentam uma abordagem diferente.

— Olhe para as suas mãos! São as duas... Os mesmos arranhões! Como conseguiu fazer isso? — pergunta minha mãe.

— Já te contei.

— Não acredito em você.

— Não estou mentindo — minto.

— Achamos que está — diz ela.

Dou de ombros.

— A história do futebol era mentira! Por que você acha que vamos acreditar nisso?

Dou de ombros.

— Essa insolência! — ruge Liev. — Onde aprendeu isso? O que faz você achar que isso é aceitável?

Dou de ombros.

— PARE DE DAR DE OMBROS!

Dou de ombros.

— Ele é impossível — diz Liev, levantando os braços e os deixando cair nas laterais do corpo.

— Por que você está fazendo isso? — pergunta minha mãe.

— Ele é impossível! O que vamos fazer com ele?

— Olhe para as suas mãos! — fala minha mãe.

— Eu só ralei as mãos — digo. — Escorreguei.

A boca de Liev se abre e se fecha novamente, como se ele fosse um peixinho dourado. Minha mãe me encara, apertando os olhos, como se eu estivesse tão longe que ela não fosse capaz de realmente discernir se sou eu mesmo.

É estranhamente agradável mentir, de maneira bastante consciente e deliberada, e esfregar isso na frente de quaisquer provas ou indignações que sejam jogadas sobre mim. Tanto minha mãe quanto Liev sabem que estou mentindo, e eu sei que estou mentindo, mas todos nós descobrimos que isso nos leva diretamente aos limites do poder deles sobre mim. Eles gritam, mas não estou com medo; eles confiscam posses, mas não há nada de que eu sinta falta; eles me colocam de castigo, mas não me importo, pois mal consigo andar e não há lugar algum em Amarias aonde eu queira ir e ninguém que queira ver.

Sua punição final é me confinar em casa por três semanas, fora dos horários da escola. Aceito aquilo com indiferença e decido que nunca vou reclamar ou pedir para sair nem uma vez sequer. Não posso deixar de achar engraçado vê-los descobrir quantos pequenos serviços eu geralmente faço em casa, que agora eles têm de fazer por conta própria. Liev praticamente não sabe onde comprar pão.

Saio do meu quarto apenas quando preciso e falo o mínimo possível com os dois, aniquilando a tentativa deles de me ignorar ao ignorá-los primeiro.

O único momento em que estamos todos juntos é quando comemos, na maioria das vezes, praticamente em silêncio. Liev se empanturra, aparentemente sem se incomodar com o clima tenso. Minha mãe só belisca a comida, exibindo um ar trágico, como se fosse ela quem estivesse sendo punida. Está mais magra. A pele sob seus olhos está flácida e escura. Pela forma como se comporta, parece que está trabalhando no turno da noite de uma mina de carvão ou algo parecido, mas não está. Ela não está fazendo nada. Não sei como não morre de tédio.

É esquisito escutar minha mãe e Liev tentarem conversar como se eu não estivesse ali. O assunto sobre o qual mais falam é a coluna dela. O problema de coluna da minha mãe é o hobby dela. Quando Liev não consegue pensar em nada para dizer, ele lhe pergunta como sua coluna está naquele dia, e ela muitas vezes vem com uma resposta incrivelmente longa. Dá para ver o esforço nos olhos dele enquanto tenta parecer interessado. Algumas vezes decido observá-lo escutando-a, algo que sei que o irrita, mas ele não pode falar nada.

Quase todo mês surge alguma almofada nova, uma máquina nova de alongamento, ou algum exercício, mas nada daquilo dura muito tempo. Neste momento, ela está usando uma coisa enorme e inflável que se parece com uma bola de futebol. Ela fica louca se eu a chuto. Louca de verdade.

Antes de nos mudarmos para Amarias, a coluna dela estava boa. Se eu algum dia dissesse isso, ela ficaria ainda mais louca do que se eu desse um voleio na TV com a cadeira-bola.

Durante minhas três semanas em casa, algo latente na família muda. A tentativa deles de punição se mostra uma libertação. De uma estranha forma, eu me sinto repentinamente livre deles: livre para não lhes dizer nada; livre para viver entre eles enquanto, ao mesmo tempo, permaneço totalmente escondido. É como se algo tivesse me segurado durante toda minha vida e eu nem soubesse que aquilo estava ali, mas agora a corrente foi arrancada, e estou mais leve e veloz do que um dia achei ser possível.

Sinto-me como se existisse uma nova linha ao meu redor: uma fronteira, onde eu acabo e minha mãe começa. Antes, era um borrão. Ela ainda é minha mãe — ainda a amo e preciso dela, e quero que ela se sinta menos infeliz —, mas percebo que agora, de alguma forma, me libertei dela. É uma sensação deliciosa, como soltar uma mala pesada, ou pular de cima de um muro alto ou entrar correndo no mar.

Examino o mapa todas as noites. Depois que a casa fica em silêncio, depois que Liev começa a roncar, ando com cuidado até a gaveta na qual escondi a comida para Leila e, ali, debaixo das minhas roupas de inverno, está o pequeno e misterioso diagrama desenhado para mim pelo pai dela.

Eu o tenho decorado em minha cabeça agora, o que não quer dizer que o entendo. Alguns elementos são óbvios, outros — pequenas marcas que não havia notado no momento em que ele me entregou o papel — são incompreensíveis.

O Muro, uma linha grossa no centro do mapa, é o ponto de partida, mas até isso é estranho, não corresponde exatamente à realidade. O posto de controle é a única forma de atravessar O Muro, mas, no desenho do pai de Leila, há uma estrada atravessando o concreto. No meu lado, essa estrada fantasma é uma das duas que ele desenhou. O lado mais afastado é entrecortado por uma rede que combina com o mapa que baixei na internet, mas essa rota através do Muro é uma fantasia.

Depois de olhar para o mapa incessantemente, noite após noite, uma teoria surge em minha cabeça. Talvez essa composição não seja uma invenção, mas uma lembrança. Ele fez as ruas de Amarias desaparecerem não porque quer que elas desapareçam, mas porque nunca veio aqui. Ou, talvez, ele tenha vindo aqui muitas vezes, antes de Amarias ser construída; e depois que as escavadeiras chegaram e novas ruas e casas foram feitas, e O Muro foi erguido, ele nunca tenha conseguido voltar. Ele nem saberia o que existe aqui. O mapa em sua mente era o mapa pré-Amarias. Ele é velho; minha cidade é nova.

Sua rota atual até a plantação de oliveiras o levava ao posto de controle, contornando a fronteira da cidade. No passado, ele, e seu pai, e o pai do pai dele, teriam andado numa linha reta, ao longo da estrada desaparecida desse mapa, flutuando em meio às fileiras de casas que eles não poderiam saber que um dia seriam construídas aqui, na fronteira de sua própria cidade, para pessoas como eu, vindas de longe. Talvez passassem por aqui, por essa casa, cruzando meu quarto.

Sou atingido pela ideia óbvia, porém nova, de que tudo o que havia sido construído um dia não existia. Toda cidade um dia foi um campo, uma floresta, um deserto, um lugar qualquer sem nome que se transformou em um lugar com um nome. No entanto, Amarias era diferente. O estado de não existência de Amarias era tão recente, e sua existência tão repentina, que, com esse mapa em mãos, a cidade parecia, apesar de toda sua solidez, quase fantástica.

Cada topo de montanha no mapa é indicado por um pequeno círculo, todos exatamente posicionados quando se alinha ao Muro. Fora essas montanhas, as únicas coisas marcadas no meu lado da barreira eram a estrada desaparecida através do Muro e o espaço desde o posto de controle até a plantação de oliveiras. Entre a junção dessas duas rotas e o X, ele assinalou uma série de quadrados, pontos e rabiscos complexos. Por mais que eu examine atentamente, nada disso faz sentido. A única forma de entendê-los seria ir até lá.

Três semanas depois da minha desastrosa entrega de comida a Leila, o castigo termina. Meu tornozelo ainda dói, o que me faz mancar um pouco, mas não posso esperar mais. Tenho um lugar para ir, um trabalho a fazer, um mapa a seguir.

Ao meio-dia, no verão, as ruas estão quase vazias. Todos estão em casa, as lojas são fechadas para o almoço e até os cães ficam em silêncio. O meio do dia aqui é como o meio da noite: se você se aventurar a sair de casa, provavelmente não verá ninguém, e ninguém o verá. É justamente nesse momento que parto, minha sombra como uma bola de futebol quicando entre meus pés enquanto caminho na luz esmagadoramente quente do sol. O mapa permanece em meu bolso enquanto cruzo o centro da cidade levando uma raquete de tênis na mão, para servir de explicação à minha mãe, ou qualquer outra pessoa que eu encontre no caminho, quanto ao que estou fazendo. Muitas vezes jogo tênis batendo a bolinha no Muro. De certa forma, ele é o parceiro de tênis perfeito, tirando o fato de ele não sacar e nunca perder.

Jogo a raquete de uma mão para a outra, praticando giros verticais e rotações como as de um malabarista. Uma vez vi um sujeito na TV passar o corpo inteiro por uma raquete de tênis sem o encordoamento. Para a última parte, ele teve que deslocar os próprios ombros, então colocá-los no lugar novamente. Era repugnante, mas impossível afastar os olhos.

Vacilo nos limites da cidade. A fronteira me passa a mesma sensação da estrada do posto de controle, o mesmo salto estranho do subúrbio para o deserto. Aquilo nunca chamou muita atenção visto da janela de um carro, mas a pé a transição brusca parece assustadora. Você pode na verdade ver a fronteira do último gramado — ver que aquilo são apenas algumas folhas de grama plantadas num pedaço de terra que não é mais fundo do que meu dedo mindinho, jogado sobre uma terra poeirenta marrom--acinzentada que se estende até o horizonte. Ver essa fronteira faz o gramado, e qualquer outro gramado, se parecer menos com grama de verdade e mais com tapetes que foram trazidos de fora, desenrolados e colados no chão. Aquilo me faz imaginar, brevemente, toda a cidade como uma espécie de tapete pronto que alguém desenrolou no alto de uma montanha para que famílias como a minha pudessem morar ali.

Eu não devo sair da cidade, mas não há nada me impedindo de fazer isso. Simplesmente imagina-se que ninguém vai se dar ao trabalho — muito menos um menino, sozinho, sem ao menos uma pistola. Ninguém pode passar pelo posto de controle carregando uma arma, mas, de qualquer forma, assim que atravessam, é possível que venham nessa direção e, se alguém estiver suficientemente determinado a ferir uma pessoa que se afastou das áreas seguras, há muitas formas de fazer isso. Além da fronteira de Amarias, se você não estiver armado, não está em segurança. Era o que sempre nos diziam.

Mas já não acredito mais no que me contavam e tenho um trabalho a fazer, uma promessa a cumprir. Nas últimas três semanas, quase nunca se passava uma hora inteira sem que meus pensamentos se voltassem ao pai de Leila, àquela visão das pessoas amontoadas em volta do seu corpo contorcido e dando chutes nele. Digo a mim mesmo incessantemente que, depois que entrei no túnel, eles devem ter parado. Eles não podem ter levado tanto tempo para perceberem que já o tinham punido o suficiente. O que, afinal de contas, ele tinha feito àquelas pessoas? Ele havia apenas entrado em um beco. Você não podia ser morto por isso. Ele tinha que estar bem. Tinha que estar de volta em casa agora, com a família. Esse, certamente, era o único desdobramento possível.

Eu não costumo rezar a não ser que seja obrigado, porque sei que não adianta nada, sei que não há ninguém escutando, mas, agora, todos os dias, me pego pedindo ajuda a não-sei-quem, implorando a ninguém em particular, murmurando inutilmente para o vazio minha súplica de que o pai de Leila esteja em segurança.

Sinto um sopro de vento fraco no rosto. Na cidade, o ar nauseantemente está parado, mas, aqui fora, nesse descampado, há uma brisa forte o suficiente para refrescar a pele. Uma poeira fina e invisível parece se dissolver no suor que escorre da minha testa e desce de forma áspera até meu pescoço.

Enquanto minha estrada se junta com a rota estreita que leva ao posto de controle, olho para trás na direção de Amarias, na direção das partes novas da cidade, para onde ela se expandiu além do topo inclinado da montanha, como calda escorrendo por uma bola de sorvete. Nossa casa ficava na beira da cidade quando nos mudamos; agora há centenas de casas além dela. O Muro fica escondido da visão atrás da encosta da montanha. Daqui, o lugar parece quase normal.

À distância, posso ver a nova estrada de Amarias até a cidade, com grades dos dois lados, se elevando para cruzar o vale antes de desaparecer num círculo perfurado na encosta da montanha. Você poderia pensar que aquilo era uma ferrovia expressa. No ponto em que ela passa debaixo de um conjunto de casas baixas e frágeis, uma saliência de concreto se eleva sobre o asfalto para evitar que pessoas joguem pedras nos carros. Para passar por essa estrada, você precisa de uma placa amarela.

A raquete de tênis está grudenta em minha mão, mais pesada do que estava quando saí de casa. Eu a jogo num barranco. Ninguém consegue me ver agora. Posso pegá-la de novo no caminho de volta para casa.

Meus batimentos cardíacos se aceleram enquanto tiro o mapa de um dos bolsos traseiros e o desdobro sob a ofuscante luz do sol. O suor empoeirado em meus polegares deixa uma mancha marrom em cada canto.

Na junção das duas estradas, há um rabisco desenhado ao longo de um lado do cruzamento. Olho para a minha esquerda, para uma vala pontilhada com pedaços ralos de vegetação. Está seco agora, mas em meses chuvosos isso seria um riacho. Logo de cara, o primeiro mistério do mapa está desvendado. O rabisco é um riacho.

Continuo andando, ouvindo o arrastar dos meus tênis contra o asfalto estranhamente alto no meio dessa enorme extensão de silêncio. Tufos compridos de poeira se movem como cobras atravessando a estrada à minha frente, desaparecendo assim que saem da superfície escura do asfalto. Estou com sede agora, encharcado de suor da cabeça aos pés, meu cabelo molhado e colado à minha cabeça, mas não trouxe água.

Não tenho como saber se agi certo ao ignorar todas as ameaças e os avisos pendurados ao nosso redor, porém sei que fui estúpido ao não dar atenção a esse item em especial. Num calor tão forte como esse, sem água você fica fraco rapidamente. No segundo em que percebo minha omissão, sei que tenho de voltar. Mas, olhando para o mapa, parece que estou quase lá. Não sei se ele está em escala, mas é aqui que os detalhes se intensificam e sinto que estou próximo da saída da estrada marcada. Ele disse que havia uma nascente no bosque de oliveiras. Se as instruções estiverem corretas, terei algo para beber mais rápido seguindo em frente do que voltando.

É claro que eu poderia me perder. Poderia nunca encontrar a plantação de oliveiras ou a nascente. Quando isso acontecesse, e tendo uma distância ainda maior a percorrer, a viagem de volta seria arriscada.

Eu definitivamente deveria dar meia-volta e tomar o caminho de casa, mas esperei três semanas por essa oportunidade e haverá outra semana de aulas antes que eu tenha a oportunidade de voltar. Estou tão próximo e já passei por tudo que poderia atrapalhar uma próxima tentativa que parece loucura desistir. Liev poderia me colocar de castigo novamente, e não há como prever quando e onde os seguranças podem estar posicionados. Além disso, se alguém me viu chegar até tão longe, algo será feito para me impedir de tentar novamente. Eu simplesmente não posso me permitir chegar tão perto e depois voltar por causa de um pouco de água.

Olho novamente para o mapa. O cruzamento-chave parece estar fechado. A estrada passa por um longo retângulo, então segue num zigue-zague curto, porém enfático, e serpenteia entre uma série de rabiscos circulares antes de chegar ao X marcado.

Eu me viro uma última vez para olhar a cidade atrás de mim, tentando guardar na memória minha distância de casa, como um parâmetro para me dizer se estou me afastando demais, então me viro e continuo a andar, piscando para tirar o suor dos olhos, lambendo as gotas salgadas do meu lábio superior. Depois de alguns minutos, um muro baixo se ergue ao longo da estrada, protegendo um campo do tamanho de uma quadra de futebol.

O muro é feito de pedras secas, mantidas no lugar devido apenas à perfeição com que foram encaixadas. Fora desse muro, o solo é pedregoso e desnivelado; dentro é uma terra lisa e sem rachaduras, o que parece ser uma área de plantio muito bem cuidada, a não ser pelo fato de não haver nada plantado lá, apenas cardos e áreas com ervas daninhas espinhentas e cheias de pequenos frutos. A terra é muito compactada e está coberta por marcas horizontais que reconheço do terreno em construção: trilhas de escavadeiras que o tempo transformou em sulcos rasos. Um canto do muro foi demolido, e há pilhas de pedras espalhadas sobre o chão, algumas afundadas na terra e esfareladas sobre a superfície. O vão no muro é praticamente do tamanho de uma escavadeira. Está claro que a mesma coisa que aconteceu à casa na entrada do túnel aconteceu a esse campo.

Saio da estrada e me agacho junto ao muro, tocando a pedra quente e áspera com a palma da mão. Alguém passou semanas limpando o campo para fazer esse muro, apanhando e carregando centenas de pedras, há muito tempo. A pessoa que construiu esse muro um dia colocou sua mão sobre essa mesma pedra, exatamente onde a estou tocando agora, talvez vinte anos atrás, talvez mil. Tudo por aqui parece ser ou novo em folha ou extremamente velho.

Caminho ao lado do muro, arrastando os dedos em sua superfície irregular. Na ponta mais afastada, perto da parte demolida, há um monte de terra e pedras, sobre o qual está um único pedaço de arame farpado esticado entre dois bastões de ferro. Parece uma tentativa bizarra e inútil de bloquear a estrada, uma vez que não há nada que impeça ninguém de passar ao lado da obstrução. Atrás dessa barreira existe um caminho estreito que segue montanha acima, se afastando da estrada, serpenteando entre arbustos esparsos.

Minha mão está tremendo de empolgação enquanto desdobro o mapa mais uma vez. O retângulo, o zigue-zague, a linha, os rabiscos: o campo, o arame farpado, o caminho, os arbustos. Inconfundível.

Esquecendo minha sede e o cansaço, me esquecendo de tudo, saio correndo, me afastando da estrada, contornando o monte de terra e disparando entre os arbustos pela terra seca e compactada do caminho.

Diante de mim, posicionado no meio de uma paisagem seca e marrom, posso distinguir um trecho verde. Aquela visão apaga qualquer traço de cansaço e me empurra montanha acima, enquanto disparo na direção do que posso ver agora que é um bosque de oliveiras.

Há quatro canteiros escavados na encosta, protegidos por outro muro de pedra que parece antiquíssimo. O caminho me leva diretamente até lá, contornando um último arbusto espinhoso até chegar a um buraco no muro do tamanho de uma porta: a entrada para a plantação de oliveiras da família de Leila.

Derrapo até parar, então sigo cambaleando e caio, ofegante, de barriga para cima. Tonto de exaustão, olho ao meu redor para os troncos grossos e retorcidos das oliveiras, que parecem mais velhas do que os avós da pessoa mais velha que vou conhecer na vida. Apesar da imensidão dos troncos, cada árvore tem apenas uma modesta copa, com uma cobertura de folhas estreitas empoeiradas criando uma sombra salpicada. O céu branco e deslumbrante brilha entre as folhas em feixes e lampejos que se movem. Fico escutando, com toda a concentração que você dedicaria a uma bela obra musical, o único som que posso ouvir: o farfalhar do ar não exatamente parado pelas folhas das oliveiras.

Não consigo me lembrar da última vez que senti algo tão bom quanto isso — a felicidade de estar sozinho, em silêncio, num lugar secreto, cercado pelo vazio, sem ninguém saber onde estou e sem nenhuma possibilidade de ser encontrado, ou de que alguém me diga o que fazer. Puxo uma corrente de ar quente para dentro dos meus pulmões com força, saboreando o aroma fresco e seco. É o cheiro da liberdade.

Ao me lembrar de minha sede, eu me sento e olho ao redor. Um quadrado de terra está protegido por um muro de pedra que vai até a minha cintura e tem cerca de vinte árvores plantadas dentro dele, em quatro fileiras quase retas. O espaço entre os troncos está vazio e limpo, sem pedras e apenas algumas pequenas concentrações de ervas daninhas. Círculos fracos na terra podem ser percebidos, se você olhar com atenção, em volta da base de cada árvore, como se há algum tempo o solo tivesse sido levemente arado.

No fundo desse campo está outro muro de pedra, com uma aparência mais robusta do que os outros e mais alto. Foi construído na lateral da montanha e forma a borda mais baixa do próximo canteiro, modelado como uma lua crescente, seguindo a curva da terra. As árvores lá no alto parecem diferentes.

Um raio de sol refletido, um brilho rápido, chama minha atenção para uma corrente de água na beirada do campo. Eu me levanto e ando até lá, encontrando uma pequena rachadura na rocha, de onde pinga água constantemente. Uma série de sulcos foi talhada na encosta rochosa, canalizando essa água na direção de um reservatório artificial cavado no chão. Dali, uma corrente fina de água que transborda se espalha num pequeno delta de gotas que descem a encosta da montanha.

A água parece quase preta nesse buraco de pedra, mas, quando junto minhas mãos para capturar um pouco dela, parece estar limpa. Enxáguo o rosto e jogo o resto sobre minha cabeça, a umidade fria no meu cabelo enviando um tremor pela minha coluna. Encho as mãos novamente, as levo até meus lábios e bebo um gole. A água é doce, fresca e deliciosa, tendo gosto de nada e tudo ao mesmo tempo, melhor do que qualquer uma que eu já tenha bebido. Continuo bebendo, enchendo as mãos seguidamente até meu estômago parecer inchado e fazer barulho enquanto me levanto.

Sinto-me imediatamente mais forte e começo a explorar o campo. As seis árvores no segundo canteiro acima são menores e mais retas, pontilhadas com pequenos frutos verdes pouco menores do que uma bola de gude. Devem ser limoeiros. Quase como uma espécie de pista, as folhas enceradas têm o formato de um limão maduro: ovais com extremidades pontudas. Sobre esse, há mais dois canteiros, praticamente do mesmo tamanho, também com seis limoeiros plantados, mas fica claro que o pai de Leila está concentrando suas energias no canteiro mais baixo. As árvores no canteiro mais alto estão todas mortas e sem folhas, com o solo tomado por uma exuberância de arbustos espinhentos. O canteiro do meio parece parcialmente abandonado, as árvores, fracas e infelizes na terra rachada e cheia de ervas daninhas.

Debaixo de uma lona de plástico, encontro uma pá, um forcado de jardinagem, algumas outras ferramentas que não sou capaz de identificar e um balde. Pego o balde e começo a trabalhar regando os limoeiros. Jogo um balde de água em cada árvore no canteiro mais baixo, o solo ressecado sugando o líquido como um homem faminto devoraria uma refeição. Quando acabo de regar as primeiras seis árvores, o reservatório está vazio. O gotejamento da nascente é tão fraco que levará muito tempo — um dia, talvez dois ou três — para que o reservatório fique cheio novamente. Isso explica o estado dos canteiros superiores. A cada visita, só era possível regar um canteiro; com um número limitado de visitas, as árvores do alto acabavam ficando sem água. Parece que ele desistiu do canteiro superior primeiro.

Subo até o próximo canteiro e o examino com mais atenção. As ervas daninhas que cresceram são espinhentas e têm raízes fortes. Apesar de as árvores dali não terem definhado como as de cima, parece que estão lutando para sobreviver. Talvez apenas recentemente sua autorização tenha sido reduzida para uma vez por mês. Talvez ele estivesse mantendo esse canteiro vivo fazendo visitas mais frequentes, mas houvesse desistido dele há pouco tempo para salvar as árvores abaixo.

Não consigo me lembrar do que ele me falou sobre os degraus mais altos. Não sei se ele quer que eu trabalhe nesse canteiro assim como no inferior. Não sei se as oliveiras realmente não precisam de absolutamente nenhuma água. Então passa pela minha cabeça que não importa o que ele me pediu para fazer. Nem mesmo importa o que quero fazer. Repentinamente compreendo que esse bosque, de cima a baixo, foi apresentado a mim como uma responsabilidade. Se eu for capaz de cuidar dessa terra, meu trabalho e meu suor poderão talvez reparar o que fiz. Por mais ferido que ele esteja, por mais que os soldados impeçam sua entrada no posto de controle, por mais afastado que esteja de suas terras, posso manter essas árvores vivas. Encontrei uma pequena coisa que sou capaz de fazer.

Às sextas-feiras, a escola funciona em meio período. As tardes de sexta-feira são o horário para esportes, brincadeiras e visitar os amigos, mas não para mim. Não mais. Toda semana agora corro direto para o bosque de oliveiras. Depois da escola na segunda ou terça, algumas vezes dou uma escapada até lá também só para trabalhar mais ou menos uma hora e regar um pouco mais as árvores.

Do fundo do armário que fica debaixo da escada, tirei as luvas de inverno de Liev, feitas de couro marrom. Na verdade, nunca o vi usando-as, então é improvável que vá sentir falta delas. Elas ficam grandes nas minhas mãos, com as pontas dos dedos dobradas, como se eu precisasse de mais uma articulação para preenchê-las, mas são perfeitas para arrancar ervas daninhas e cuidar dos arbustos espinhosos.

Regar as árvores do canteiro inferior e as do canteiro do meio é apenas o começo agora. É trabalhoso e supreendentemente cansativo encher os baldes e carregar aquele peso tantas vezes, mas, desde que descobri um bom sistema, com meio balde para cada árvore, consigo cuidar disso razoavelmente rápido. Não descanso depois de esvaziar o reservatório, mas calço minhas luvas e começo o trabalho de restaurar o solo do canteiro intermediário para que ele fique tão bem cuidado e limpo quanto o que está embaixo.

A erva daninha que está presa com mais firmeza é um arbusto com espinhos tão longos quanto palitos de fósforo. É impossível tocá-los sem luvas e, mesmo com elas, você precisa segurar com cuidado, achatando os espinhos para não espetar. Os arbustos mais altos chegam à altura da minha coxa, e levo horas para arrancá-los da terra densa e seca.

Hoje, sexta-feira, 2 de junho, estou quase saltitando de empolgação quando corro na direção do bosque. É a primeira sexta do mês, o dia para o qual o pai de Leila tem seu salvo-conduto. Essa é apenas minha quinta visita ao bosque, mas já transformei o canteiro intermediário, restaurando-o quase ao estado do canteiro inferior, gastando mais tempo lá em três semanas do que o pai de Leila poderia em muitos meses. E hoje ele verá pela primeira vez o que fiz.

Assim que saio de Amarias, abandono a raquete de tênis que levo como álibi e saio correndo, imaginando se o pai de Leila esperava que eu cumprisse minha promessa, imaginando se ele está a caminho nesse momento, talvez na fila no posto de controle, prevendo árvores sedentas e terra rachada e seca. Ou talvez já pudesse estar lá, olhando boquiaberto para seus canteiros regados e sem ervas daninhas.

Parece improvável que ele tivesse muita fé em mim ou em minha promessa. Mesmo em seus momentos mais otimistas, certamente jamais esperou encontrar nada parecido como o que verá hoje, quando chegar aqui e constatar todo o trabalho que empreendi em suas terras. Meu coração pulsa orgulhoso e até dói quando imagino sua reação.

Um prazer reflexivo mais sombrio brilha dentro de mim ao pensar que Liev nunca saberá disso e que ele ficaria furioso se soubesse. A empolgação é ainda maior por eu ter feito o trabalho calçando suas luvas, como se um fantasma tivesse se apoderado de suas mãos e usado-as para fazer o trabalho de seu adversário mais odiado.

A primeira coisa a fazer ao chegar ao bosque é sempre a mesma. Paro na entrada, toco o muro com as duas mãos, então cruzo o campo inferior e me ajoelho em frente à cisterna. Junto as mãos e jogo o primeiro punhado de água sobre minha cabeça, deixando-a escorrer por onde for, permanecendo o mais imóvel que consigo, com os olhos fechados, enquanto ela escorre pelo meu rosto, desce pelo meu pescoço e segue pelo torso e pelas costas. A segunda porção eu bebo, deixando a doçura fresca penetrar fundo em meu corpo, sentindo aquilo aliviar o calor do sol, que, na ida, muitas vezes se parece com uma mão apertando uma esponja, espremendo a umidade para fora do meu corpo. Nunca nenhuma bebida foi melhor do que esse primeiro gole da nascente da família de Leila.

Às vezes penso em todas as pessoas que devem ter bebido água aqui. Durante os últimos meses, provavelmente fomos apenas o pai de Leila e eu, mas cem anos, mil anos, cinco mil anos são um piscar de olhos para uma rocha vazando água. Ao beber da nascente, é como se eu me juntasse a uma linhagem de pessoas unidas por abismos de tempo inimagináveis. Todas essas pessoas se ajoelharam aqui, beberam água aqui, sentiram esse sabor, apreciaram a experiência e foram mantidas vivas por essa água. Se as escavadeiras um dia chegarem aqui, será o fim. A rocha vai se mover, o gotejamento vai parar, o fio será cortado.

Rego o canteiro inferior, então me sento debaixo de uma árvore e espero, escutando os sons das folhas balançando ao vento e dos insetos. Observo um lagarto parar na lateral do muro, totalmente imóvel, ainda que cheio de vida dentro de si, como uma mola encolhida. Com uma contração silenciosa, ele desaparece num instante por uma fenda entre as pedras que não é mais larga do que uma chave.

Depois de um tempo, subo para examinar o terraço intermediário. Todos os arbustos desapareceram, mas ainda há muitas ervas daninhas espalhadas. Caminho devagar entre as árvores, tocando delicadamente cada tronco, apreciando a aspereza da casca com as pontas dos dedos. Este canteiro está com uma aparência boa, mas ainda há trabalho a fazer. Embora eu ainda tenha de me livrar das ervas daninhas, não estou com cabeça para isso hoje. Estou muito animado com a chegada do pai de Leila. Haverá muito tempo para isso mais tarde e, antes de continuar com o meu trabalho, preciso de um pouco de encorajamento, ou, pelo menos, reconhecimento. Preciso ter certeza de que estou no caminho certo.

À medida que as horas escorrem lentamente, e fica claro que o pai de Leila não virá, minha empolgação murcha e azeda. Todas as piores sensações que eu vinha mantendo afastadas durante as últimas semanas voltam se arrastando.

Talvez ele tenha sido parado no posto de controle. Eu me agarro à esperança de que esse é o motivo de sua ausência, mas não posso mais ignorar o que vi no beco. Seu corpo encolhido. Os chutes acertando suas costas e sua cabeça. Tentei me forçar a acreditar que o ataque tinha acabado quando não podia mais vê-lo, assim que pulei para dentro do túnel, mas sei que, se aquilo tivesse continuado, ele teria ficado seriamente ferido.

Esse era o dia para o qual ele tinha um salvo-conduto, e ele não veio. Ou os soldados no posto de controle o impediram de passar, ou ele estava incapacitado para tentar fazer o trajeto. Não posso mais continuar me enganando. Não posso mais apagar da minha mente a ideia de que ele ainda está, três semanas depois, muito ferido para vir, muito fraco para cuidar de sua terra, talvez até mesmo ainda no hospital, ou morto.

A espetada ácida das lágrimas faz meus olhos arderem, mas me mantenho forte. Não vou chorar. Não hoje. Corro até o campo mais baixo e levanto a lona. As luvas de Liev estão presas debaixo do cabo da pá. Eu as calço e cerro os punhos, sentindo o couro seco e quente rachar debaixo das minhas articulações. Junto aos meus pés estão uma pá e uma picareta pesada e enferrujada. Levanto a picareta sobre meu ombro e subo até o canteiro mais alto.

Não venho aqui desde minha expedição no primeiro dia. Ele é mais estreito do que os canteiros abaixo, sem qualquer sombra. Seis troncos desgrenhados brotam da terra como lápides, os galhos escurecendo a partir das pontas. Um deslizamento de terra derrubou parte do muro que cerca a área e o solo está coberto de pedras e arbustos espinhosos bem enraizados. O maior de todos é uma bola de espetos amarronzados e secos, da altura do meu ombro, pontilhada por pequenos frutos escuros. Caminho na direção daquilo, balançando a picareta, atacando cegamente com toda minha força. Minha primeira tentativa apenas toca de raspão no galho principal e um punhado de espinhos abre um talho em meu antebraço, mas ataco novamente, com a mesma ferocidade e força. Eu bato e bato, não exatamente arrancando o arbusto do solo, mas o estraçalhando. Todo o senso de lugar e tempo, todo o senso de quem sou e do que estou fazendo evapora quando ataco o arbusto, destruindo cada galho, lutando contra ele, matando-o.

Apenas quando me vejo parado sobre um toco rachado, cercado por lascas de madeira e espinhos, recupero os sentidos.

Deixo a picareta cair, jogo minhas luvas de lado e desabo no chão, virando de barriga para cima, olhando para o céu azul vivo, rabiscado por duas trilhas de vapor que não são exatamente paralelas, através dos galhos sem folhas das árvores mortas. Com a terra quente pressionando minhas costas molhadas e lascas de madeira espinhosa furando minha pele, tento me imaginar naqueles aviões, voando para longe, disparando pelo céu sem fronteiras. Imagino olhar para baixo, pela janela do avião, na direção desse pedaço de terra distante, ver um garoto deitado de barriga para cima, ao lado de um arbusto estraçalhado, junto de um par de luvas e de uma picareta caída. Imagino me virar no avião e ver um homem no assento ao lado. Ele está bebendo um gole de alguma coisa em um copo pesado. Ele sorri para mim. É meu pai.

Muito mais tarde, me levanto e olho para a bagunça ao meu redor. Tenho de ir para casa. Estou faminto, cansado e desesperado. Limparei isso na próxima visita.

Vou direto para o chuveiro antes que alguém possa ver os arranhões em meus braços. A água escaldante batendo em meus ombros doídos é quase prazerosa. Enquanto os jatos quentes espancam minha pele, a sensação é de que posso sentir meus músculos digerindo todos aqueles movimentos com a picareta, se recuperando e se desenvolvendo, se preparando para o próximo teste.

Fico parado, pingando, no tapete do banheiro e examino meus braços. Com o sangue seco lavado, os arranhões não estão muito visíveis. Passo um dedo por cima das pequenas elevações que são os ferimentos, então aperto o antebraço, cerrando o punho. Ele parece duro e se agita quando o toco enquanto mexo os dedos. Minhas mãos também parecem diferentes: estão mais largas, com um inchaço na base do meu polegar e com pontas ásperas. Olho para meu contorno enevoado no espelho embaçado, ainda magro, mas menos do que antes — como se minhas mãos, meus braços e meus ombros estivessem me dando um novo formato.

Quando saio do banheiro enrolado em uma toalha, Liev está parado no corredor, como se estivesse esperando por mim.

— Preciso falar com você. De homem pra homem — diz ele.

Tento não fazer cara de tédio, mas acho que meus olhos fazem isso, de qualquer forma, por conta própria.

— O quê?

— Vejo você como um homem agora, entende isso?

— Preciso me vestir.

— Entre aqui. Tenho que falar uma coisa importante com você.

Liev pega meu braço e me leva de volta para dentro do banheiro. Ele tranca a porta, abaixa a tampa do vaso sanitário e se senta. Com a mão espalmada, indica que quer que eu me sente na beira da banheira.

O banheiro ainda está cheio de vapor do banho e eu estou praticamente nu, de forma que essa é possivelmente a coisa mais estranha que Liev já fez. Fico de pé ali, olhando para ele de cima e me perguntando se finalmente enlouqueceu. Quase lhe digo que, se ele precisar usar a privada, podemos conversar depois, em algum outro lugar, mas tenho a sensação de que ele entenderia aquilo de maneira errada. Eu me sento, prendendo a toalha firmemente em volta do corpo.

— Acho que você sabe o que vou falar — diz ele.

O zumbido do exaustor preenche o ambiente. Não faço ideia do que responder, mas Liev não espera por isso.

— Em uma palavra — continua ele —, responsabilidade.

— Certo. Uma palavra. Essa foi fácil.

Eu me levanto e dou um passo na direção da porta.

— Sentesentesente — diz Liev sem gritar, sem nem mesmo soar irritado. — Por favor.

Ele sorri para mim, uma expressão tão estranha e incomum que, de alguma forma, me faz recuar e me sentar. Quase posso ver o esforço nos músculos esticados de suas bochechas.

— Não chamei você aqui pra discutir — diz ele. — Só quero conversar com você sobre sua mãe.

— Minha mãe?

— Sim.

— O que tem ela?

— Ela é uma mulher corajosa. Você entende as coisas pelas quais ela passou, não entende?

Dou de ombros.

— Você compreende o que o luto faz com uma pessoa e como sua fé a ajudou a superar aquilo?

— Sei sobre o luto — retruco. — Disso eu sei.

— É claro que sabe. Claro. Sob muitos aspectos, você é um jovem rapaz muito maduro. Mas, sob outros... Acho que precisa levar em consideração os sentimentos dela. Acho que precisa entender o que está fazendo com ela.

— O que *eu* estou fazendo com ela?

— Você está magoando muito a sua mãe.

— Do que você está falando?

— Entendo perfeitamente as coisas pelas quais você está passando, Joshua...

— Não, você não entende...

— ... Como na sua idade o corpo passa por muitas mudanças, e um homem começa a se sentir diferente em relação à mãe... — Estou começando a achar que é uma sorte estarmos no banheiro, porque a qualquer minuto posso vomitar. — ... Mas acho que está na hora de você pensar em levar os sentimentos dela em consideração.

— Que sentimentos? Isso é realmente bizarro. Tenho que me vestir.

Eu me levanto novamente, mas Liev se levanta mais rápido do que eu e bloqueia meu caminho até a porta. Estamos repentinamente próximos demais, trancados neste banheiro, ele completamente vestido, eu, quase nu. O exaustor desliga sozinho e o ambiente é preenchido por um silêncio bizarro.

— Você sabe exatamente do que estou falando — diz ele. — Você quer ser um adulto? Ótimo. Seja um adulto. Encare o que está fazendo.

— Não estou fazendo nada!

— Você precisa que eu soletre?

— Soletrar o quê?

— Os segredos, as mentiras, as fugas, a forma como afasta a sua mãe de você, o desrespeito. Tratar essa casa como um hotel e tratar sua mãe como uma serviçal. Isso está claro o suficiente pra você?

— Ah, sou eu que trato minha mãe como serviçal?

— Não estou aqui pra discutir, Joshua. Já falei o que tinha que falar.

Ele gira nos calcanhares e dá um passo para o lado de modo a se afastar da porta.

Eu sei que deveria confrontá-lo, que tinha de dizer o que realmente penso dele, mostrar-lhe todas as formas com que ele esmagou minha mãe e sugou a vida da nossa família, mas há algo nele que torna impossível dizer a verdade. Se estivesse vestido, talvez fizesse uma tentativa, mas, dessa forma, coberto apenas por uma toalha, não posso encará-lo.

Destranco a porta e saio.

Jantamos praticamente em silêncio, Liev e minha mãe alternando entre tentativas falsamente efusivas de me atrair para a conversa e esforços igualmente artificiais para conversar entre si como se eu não estivesse presente. Estou usando uma camisa de mangas compridas, para que minha mãe não veja os arranhões. Poderia estar sem uma das pernas que Liev não perceberia. Ele faz alguns elogios mordazes sobre como estou crescendo rápido, sua versão pessoal de um cutucão, um lembrete de que devo fazer o que ele me disse, mas nem mesmo olho para ele.

Mais tarde, deito na cama com o corpo retesado, pensando, até pegar no sono e começar a sonhar com aquele avião, sentado ali ao lado do meu pai, mas o sonho nunca vem e a clareza da visão se dissolve.

Durante uma semana, penso ter desistido do bosque de oliveiras. Durante uma semana, tento expulsar o local e seus donos dos meus pensamentos. Mas então é sexta-feira novamente, a aula acaba e há apenas um lugar para ir.

Quando estou saindo de Amarias, noto que meu ritmo é mais apressado do que o habitual. Estou com pressa. Posso ver o canteiro mais elevado na minha mente, exatamente como eu o deixei: a picareta nem mesmo colocada de volta sob a lona, lascas de madeira por todo lado, as luvas jogadas de qualquer maneira.

A primeira coisa a fazer será limpar. Tirar toda aquela sujeira do bosque. Então vou precisar da picareta novamente para arrancar o toco. Depois disso, começo com o arbusto seguinte. Então, quando tiver acabado com os arbustos, consertarei o muro derrubado. Trabalharei ainda mais do que antes e irei até lá todas as sextas, então um dia ele acabará vindo. Com o tempo, ele vai se recuperar e virá. Ele virá e verá meu trabalho, e seu coração se encherá de alegria e surpresa, fazendo com que algo entre nós que agora parece sem conserto fique menos quebrado.

Não posso trazer as árvores de volta à vida, mas posso consertar o canteiro. Posso deixá-lo com a mesma aparência que tinha antes de O Muro separar o bosque de seu dono. Talvez· pudesse até plantar árvores novas. Em teoria, era possível tirar mudas de árvores para plantar novas — eu sabia disso —, e, se pesquisasse bastante, talvez descobrisse como tirar um galho de uma das árvores de baixo para plantá-lo no canteiro mais alto. Ou, melhor ainda, como não havia água suficiente para os limões, talvez eu pudesse tirar uma muda de uma das oliveiras. Ainda que levasse anos para que algo pudesse ser colhido, mesmo que suas chances de sobrevivência fossem pequenas, aquilo não queria dizer que o esforço era inútil. Aquelas velhas árvores tinham sido plantadas por alguém, um dia. Plantar uma árvore nunca era inútil. Plantar uma árvore era demonstrar sua crença em uma escala de tempo maior do que o tempo de vida de um humano, e foi assim que o pai de Leila falou sobre o bosque. Ele disse que era do pai dele e, antes disso, do pai do pai dele, e que ele estava cuidando dele para seus filhos. Se eu plantasse uma árvore nova, ela poderia não produzir nenhuma azeitona para ele, mas ele saberia que aquilo era para o seu filho e para o filho do filho dele. Ou talvez até mesmo para Leila e os filhos dela. Valia a pena tentar só por isso, para mostrar que eu compreendia o que ele disse, que compreendia o que a terra significava para ele e que queria, de uma forma bem simples, resistir ao seu roubo.

Da mesma forma que as oliveiras dele estavam aqui talvez centenas de anos antes do Muro, um dia, no futuro, O Muro poderia ser demolido, mas uma árvore que plantei poderia ainda estar aqui, cuidada por um descendente do pai de Leila, alguém que não fizesse ideia de quem havia plantado aquela árvore ali, alguém que talvez nem soubesse que houve uma época em que essa terra foi cercada. Essa pessoa ainda não nascida colheria minhas azeitonas, sentiria o sabor delas em sua língua. Ele as compartilharia com sua família; cozinharia com seu óleo; talvez tirasse uma muda e plantasse outra árvore.

Eu não desistiria. Limparia o canteiro superior e, na sombra desgrenhada de suas árvores mortas, eu plantaria. Por mais que demorasse, um dia o pai de Leila, ou o irmão dela, ou a própria Leila viriam, então veriam e compreenderiam.

Começo a ir à plantação de oliveiras quase todos os dias depois da aula e levo três semanas para limpar o campo mais alto de arbustos espinhosos. Arrancar os galhos acabou se mostrando a parte fácil. Cada um deles tem um emaranhado denso de raízes que se agarram à terra dura e seca com uma resistência incrível. Puxar o toco é inútil. Usar a picareta como alavanca ajuda a afrouxar, mas não é o bastante para arrancar aquela coisa do solo. A única forma é cavar um buraco em volta e descer até onde as raízes são suficientemente finas para serem cortadas com uma pá, golpeando as mais espessas com a picareta. Cada arbusto deixa para trás uma vala grande o suficiente para enterrar um cachorro.

Se eu quisesse apenas que o campo tivesse uma boa aparência, poderia simplesmente cortar os tocos rente ao chão, mas sei que, para replantar o canteiro, é importante tirar todas as raízes. Quando preencho os buracos, nunca há terra suficiente, e acabo com desníveis estranhos, mas uso a lona para carregar terra do lado de fora do bosque e deixar o solo plano. Escolho cuidadosamente a melhor terra, contudo, longe da nascente, o solo é tão pedregoso que não é fácil encontrar algo utilizável.

Pesquiso no Google sobre plantio de oliveiras e os resultados são desanimadores. É possível plantar uma árvore a partir de uma muda, mas o procedimento é complicado e envolve muitas técnicas. Uma muda só vai criar raízes se for mergulhada num pó de hormônios ou em um tipo de ácido especial. Então você tem que plantar aquilo em algo que chamam de meios de enraizamento, controlar a temperatura e manter as folhas úmidas com um borrifador. Ainda assim, leva mais de dois meses para que raízes o suficiente cresçam e permitam que você plante aquilo na terra. Não há a menor chance de eu conseguir fazer aquilo. O tempo não era um problema, mas seria impossível conseguir aquele equipamento e, mesmo se conseguisse, não havia um lugar onde eu pudesse cuidar das mudas sem que minha mãe e Liev descobrissem.

Mas uma frase no mesmo site chama minha atenção. Aparentemente, você não pode plantar uma árvore a partir do caroço de uma azeitona que compra num pote, porque a salmoura mata a semente e, mesmo sem a salmoura, pouquíssimas sementes crescem. Mas, em longos períodos de tempo, uma árvore madura deixa cair azeitonas que apodrecem e produzem mudas. A página tem a foto de uma dessas mudas.

Amplio a imagem até a pequena foto ocupar toda a tela. Olho fixamente para ela sem desviar a atenção, guardando a aparência exata da planta na memória. Árvores jovens, pelo que pesquisei, precisam de irrigação frequente, mas isso não é problema. Posso fazer isso. Se conseguir encontrar pelo menos uma dessas mudas, em qualquer lugar do bosque, posso plantar uma oliveira.

Depois de arrancar as raízes dos arbustos espinhosos e antes de lidar com as outras ervas daninhas, rastejo por todo o bosque de oliveiras à procura de uma dessas mudas. Passo uma tarde inteira me arrastando de um lado para o outro, de joelhos, procurando um filhote de árvore.

Depois de vasculhar o campo inteiro sem sucesso, faço a mesma coisa novamente, com mais cuidado. Nada ainda. Estou desapontado, mas não surpreso. O campo foi limpo e arado pelo pai de Leila e, nas últimas semanas, eu mesmo continuei o trabalho de limpeza das ervas daninhas, arrancando qualquer coisa que pudesse roubar água das árvores.

Vasculho os arredores, até as rachaduras nos muros, caçando qualquer planta minúscula que poderia ter sido esquecida, mas não há nada. Meu plano já parece ter fracassado. Então, quando eu me apoio no muro, um lampejo verde chama minha atenção. No ponto em que o excedente do reservatório de irrigação vaza, há um pequeno delta verde grudado à encosta da montanha.

Salto o muro, com o coração batendo forte. Eu me jogo no chão e começo a procurar meticulosamente entre as folhas, os talos e as pequenas tiras de grama. Quando, numa fenda rochosa, meus olhos caem sobre um caule que não é mais espesso do que uma minhoca, com duas folhas minúsculas no topo, mal posso acreditar no que estou vendo.

Durante alguns momentos fico olhando para aquilo fixamente em silêncio, minha mente indo da muda à minha frente para a foto que memorizei, então não consigo mais sufocar os gritos. Salto no ar, jogo a cabeça para trás e grito com uma alegria pura, dançando em volta da planta, balançando os braços e as pernas, berrando, gritando e uivando até minha garganta desistir de mim. Encontrei uma! Posso desenterrá-la, transplantá-la, regá-la, cuidar dela e fazê-la crescer! O tempo que passei limpando o campo não foi em vão. E, quando o pai de Leila finalmente aparecer, vou guiá-lo pelo bosque de oliveiras perfeitamente cuidado e pelos dois canteiros mais baixos de limoeiros regados, então, assim que estiver passando o choque da surpresa, irei levá-lo ao campo mais elevado e lhe mostrar minha muda — nossa muda.

Com as mãos trêmulas, corro para pegar a pá, mas vacilo quando a apanho. Todo aquele tempo rastejando à procura da muda entortou meu senso de escala. A pá na minha mão parece improvavelmente grande, não é a ferramenta correta para desenterrar algo pequeno e frágil de uma fenda rochosa, e não há espaço para erros.

Tenho que esperar. A muda sobreviveu esse tempo todo, não vai morrer da noite para o dia. Tenho que voltar com uma pá de jardinagem. Posso pegar uma que minha mãe usa em nosso jardim. Posso devolvê-la antes que ela perceba. Ou talvez até mesmo aquela ferramenta pode ser muito grande e desajeitada. Decido que vou trazer também uma colher e uma faca. Não é um trabalho de agricultura, é uma cirurgia.

Preparo o buraco primeiro: um pouco menor do que o meu punho, cavado na terra fofa de onde removi um arbusto, centralizado no canteiro superior, com um pouco de sombra vindo de cima. Eu o rego previamente e deixo uma garrafa cheia ao lado do buraco junto a um pequeno monte de terra escura e adubada tirada do jardim da minha casa e trazida numa sacola plástica escondida em meu bolso.

A muda tem um talo levemente torto, por ter crescido de lado numa inclinação e então subir na direção da luz. Está enraizada exatamente na beira de uma fenda na pedra, então a coisa toda não pode ser desenterrada numa bola de terra inteira.

Pego a faca — uma das facas de carne de Liev — e corto junto à superfície da pedra, soltando a terra. Então serro um círculo não muito maior do que uma bola de tênis e uso a pá de jardinagem como uma alavanca, afundando-a o máximo possível na terra. Seguro o pequeno talo com os dedos para que ele se mantenha preso à terra, então o pressiono para baixo e, com um giro, o solto da pedra. Ele se desgruda na primeira tentativa e eu me levanto lentamente, segurando meu precioso carregamento com as duas mãos.

Não quero arriscar pular o muro, então faço o caminho mais longo dando a volta até a entrada e subo os degraus com cautela, um de cada vez, tomando cuidado para não escorregar ou tropeçar.

Ajoelhado junto ao buraco limpo e fresco, posiciono a muda de oliveira em seu novo lar, jogando algumas migalhas de terra antes de colocá-la ali para deixá-la na altura correta. Aos poucos, pressiono delicadamente a terra ao seu redor com as pontas dos dedos.

Com uma garrafa cheia até a borda, não consigo abaixar o gargalo até perto do solo sem arriscar um jorro que poderia prejudicar a planta, então derramo a água na minha mão esquerda e a viro sobre a base do caule, vendo-a empoçar e desaparecer antes de jogar mais.

Quando acabo, fico apenas observando aquilo, da mesma forma que alguém que acabou de ter um filho fica olhando para seu bebê dormindo. Nada que conquistei em toda a minha vida me deixou tão feliz quanto esse talo com duas folhas. Não está muito retinho, mas isso não importa. Vai endireitar com o tempo e, mesmo se permanecer torto, eu não ligo. Para mim, contanto que se mantenha vivo, sempre estará perfeito.

— Vou cuidar de você — digo. — Prometo.

As palavras simplesmente saem. Sei que é idiotice conversar com plantas, mas não me importo. Este é o meu lugar. Ninguém pode me ver ou me escutar aqui. Posso fazer o que quiser. Se quiser conversar com a minha árvore, vou conversar com a minha árvore.

Com minha muda no solo, transplantada com segurança, me pego sonhando acordado com o bosque de oliveiras com mais frequência do que nunca. Durante as aulas, tenho que lutar para manter minha atenção nos livros à minha frente. Minha mente está sempre vagando, voltando ao campo, à minha árvore e às tarefas que espero completar antes da primeira sexta-feira de julho, quando o pai de Leila talvez vá visitar o bosque.

Aquela data está gravada em minha mente. Não consigo parar de pensar nela, torcendo para ele vir, imaginando todas as diferentes reações que poderia ter ao trabalho que fiz em seus campos. Em todas as versões, menos uma, ele fica encantado. A reação fantasiosa que me assusta é uma em que ele fica furioso, me acusando de tentar tomar a terra dele para mim, sem que eu consiga me explicar.

Logo se completarão quatro semanas desde seu último salvo-conduto, sete semanas desde o ataque. Ainda mais assustador do que uma reação negativa é a possibilidade de ele simplesmente não aparecer. Se não houver visita dessa vez, ele deve estar em sérios apuros.

Quando chega o dia, eu praticamente saio correndo da escola e vou direto para o bosque. Limpei o campo superior de forma tão minuciosa que a única coisa viva no solo é minha muda, posicionada numa cama de terra úmida e escura meticulosamente alimentada, suas duas folhas úmidas e brilhantes.

Depois de limpar o canteiro e tirar as ervas daninhas de lá, o último trabalho a fazer era o muro derrubado. Durante algum tempo, achei que talvez fosse capaz de reconstruí-lo, mas quando vi que os muros tinham sido erguidos de forma extremamente intricada e percebi como era difícil fazer as pedras se encaixarem, concluí que aquilo estava além da minha capacidade. Então escolhi um canto do campo e carreguei as pedras para lá, uma a uma, de modo a fazer uma pilha ordenada. Isso levou uma tarde inteira e me deixou tão retesado e doído que durante alguns dias eu me movia como um velho.

Mas, quando saio apressado nessa assustadora e empolgante sexta-feira, percebo que minha flexibilidade voltou. Posso caminhar rapidamente, minhas pernas bombeando tranquilamente contra o solo. A caminhada até o bosque, que um dia pareceu uma tarefa árdua, agora é fácil, mesmo no calor do alto verão.

Quero arrumar rapidamente a pilha de pedras e checar se a terra debaixo do deslizamento está limpa e fofa, mas, fora isso, estou pronto para a visita do pai de Leila. As luvas estão destruídas, mas isso não importa. Minhas mãos são mais resistentes agora, bronzeadas e fortes: mãos de trabalhador, de homem. O resto do meu corpo parece diferente também. Minhas roupas estão mais apertadas do que antes, nas coxas, nos ombros e no peito. Eu mudei o bosque, e o bosque está me mudando.

Quanto mais tempo passo aqui, mais protetor e orgulhoso eu me sinto em relação aos meus campos. Comecei a caminhar em cada um dos canteiros, normalmente descalço, pelo simples prazer de sentir a terra em minha pele. Caminho lentamente e em silêncio, examinando cada árvore, escutando os sons do vento e da natureza — os barulhos ocasionais de lagartos, ratos e grilos, talvez as batidas de asas apressadas de um pássaro surpreso e, sempre ao fundo, o gotejamento da água da nascente reabastecendo o tanque.

Posso passar facilmente uma hora assistindo a uma fila de formigas se mover de um lado para o outro, vendo como reagem à catástrofe em miniatura de um graveto que cruzou sua rota. O tempo se comporta de forma diferente no bosque. Posso começar a desnudar uma folha até seus veios, rasgando cada pequeno segmento de carne um a um e, quando acabo de fazer isso, o muro que delimita o bosque pode estar projetando mais 30 centímetros de sombra no solo. O que isso significa em horas e minutos parece não ter importância para mim. Passo grande parte de uma tarde inteira juntando gravetos de um palmo de comprimento e construindo uma pequena pirâmide, uma pequena tenda indígena que fica em pé graças a um perfeito equilíbrio. No bosque, não há nada para fazer e tudo para fazer. Nunca fico entediado.

Apesar de a quantidade de restauração e trabalho ter diminuído, continuo a passar tanto tempo lá quanto antes. Só quero estar no bosque de oliveiras. Se tenho escolha, por que eu iria a qualquer outro lugar?

Nunca vario meu método de regar as árvores. Cada árvore recebe uma quantidade exata, meio balde. Eu lhes dou água despejando duas vezes, distribuindo-a cuidadosamente num "O" em volta do tronco. Enquanto espero que a primeira porção seja absorvida pela terra, coloco uma das mãos no tronco e digo: "Eu te trago água. Eu te trago água." Não sei por que faço isso assim. É um sistema que simplesmente evoluiu, mas que agora parece ser uma espécie de ritual sagrado do qual não posso me afastar. Não há nada que me deixe mais calmo ou mais satisfeito do que regar as árvores.

Sempre termino com um punhado ou dois para minha muda, então, sem dizer nada, toco cada tronco no canteiro superior. Não faz sentido regá-las, mas aquelas árvores mortas ainda fazem parte do bosque, então sinto que devem ser incluídas na cerimônia. Amo aquelas árvores tanto quanto as que estão abaixo. O fato de estarem mortas e, ao mesmo tempo, ainda estarem ali, faz com que eu lembre do meu pai. No bosque, sinto a presença dele mais forte do que em qualquer outro lugar. Estou a uma longa caminhada de distância da cidade, de qualquer outro ser humano, mas nunca me sinto solitário. Algumas vezes dou um abraço forte na mais alta das árvores mortas, sentindo a casca áspera roçar minha bochecha.

Entro correndo pelo bosque, achando que o pai de Leila pode já estar lá, mas ele não está. Dou alguns retoques finais e ando de um lado para o outro nos canteiros, tentando me acalmar, me preparando para sua chegada, mas, lentamente, enquanto o sol da tarde deixa o ar mais espesso, sinto minha animação azedando e minha energia inquieta se esgotando.

No meio da tarde, praticamente desisti de acreditar e estou quase dormindo, encostado pesadamente no tronco de uma oliveira, quando começo a achar que talvez esteja ouvindo o som de passos. Levanto com um salto e corro até o nível mais elevado. De lá, posso ver até o arame farpado na curva para o bosque. Trechos intermitentes de estrada ao longo do campo murado vazio são visíveis ali e, com toda certeza, entrando e saindo do meu campo de visão está a cabeça de um homem com um lenço preto e branco. Não sou capaz de distinguir o rosto, e o corpo parece de alguma forma mais velho do que o que eu me lembrava do pai de Leila — mais lento e curvado —, mas meu coração imediatamente começa a bater forte com esperança e empolgação. Tem que ser ele.

Levanto de um salto e corro para cumprimentá-lo, mas depois de apenas alguns passos, percebo que quero ver sua reação verdadeira e honesta à aparência daqueles campos. Haverá muito tempo para todo o resto. O mais importante é observar o rosto dele enquanto entra e vê meu trabalho.

Volto até o canteiro mais alto e deito com a barriga encostada no chão, escolhendo um local onde não fique visível. Meu coração está batendo com baques tão insistentes que posso senti-lo pulsando dentro de mim, como um pequeno animal enjaulado, enquanto escuto a aproximação lenta e rastejante do homem. Posso dizer pelo arrastar de seus pés na poeira que está usando sandálias.

Quando ele passa pela entrada do bosque, vejo pela primeira vez que não está sozinho. Está apoiado no braço de um vulto menor que não estava visível atrás da altura do muro: Leila. Contudo, mais surpreendente do que a presença de Leila, é a aparência de seu pai quando ele tira o lenço da cabeça na sombra do bosque. Aquele é ele e não é ele. Parece um homem diferente. Uma bochecha está coberta por um hematoma roxo e amarelo que se alastra até o queixo e seu nariz está escondido atrás de um molde de gesso. Os dois lábios parecem inchados por uma cicatriz diagonal num corte que cruza sua boca e uma listra de um palmo de largura foi raspada na lateral de sua cabeça. Tufos curtos de cabelo começaram a crescer novamente dentro da listra, que está sulcada com pontos cirúrgicos.

Lágrimas espetam meus olhos e começam a descer pelas minhas bochechas. Eu as seco rapidamente com a base do meu polegar, tentando não fungar, esperando permanecer despercebido por mais algum tempo.

Como numa estranha telepatia, no mesmo instante, o pai de Leila faz um movimento idêntico com a mão, limpando uma lágrima em sua bochecha. Ele parece atordoado, seu corpo aparentemente vibrando com o choque, ou talvez com a descrença. Ele cambaleia para a frente, e Leila se apressa para ajudá-lo, mas ele acena para que ela se afaste. Ela recua até a entrada do bosque e fica andando de um lado para o outro, desconcertada, parecendo mais ansiosa do que satisfeita.

Sem fazer barulho, observo enquanto ele examina suas árvores uma a uma, enfiando um dedo na terra úmida em sua base, colocando a mão afetuosamente em cada tronco, como se estivesse acariciando um cachorro leal. Ele inspeciona cada árvore de perto, toda a terra em volta até as folhas, subindo lentamente de canteiro em canteiro. Ele está perto de mim agora, tão próximo que posso ouvir sua respiração, mas, de onde ele está, ainda não consegue me ver olhando de cima. Leila o observa atentamente, mas não se move, está parada na entrada.

Quando termina de inspecionar cada árvore, ele tomba no chão como um maratonista cruzando a linha de chegada, totalmente exaurido. Quase desço correndo e digo que estou aqui, mas alguma coisa me diz para esperar um pouco mais, alguma coisa em sua postura, como se estivesse lutando contra uma força invisível.

Um momento depois ele não está mais lutando e seu peito começa a oscilar e a se levantar com soluços, do tipo que explode quando você os está sufocando, até o momento em que a pressão é grande demais e suas defesas cedem e aquilo tudo simplesmente transborda. Eu reconheço a sensação, mas nunca vi aquilo se apossar de nenhuma outra pessoa e nunca sequer soube que aquilo podia acontecer a um adulto.

Leila sobe os degraus e se senta ao lado dele, mas não fala nada e não toca o pai.

Eu observo e espero até ele se acalmaı. Quando acho que se passou tempo suficiente para que eu possa fingir que não presenciei suas lágrimas, me levanto e caminho até onde ele está sentado.

Quando me aproximo com os pés descalços, os dois olham para mim, as feições totalmente perplexas. Não consigo pensar em nada para dizer e, aparentemente, nem eles. Ofereço minha garrafa de água. Hesitantemente, quase relutantemente, ele pega a garrafa e bebe a água.

Ele se levanta, com dificuldade e sem tirar os olhos de mim, e abre a boca. Nenhum som sai, então ele a fecha novamente.

— Venha — falo. — Me siga.

Leila está olhando fixamente para mim, o queixo caído, os olhos arregalados.

— Venha — digo a ela.

Ela segura o braço do pai e eu os levo até o canteiro mais alto. Ele parece mais confuso do que nunca enquanto me segue com dificuldades pelos degraus de pedra soltas. Quando vê o campo limpo, ele congela. Eu sigo na frente e agacho, lhes mostrando minha pequena muda, posicionada em seu círculo úmido de terra rica. Ele cambaleia na minha direção, se curva rigidamente e estica a mão para tocar a parte inferior de uma folha com o dedo mindinho.

Depois de olhar por um tempo para a árvore bebê, nós nos levantamos e nos encaramos. Estou sorrindo agora, mas seu rosto machucado parece estar dividido entre perplexidade e desconfiança.

— Por quê? — pergunta ele depois de um longo silêncio.

Dou de ombros e quase começo a rir, enquanto percebo que, apesar de ter imaginado esse momento centenas de vezes, ensaiando infinitas variações, nunca passou pela minha cabeça pensar numa resposta para essa pergunta.

Balanço a cabeça vagamente, tentando lutar contra o sorriso que está se espalhando pelo meu rosto.

— Diga por quê — insiste ele, uma ponta de raiva aparecendo em sua voz.

— Pra você — falo.

— Pra mim?

— Você me salvou. E vi o que fizeram com você.

— Você viu?

— Eu quis voltar, mas... Eu fugi. Sinto muito. Foi culpa minha. Eu...

Há um segundo eu estava quase dançando de orgulho e empolgação, porém agora um sentimento muito diferente parecia saltar de mim e me segurar pela garganta. Sem nenhum aviso, lágrimas brotam em meus olhos e minha garganta se aperta, cortando qualquer outra tentativa de fala, mas essa é uma sensação estranha, porque não estou aborrecido. A alegria de estar aqui com Leila e seu pai, lhes mostrando meu trabalho, ainda está cantando em minhas veias, mas uma força mais poderosa tomou conta de mim agora e percebo que é alívio. Só agora, vendo o pai de Leila são e salvo, posso encarar a profundidade do meu terror sobre o que poderia ter acontecido com ele. Se ele não tivesse sobrevivido, sua morte teria sido minha culpa. Apenas estando frente a frente com ele, olhando em seus olhos, sabendo que está bem, percebo que eu vinha carregando uma sensação gelada de pavor há semanas, trancada dentro de mim, um veneno mortal num frasco frágil.

Ele olha para mim, me vendo chorar, e sinto que compreende o que estou pensando. Não noto Leila sair ou voltar, mas ela aparece ao meu lado, me oferendo a garrafa de água, que está cheia até a borda e cintilando com gotículas da nascente. Eu bebo um gole e o fluxo de lágrimas diminui.

O pai de Leila estica o braço e toca em minha bochecha, com um gesto estranho e particular, passando as costas de seus quatro dedos em minha face e esfregando a maçã do meu rosto duas vezes com seu polegar.

— Bom — diz ele.

Apenas isso.

Beber é bom? Chorar é bom? O que você fez em meu bosque de oliveiras é bom? Você é bom? Não faço ideia a que está se referindo, mas esse é seu único comentário sobre meu trabalho.

Passamos a hora seguinte no bosque juntos. Ele me ensina a podar as oliveiras, ressaltando a importância de cortar os talos jovens que brotam perto da base de cada tronco. "Para dar uma forma boa", fala ele sem parar, e eu balanço a cabeça, como se compreendesse. Ele me mostra um padrão particular para arar a terra em volta de cada árvore para garantir a máxima absorção de água e demonstra, como se isso fosse de suma importância, um procedimento usando um gancho de metal enferrujado que mantém a nascente desbloqueada e garante um fluxo constante de água. Depois disso, nós nos sentamos, lado a lado, encostados em um muro com sombra. Ele tira duas maçãs do bolso e me entrega uma. Tento recusar — posso chegar em casa rapidamente e comer o quanto quiser —, mas cada recusa o torna mais insistente, então a pego e como metade. É a melhor maçã que já provei, crocante e doce, mas devolvo uma metade não comida e ele relutantemente a aceita, entregando o hemisfério mordido a Leila.

Ele me diz que achou que haveria muito trabalho a ser feito e que está muito doente para fazer tudo sozinho, por isso trouxe Leila. Ele fala que seria impossível conseguir um salvo-conduto para qualquer um de seus filhos homens, mas Leila é uma boa trabalhadora.

— É estranho — diz ele, sugando um fragmento de maçã que estava preso entre os dentes — simplesmente sentar e relaxar.

— É um lugar lindo — falo.

— Sim. Claro — responde ele.

Depois de terminar sua maçã, Leila começa um longo e fervoroso discurso em sua língua. Não consigo entender nenhuma palavra, mas posso dizer que ela está pedindo alguma coisa ao pai — implorando —, algo que ele se recusa a fazer, mas ela insiste e ele acaba cedendo.

Ela o beija na bochecha que não está machucada e se levanta num salto.

— Venha — diz ela. — Quero te mostrar uma coisa.

Eu me levanto, limpando a poeira da minha calça.

— O que é?

— Um lugar.

— Onde?

— Um lugar secreto. Eu costumava ir lá sempre. Minha mãe me levava.

— Sua mãe?

— Sim. Antes do Muro, todos vínhamos juntos e meus irmãos ajudavam no trabalho, mas eu era muito pequena, então minha mãe costumava me levar pra esse lugar.

— Onde fica?

— Só me siga.

Ela se vira e sai do bosque, quase correndo. Logo do lado de fora da entrada, Leila pega uma trilha estreita tão cheia de mato que nunca notei que estava ali. Ela segue apressada, girando o corpo de todas as formas para se esgueirar entre os galhos espinhosos que cresceram sobre a trilha. Calço meus sapatos e a sigo, arranhando minhas pernas no esforço para não ficar para trás.

Uma formação rochosa elevada se agiganta sobre o bosque e, assim que saímos da área de arbustos para um caminho cinza-amarelado íngreme, árido, com ervas daninhas e cactos esparsos, ela escolhe uma rota que sobe margeando a parte baixa da pedra. Ela anda rápido demais para que eu permaneça ao seu lado e a trilha é muito estreita, então não conversamos. Estou apenas seguindo-a, subindo e subindo, observando o posicionamento ágil e hábil de seus pés no solo escorregadio e rochoso, pisando onde ela pisa e me mantendo perto dela.

Estou suado e ofegante quando chegamos a um platô rochoso plano, não muito maior do que uma mesa de jantar, coberto por uma saliência pontuda.

Leila fica de pé na beira do precipício, olhando para a vista abaixo: o bosque de oliveiras, a estrada para Amarias, o Muro e quilômetros e quilômetros de terra que se estendem num cintilante horizonte.

— Não consigo acreditar nisso. Não consigo acreditar nisso — diz ela, engolindo longas lufadas de ar.

Fico parado observando Leila, sem saber o que dizer. Ela está exatamente na minha frente, mas parece muito distante, perdida em seus pensamentos. Depois de um tempo, ela se vira. Seu rosto está transbordando de felicidade, com um enorme sorriso nos lábios. Até aquele momento, ela sempre se mostrou uma pessoa séria e cautelosa, mas repentinamente parece que essa menina sorrindo para mim agora é seu verdadeiro eu.

— No que você não consegue acreditar? — pergunto.

— Que estou aqui de novo.

— Porque você normalmente tem que trabalhar?

— Trabalhar onde?

— No bosque de oliveiras.

— Não... Quase nunca venho ao bosque também. Só consegui a permissão porque meu pai está doente.

— Ah.

— E mesmo quando venho até o bosque, nunca tenho permissão pra subir aqui. É perigoso demais.

Olho para baixo, para a queda mortal.

— Mas você vinha aqui quando era pequena?

— Era seguro naquela época.

— Como assim?

— Amarias estava apenas começando. Seu povo ficava perto das suas casas. Não havia tantas armas.

Com um desvio mental vertiginoso, percebo o que ela quer dizer. O perigo não é o precipício. São as pessoas de Amarias.

— Você não poderia vir aqui com o seu pai ou seus irmãos? — pergunto.

Ela balança a cabeça.

— Se você encontrar a pessoa errada aqui, não é seguro.

— Mas tudo bem comigo?

— Você quer que eu te agradeça? — retruca ela, quase rosnando.

— Não! — falo o mais rápido que posso. — De forma alguma. Estou apenas tentando entender. Quer dizer, eu que deveria te agradecer. Por me trazer aqui. É lindo.

Ela faz que sim.

— Venha.

Ela se senta no chão, as pernas balançando no vazio, e bate com a palma da mão na pedra ao seu lado. Eu me aproximo, tentando não parecer assustado com a altura, e me sento ao seu lado. Ela contempla a vista, devorando-a com os olhos. Quero apenas olhar para ela, para seu rosto misterioso, imaculado e belo, mas sei que não posso, então me sento exatamente como ela está sentada, me equilibrando com as mãos apoiadas atrás de mim, olhando para a terra abaixo e ao longe, meu corpo zumbindo com a consciência da fina barreira de ar entre nós.

Um silêncio delicioso e confortável nos faz companhia.

— Você costumava vir aqui o tempo todo? — pergunto depois de um tempo.

— Sim. Antes do Muro.

— E agora?

— Já faz mais de um ano que não venho.

— Desde que você foi ao bosque de oliveiras?

— Desde que fui a qualquer lugar. É muito difícil.

— Você não foi a lugar nenhum? Não saiu da sua cidade?

Sei que a surpresa em minha voz é rude, insensível, ignorante, mas as palavras saem, estridentes e broncas, antes que eu possa me censurar.

— Não vamos falar sobre isso — diz ela, me lançando um olhar rápido e ácido.

Percebo um lampejo de emoção em seus olhos que nunca vi antes, um brilho selvagem e furioso, mas controlado.

— Desculpe — falo, esperando que possamos voltar ao silêncio amigável de apenas alguns instantes atrás, mas ele parece ter desaparecido.

Quem eu sou e onde moro são duas informações que borbulham e crepitam entre nós, impossível de serem ignoradas.

— Você deve ter muita raiva — digo.

Ela não olha para mim. Sua voz está desprovida de emoções quando fala:

— Se ficasse com raiva o tempo todo, isso mataria você. E se nunca ficasse com raiva, isso também mataria você. Nós temos que ter um lugar pra colocar essa raiva e temos que saber quando deixar esse sentimento de lado. Contanto que você esteja no controle, está tudo bem. Você precisa manter o controle.

Não consigo pensar em uma resposta, a não ser murmurar:

— Eu não conseguiria fazer isso.

— Você iria aprender. Não sou especial. Não há escolha. Mas não vamos falar sobre isso hoje. Não hoje. Não aqui.

Ela se vira, dando as costas para a vista e se levanta. Eu me levanto também e observo enquanto ela fecha os olhos, vira o rosto para o céu e respira, longa e profundamente, várias vezes seguidas, puxando o ar para os pulmões como se estivesse saboreando aos poucos um chocolate raro e delicioso.

Enquanto seus olhos estão fechados, posso olhar para ela fixamente sem vergonha. São seus lábios a parte que mais atrai meu olhar: a curva onde eles se encontram; sua vermelhidão macia e úmida; o espaço entre eles onde estão levemente separados, mostrando um pouco dos dentes. Enquanto olho para sua boca, meus batimentos cardíacos aceleram. Estamos sozinhos. Eu poderia dar um único passo e beijá-la. Poderia provar aqueles lábios com os meus. Poderia respirar seu ar, tocá-la, acariciar sua pele, cheirar seu cabelo e beijar sua boca perfeita; e sinto, num instante avassalador, que ela me deixaria fazer isso, que talvez até desejasse isso.

Seus olhos se abrem de repente, e ela se vira na minha direção como se soubesse o que estou pensando. Por um instante parecemos flutuar acima da pedra, saindo da terra, nós dois completamente sozinhos, desprendidos de tudo à nossa volta.

Ela lambe o lábio superior e fala, a voz levemente rouca, como se já tivessem se passado horas desde que ela produziu um som pela última vez:

— Acho que devemos ir — diz ela, mas não recua ou começa a andar.

— Está bem — falo. — Se você quiser.

— Meu pai vai ficar preocupado.

— É.

— Adorei vir até aqui — diz ela.

— Eu sei. Obrigado por me trazer.

Ela faz que sim, vira-se e me leva de volta ao bosque de oliveiras.

Assim que chegamos lá, o pai de Leila aponta para o relógio e indica que é hora de partir. Ele murmura algumas palavras severas para a filha, mas ela apenas dá de ombros. Está claro que ficamos mais tempo do que deveríamos e que ele está irritado com isso, mas Leila não se importa mesmo com aquilo.

Caminhamos de volta na direção de Amarias juntos, porém, assim que a cidade fica visível, o pai de Leila para e me manda embora.

— Não é seguro — diz ele. — Você vai na frente.

Ele responde ao meu adeus com nada além de um aceno de cabeça. Olho para Leila e parece torturante o fato de que, agora, já que seu pai está ali, terei que ir embora sem beijá-la. Tive minha chance e ela passou, e talvez ela nunca apareça novamente.

— Tchau — digo.

— Tchau. Tenha cuidado — fala ela.

— Você também.

— Vá — diz seu pai. — Rápido.

Faço o que ele manda e sigo andando. Toda vez que eu me viro para checar onde estão, vejo que não se moveram. Mesmo quando estão muito distantes, longe demais para ouvir qualquer coisa que eu fale, posso vê-los simplesmente parados ali, pacientes e imóveis, esperando que eu desapareça.

Apenas quando entro em Amarias é que percebo que ainda não tinha perguntado o nome dele.

Durante o mês de julho a situação fica mais tensa. Liev se recusa a ver os noticiários de TV, porque diz que é tudo exagero, e não compra jornais. No entanto, eu vejo manchetes e escuto fragmentos de notícias de vez em quando no rádio. Mesmo se você se escondesse em um lugar onde ninguém pudesse lhe encontrar, não seria possível escapar do assunto da repressão. Em Amarias, é possível ouvir os sons daquilo com os próprios ouvidos, toda noite, passando por cima do Muro: rajadas esporádicas de tiros; o chiado e o ribombar das esteiras dos tanques; hélices de helicópteros cortando o céu. Algumas vezes há outros barulhos mais misteriosos: vidro se estilhaçando, gritos, alvenaria sendo derrubada, o ronco repentino de motores a diesel, algumas explosões.

Sei que o pai de Leila vai querer visitar seu bosque de oliveiras na primeira sexta-feira de agosto, mas, como a repressão continua, começo a temer que ele acabe não conseguindo. Ouço a respeito de um toque de recolher. O posto de controle provavelmente estará fechado ou restrito. Ele sobreviveu ao ataque no beco, mas toda vez que escuto uma explosão ou um tiro, sei que existe a chance de a família de Leila ter sido ferida.

Quando o dia chega, estou tão agitado e receoso quanto no mês anterior, apesar de não haver nada novo para lhe mostrar a não ser duas novas folhas que estão nascendo em minha árvore bebê. Mantive tudo no bosque em perfeitas condições, saindo de casa escondido sempre que podia, mais pelo simples prazer de estar no bosque do que pela existência de qualquer trabalho específico que precisasse ser feito. Toda erva daninha que ouse mostrar a cara sobre a terra é imediata e impiedosamente eliminada. Meu quarto está mais bagunçado do que nunca, mas aqueles canteiros estão tão arrumados quanto um teatro em funcionamento.

Depois de regar as árvores e checar o solo à procura de novas ervas daninhas, eu me sento e espero, minha cabeça chacoalhando as mesmas perguntas sem parar, como uma máquina de lavar. Será que ele virá? Será que Leila virá? Será que poderíamos dar outra caminhada juntos? Será que iríamos ao mesmo lugar da outra vez? Será que eu teria outra chance de beijá-la?

Mas, exatamente como na última vez, fico esperando e ninguém aparece, e minha expectativa nervosa cede espaço ao tédio. Depois de uma hora ou duas, eu me deito no chão e observo um zangão, lá no alto, voando de um lado para o outro no céu como um inseto aplicado. Minhas pálpebras começam a ficar pesadas e a se fechar em piscadelas longas e lentas.

Tento lutar contra o sono, mas acabo cedendo e me vejo envolvido por um sonho que é ao mesmo tempo confortador e sinistro. Meu pai está nas gaiolas do posto de controle, esperando sua vez, próximo ao início de uma grande fila de pessoas. Ele parece entediado, porém determinado, enquanto segue lentamente entre todos aqueles corpos. Está usando seu uniforme do Exército e está ensopado de sangue, mas, quando chega sua vez de passar pela catraca, eles o deixam entrar sem pensar duas vezes. Ele caminha até uma janela com vidro espesso à prova de bala, e entrega seus documentos por uma abertura. Do outro lado, usando o uniforme completo, está minha mãe. Ela passa os olhos pelo salvo-conduto, olha para o meu pai e, sem exibir qualquer expressão, acena com a cabeça dizendo a ele que pode passar, como se não o reconhecesse. Logo depois ele está na estrada para o bosque de oliveiras, cerrando os olhos na luz do sol quente e ofuscante. O sangue parece estar saindo de um ferimento no peito e escorre pelo lado esquerdo de seu corpo. Uma perna está limpa, a outra, ensopada, completamente vermelha. Seu pé esquerdo faz um barulho de esguicho enquanto ele caminha. Atrás dele há uma trilha de pegadas vermelhas só do pé esquerdo, bem espaçadas, descendo pela estrada na direção do posto de controle.

Ele parece não estar preocupado com seu ferimento e caminha de forma determinada pela rota até o bosque de oliveiras. No arame farpado ele sai da estrada e sobe a trilha, mas, em vez de dar a volta na obstrução, levanta a perna ensanguentada bem alto, coloca o pé em cima do arame e pisa tranquilamente, atravessando sem se ferir. Ele sobe num ritmo constante até o bosque, onde me encontra dormindo debaixo de uma árvore. Sem falar nada, sacode delicadamente meus ombros, depois de forma mais rude, enquanto meu corpo balança, sem responder. Sua expressão fica mais sombria e a forma como ele me sacode se torna mais enérgica, se transformando em puxões furiosos e dolorosos em meu braço, e agora pareço estar implorando para que ele pare, gritando com toda força, mas ele não para. Então meus olhos se abrem, o brilho do sol turvando minha visão com força ofuscante. Posso ver, pelo menos parcialmente, mas o sonho parece continuar. Alguém está realmente puxando meu braço.

Pontadas de dor genuína percorrem meu ombro. Contra o céu brilhante, levo um momento para reconhecer o rosto que está se agigantando sobre mim. É Liev.

— O que você está fazendo aqui? — explode ele.

— Eu...

— Levante-se.

Sem esperar que eu fizesse aquilo por conta própria, ele me coloca de pé, puxando meu ombro com um estalo audível. Está com o rosto tão próximo do meu que posso sentir o calor de sua respiração em meus lábios. Suas feições cintilam com um suor oleoso, contorcidas num nó apertado de fúria.

— POR QUE VOCÊ ESTÁ AQUI? É AQUI QUE VOCÊ TEM VINDO? — grita ele, mal esperando por uma resposta, simplesmente gritando, considerando meu silêncio uma confirmação. — Todas essas semanas, todos esses segredos, essas saídas escondidas e as mentiras pra sua mãe, pra poder vir aqui dormir debaixo de uma árvore como um camponês?

Abaixo os olhos para a terra e não digo nada. Meus pés estão descalços, tocando os sapatos de couro preto de Liev, recentemente engraxados, mas cobertos agora por uma camada de terra a areia.

— RESPONDA!

Não me movo e não falo.

— Onde estão seus sapatos? Quem você acha que é?

Olho para os olhos dele, que sempre pensei que eram acinzentados, mas que aqui, na luz do sol, parecem verdes. Suas pupilas são pequenos círculos, um ponto no meio de cada globo ocular. Durante um instante acho que poderia, neste lugar, encontrar a força para desafiá-lo, mas ele me encara com um olhar cheio de uma intensidade tão vibrante e flamejante que sinto que ele pode perder o controle. Em momentos como esse, frente a frente, longe da minha mãe, posso ver o quanto ele me odeia. Se ele soltasse sua ira sobre mim aqui, se ele se permitisse me ferir, não sei até onde iria e se conseguiria parar.

— ONDE ESTÃO SEUS SAPATOS?

Aponto para a entrada do bosque. Arrumados, lado a lado no chão, estão meus tênis.

— Você vai calçá-los e voltar pra casa imediatamente. Essa palhaçada acabou.

Caminho até o portão para apanhar meus sapatos e, quando me abaixo para pegá-los, um lampejo de movimento no canto do meu olho me faz reparar na trilha. Leila e o pai estão se aproximando, a poucos instantes de entrar no campo de visão de Liev.

Eu congelo, vasculhando freneticamente minha mente em busca de uma forma de fazê-los voltar sem alertar meu padrasto. Leila sorri e acena para mim. Eu balanço levemente a cabeça. Ou ela não vê, ou não entende, e continua caminhando na minha direção.

Balanço a cabeça novamente, mais claramente. Ela para, fazendo seu pai parar com um puxão delicado, mas é tarde demais.

— O que você está fazendo? — late Liev.

Eu me viro e tento dar de ombros de forma casual.

— Estou calçando meus sapatos — falo, agachando para bloquear a saída estreita do bosque.

Liev corre na minha direção, me empurra para abrir caminho e desce a trilha correndo na direção de Leila e do pai dela, que estão agora se afastando rapidamente. Liev dispara e interrompe sua caminhada, colocando uma das mãos em seu ombro.

— Quem é você? — pergunta ele, irritado. — Por que está aqui?

O pai de Leila não responde. Ele parece infinitamente cansado. Depois de um longo silêncio, fala com sua voz baixa e seu sotaque carregado:

— Esse bosque de oliveiras é meu.

— Ah, isso aqui é seu, não é? — fala Liev, transbordando sarcasmo.

— É. É meu e foi do meu pai, e do pai dele antes disso.

— Isso é o que vamos ver — diz Liev. — Onde está seu salvo-conduto?

— Já passei pelo posto de controle. Já mostrei meu salvo-conduto.

— Você está se recusando a mostrar seu salvo-conduto?

— Já mostrei meu salvo-conduto.

— Essa é a última vez que vou te pedir — fala Liev, a mão direita se movendo até seu cinto, onde abre o botão que trava o coldre de couro em que guarda a arma que leva consigo quando se aventura fora de Amarias.

O pai de Leila coloca a mão no bolso e entrega seu salvo-conduto. Liev o segura desdenhosamente entre o polegar e o indicador, como se quisesse minimizar a transmissão de germes, e examina o texto. O pai de Leila lança um olhar rápido na minha direção. Eu dou de ombros como se estivesse me desculpando, e não recebo nenhuma resposta. Leila apenas olha para o chão, como se estivesse tentando ficar invisível. Seu rosto parece aterrorizado e calmo ao mesmo tempo.

— Você é responsável por esses campos? — pergunta Liev.

— Sim — responde o pai de Leila.

— Alguém ajuda você?

Há uma pausa momentânea antes que ele responda.

— Não — diz ele.

— Ninguém? Você vem aqui uma vez por mês e cuida do bosque sozinho.

— Sim.

— O meu filho ajuda você?

O pai de Leila pisca.

— Não emprego mais ninguém pra trabalhar neste campo.

— Ele ajuda você?

— Como vou saber o que acontece quando não estou aqui? Você deve perguntar pra ele.

Liev se vira na minha direção:

— Você trabalha pra esse homem?

— Não!

— Você o ajuda?

— Não!

— Por que está aqui? Por que tem vindo aqui? Pra dormir?

— Eu só vim até aqui. Achei esse lugar e gostei dele. De vez em quando rego um pouco as árvores. Ele não me pediu pra fazer nada.

— Você sabe que, se ele estiver empregando trabalho ilegal aqui, essa terra pode ser confiscada. Eu vi você chegar em casa com terra debaixo das unhas. Sabia que você estava aprontando alguma coisa.

O pai de Leila se manifesta, a voz fraca e aguda:

— Eu não dei emprego pra ele. Nunca paguei nada a ele. Nem mesmo sabia que esse menino estava aqui!

— Então o que é isso? — pergunta Liev, brandindo um pedaço de papel que tirou de seu bolso traseiro. Eu o reconheço instantaneamente. É o mapa que o pai de Leila desenhou para mim, que eu tinha escondido no fundo do meu guarda-roupa. — Vou dizer o que é isso — continua Liev. — Essa é a prova A, é o que esse pedaço de papel representa. E a próxima vez que você o verá será no tribunal.

— Deixe ele em paz! — grito, minha voz cheia de raiva tanto de Liev quanto de mim mesmo, por não ter jogado aquela prova fora. — Ele não fez nada!

Liev me segura pela camiseta e me empurra na direção do muro do bosque. Uma pedra pontuda bate em minha coluna e meu pescoço estala ao se curvar para trás. Por mais furioso que você fique com Liev, ele sempre pode superá-lo.

— Não OUSE me dizer o que posso e o que não posso fazer — diz ele, a voz gelada e cruel. — Você não entende nada. Não tem ideia do que fez.

— Eu não fiz nada! Só reguei algumas árvores.

— Elas não são apenas árvores, Joshua. Nada aqui é apenas uma árvore. Só porque você se sente confortável e seguro no lar que construí pra você, não significa que estamos em segurança. Essa é uma zona de guerra. Estamos cercados por pessoas que nos odeiam e querem tomar nossas terras e nos matar, e cada árvore e pedra que pertence aos nossos inimigos é uma possível plataforma de lançamento pra um míssil que pode matar você, a sua mãe e me matar também. Ou acertar uma escola inteira com todas as crianças lá dentro. Centenas de pessoas estão tramando pra nos pegar, nesse instante, nesse minuto e em todos os minutos. Você me entende?

Com isso, ele me solta e dá um passo para trás. Suas bochechas estão coradas e sua respiração, ofegante. Dois fios de saliva branca espumosa se formaram nos cantos de sua boca.

Arrumo minha camiseta, estufo o peito e ajeito a postura. Não vou deixá-lo me calar com sua intimidação, nem que seja uma vez na vida. Leila e o pai estão observando. Tenho que ser forte.

— Não é uma plataforma de lançamento — falo. — É uma plantação de oliveiras.

— Se isso é tudo o que você vê aqui, então é cego — diz ele. — Você vê montanhas e campos? Ótimo. É muito sortudo. Porque o que vejo à nossa volta é um campo de batalha e qualquer coisa que não nos pertença é um posto avançado do inimigo.

— Se é isso o que você pensa, então por que trouxe a gente pra cá?

— Pra cumprir o dever do Senhor! Ele deu essa terra ao nosso povo e ninguém está disposto a lutar por ela a não ser nós! Ficamos exilados durante 2 mil anos e só agora estamos revidando, tomando o que é nosso. Se você não consegue se orgulhar disso, é um fracote e um traidor. — Os olhos dele estão brilhando agora, radiantes de paixão. — Você ainda não entende o motivo disso tudo? Quanto tempo esperamos? Não consegue ver que, finalmente, depois de todo esse tempo, estamos vencendo! Aos poucos, estamos vencendo! E, se isso levar outros mil anos, e tivermos que lutar por cada centímetro de terra, então que seja assim.

— Você não pode lutar por mil anos. Estará morto.

— A próxima geração seguirá com a luta.

— Eu sou a próxima geração. E acho que você é louco.

Seus lábios se enrugam num vinco fino enquanto respira três vezes, longa e lentamente, pelo nariz. A pele em volta dos meus olhos se contrai, um recuo minúsculo que tento esconder.

— Você acha que pode me desrespeitar dessa forma? Acha que pode continuar falando essas coisas?

Dou de ombros.

— Você acha que é mais esperto do que eu? — pergunta ele, me cutucando com força no peito com o dedo indicador.

Dou de ombros novamente, virando meu rosto para o chão.

Um som arrastado vem de baixo, enquanto o pai de Leila começa a se afastar. Liev gira e o segura pelo braço.

— O que você quer aqui? — pergunta ele. — O que está tramando?

O pai de Leila mantém o olhar firme.

— O que *você* quer?

— Quero que você deixe meu filho em paz.

— Não sou seu filho — falo.

Liev gira sobre os calcanhares e levanta a mão acima de sua cabeça. Na fração de segundo antes de seu punho descer para me atingir, vejo o braço do pai de Leila se esticar para bloquear o golpe, e então se recolher quando ele muda de ideia. As articulações de Liev me acertam entre o canto da boca e o queixo, me fazendo perder o equilíbrio. Cambaleio e caio de joelhos na terra. Quando levanto a cabeça, ainda tonto, Liev não está olhando na minha direção, está encarando o pai de Leila.

— Essa trilha está fechada. Você viu o arame farpado.

— Esses campos são meus.

— Essa rota de acesso está desautorizada por ordem militar. Você sabe disso tão bem quanto eu.

— Sou dono desses campos.

— Se um dia eu o vir perto dessa trilha ou do meu filho de novo, vou cuidar pra que seja preso.

Eu me levanto novamente, com dificuldade.

— Não sou seu filho — falo.

Liev se vira para ficar de frente para mim. Seus olhos estão ferozes e vermelhos.

— Você está *tentando* me provocar? Tem alguma ideia do que fiz por você e pela sua mãe? Você sabe onde estariam agora se não fosse por mim?

— Não aqui, isso com certeza.

— Você está zombando de mim? Como ousa zombar de mim? Depois de tudo o que fiz por você.

— Você não fez nada por mim! — grito. — Odeio isso aqui! Eu queria que você tivesse deixado a gente em paz!

— Você não tem ideia do estrago que causou.

— Eu não fiz nada de errado.

— Você foi mandado pra me machucar. Nem mesmo sabe o tipo de força destrutiva que você é. Tudo em que você toca...

— Eu não fiz nada!

— Por que acha que não tem irmãos ou irmãs?

— O que isso tem a ver com qualquer coisa?

— Se não fosse tão egoísta, saberia.

— De que está falando?

— Não vou falar mais nada.

— O que você quer dizer com isso?

— Você é um jovenzinho muito confuso. Um dia vai perceber...

— Perceber o quê?

— O que você fez comigo e com a sua mãe. O estrago que causou. AONDE VOCÊ ACHA QUE ESTÁ INDO?

Liev me empurra para longe do seu caminho e corre na direção do pai de Leila, que silenciosamente passou por nós e entrou em sua plantação de oliveiras.

— Tenho trabalho a fazer.

— Eu mandei você ir embora! — grita Liev.

— Não acho que tenha feito isso.

— Bom, estou mandando agora.

— Com que autoridade?

— A minha.

— Eu tenho um salvo-conduto. Só tenho permissão pra vir aqui uma vez por mês.

— Estou mandando você ir embora.

— Receio que não posso fazer isso.

— Não pode?

— Tenho trabalho a fazer.

Com isso, o pai de Leila se vira e entra no bosque. Ele pega uma enxada debaixo de sua lona e começa a arar o solo.

Liev o segue até os canteiros, tirando a arma do coldre. Ele a levanta e a aponta para o pai de Leila.

— Vocês adoram testar nossa paciência, não é mesmo? Simplesmente não conseguem resistir à tentação de levar tudo até o limite.

O pai de Leila o ignora.

— Certo, espertalhão — diz Liev. — É seu último aviso. Estou mandando você ir embora agora.

Posso ouvir o estalo quando ele solta a trava de segurança da arma.

O pai de Leila nem levanta os olhos. Seu trabalho não se acelera ou desacelera. De costas para Liev, ele continua a revolver a terra. Leila ainda não se moveu de sua posição na trilha.

— Seu povo só compreende uma linguagem, não é mesmo? — diz Liev.

Sua mão está tremendo agora, a arma balançando na extremidade de seu braço rígido e tenso.

Sei que deveria intervir, mas meu corpo se recusa a se mover.

O ar parece ficar mais espesso enquanto o pai de Leila continua a revolver o solo, a pistola de Liev apontada para sua cabeça. A arma segue seu movimento enquanto ele se move lentamente para um lado e para o outro. Lá no alto, o zangão ainda está zumbindo.

Sinto que um fio invisível entre os dois homens está ficando cada vez mais esticado. A qualquer momento vai romper.

Com um movimento ágil, o braço de Liev se vira na direção da árvore mais próxima. O estampido da arma atinge meu crânio enquanto a bala de Liev arranca um pedaço do tamanho de um punho do tronco, expondo farpas pontudas de madeira pálida. Essa visão libera meus músculos paralisados. Eu salto sobre Liev, mas ele se esquiva, me empurrando para o lado antes de girar de volta para sua posição e disparar outra bala na árvore.

Dou mais um salto, dessa vez não sobre Liev, mas na direção da árvore. Eu me interponho entre ele e o tronco e olho fixamente para dentro do cano da arma de Liev.

Sua mão está firme agora, os nervos aparentemente calmos por ter disparado os dois primeiros tiros.

— Saia do caminho, Joshua — diz ele. — Isso não é da sua conta.

— Não vou me mover.

Liev solta uma risada forçada.

— Haha... Acho que você vai.

— Minha mãe sabe que você me seguiu até aqui, não sabe?

— Sim.

— Então não pode tocar em mim. Se eu me machucar...

Durante um segundo, Liev se segura antes de falar, perdendo o equilíbrio momentaneamente. Então o sorriso volta ao seu rosto.

— Há muitas outras árvores, Joshua. Você vai ficar parado na frente de todas elas? Senhor hippie amante das árvores. Qual árvore vai abraçar agora?

Ele se vira e dispara outra bala na árvore ao meu lado. Se ele tivesse errado o tronco, a bala teria acertado o pai de Leila, que está nos encarando, imóvel, segurando a enxada sem muita firmeza.

Ele se encolhe enquanto o tronco à sua frente se despedaça e se divide, mas não se afasta.

Naquele momento, uma nova onda de raiva parece me erguer da mesma forma que o ar ergue um avião. Eu me sinto forte e sereno enquanto ando na direção de Liev, na linha de disparo de sua arma, e grito para ele com uma fúria indignada que expulsa cada gota de medo do meu corpo:

— MAIS UMA BALA! — falo. — Se disparar mais uma bala, não vou pra casa. Apenas me observe. Vou subir ali, naquelas montanhas, agora. Se ouvir um disparo, não vou descer. E o que quer que aconteça comigo, você terá que explicar à minha mãe.

— Se for lá pra cima, os chacais vão pegar você. Você não duraria uma noite.

— Eu sei — respondo.

Olho fixamente em seus olhos, sem me encolher diante da fúria que parece estar zumbindo em seu corpo como uma corrente elétrica. Pela primeira vez, me aproximo dele e mantenho minha posição. Antes que minha coragem vacile — antes que Liev possa ver que tenho uma pequena sombra de dúvida em minha mente —, eu me viro e corro, sem parar nem mesmo para pegar meus sapatos, saindo do bosque e subindo. Olho rapidamente para Leila enquanto fujo. Seus olhos estão espelhados com lágrimas, olhando para mim sem expressão, como se ela não soubesse quem eu sou ou o que estou fazendo.

Pego a trilha de Leila, forçando a passagem entre os galhos espinhosos, desesperado para subir e me afastar dali antes que Liev me siga. Espinhos rasgam minha pele e pedras furam as solas de meus pés, mas não ouso parar. Correndo com toda a minha força no chão escorregadio e pedregoso, me forço a subir, indo na direção do platô secreto de Leila.

Não consigo ver Liev atrás de mim, mas isso não quer dizer que ele não está me seguindo, então, quando vejo uma inclinação subindo da trilha de Leila com um bom suprimento de pedras pontudas, decido seguir por ela. Parece escalável, mas íngreme o suficiente para atrasar Liev. Subo apressadamente, minha mente ocupada por nada além de lugares para apoiar os pés e as mãos, enquanto aos poucos vou me erguendo na direção do céu. Não sinto dor ou cansaço, apenas um zumbido fulgurante de concentração enquanto sigo a missão de subir até o precipício.

É mais uma surpresa do que um alívio quando repentinamente não há mais para onde subir. Estou num platô de rocha marrom, do tamanho de duas vagas de carro, tão liso e limpo que parece ter sido varrido. Devo ter seguido além da saliência de Leila e chegado ao pico. Um vento forte vindo da costa empurra e cutuca meu corpo, fazendo as bainhas da minha calça balançarem.

Posso ver minha cidade e a cidade de Leila por inteiro. Daqui de cima tudo parece um único lugar, cercado pelo campo, mas dividido por um muro — uma metade arrumada, nova, espaçosa; a outra apertada, confusa, velha.

É estranho ver Amarias, que de dentro parece um universo inteiro, reduzida a isso: apenas uma mancha de prédios de telhados vermelhos cercada por todos os lados por uma terra que se expande infinitamente em todas as direções, se apagando na névoa do calor. E, como uma cicatriz cinzenta e grossa ao longo da cidade, O Muro. De perto, o mais surpreendente é a altura: daqui, é o comprimento. Nunca vi tanto dele de uma vez só, ou me dei conta de sua escala e sua ambição sobre-humanas, como uma porção concreta de geologia.

O bosque de Leila, abaixo, não muito afastado, não está visível do topo da montanha. Liev não pode me ver e eu não posso vê-lo.

Durante um bom tempo, escuto sua voz, ecoando sem força na direção do cume, gritando meu nome, passando por vários tipos de tons: irritado, suplicante, ameaçador, reconciliatório, realmente furioso, completamente encolerizado. Ele tenta todos.

Pego um punhado de pedras e as jogo na direção da voz que escuto. Sei que não vão atingi-lo, mas é gratificante tentar — ser, uma vez na vida, aquele que está atacando.

À medida que meu ritmo cardíaco volta ao normal, começo a sentir minha pele arder e latejar, levemente a princípio, depois cada vez mais forte. Espinhos fizeram vários cortes nas minhas panturrilhas e coxas, rasgando minha calça e minha pele. Eu me sento e olho para as solas dos pés. Estão mais resistentes agora do que costumavam ser, mas estão manchadas com remendos enlameados de sangue fresco. Minha pele está muito suja de terra para que eu consiga ver exatamente o que aconteceu e, como não há nada que eu possa fazer, decido não investigar mais. Aqui no alto, a dor não parece tão forte.

Depois de um tempo, os gritos param e a encosta fica em silêncio. Não escuto mais nenhum disparo.

Hesitantemente, me arrasto até a borda do platô e deixo minhas pernas balançando. Uma pedra escorrega e cai, levantando nuvens de poeira enquanto dança contra o paredão de pedra, até por fim repousar em silêncio, muito abaixo.

Olhando para O Muro, penso em minha mãe, na cicatriz em seu torso, e a acusação de Liev ecoa em meus ouvidos. Depois que ela se casou com ele, não vi mais de seu corpo do que seu rosto, braços e pés. Há muitos anos não vejo aquela cicatriz.

Uma lembrança volta a mim, uma das poucas que ainda tenho de quando era pequeno, de quando morava na casa junto ao mar. Estamos eu, ela e meu pai, todos amontoados na banheira juntos, um monte de membros procurando espaço, todos rindo e grunhindo. Meu pai entrou primeiro, mas pedi para me juntar a ele, então minha mãe disse que aquilo parecia divertido e entrou também, elevando o nível da água quase até a borda. Eu me lembro de perguntar sobre a cicatriz e de sua voz delicada me dizendo que eu tinha ficado preso durante o parto, então os médicos cortaram a barriga dela para me tirar de lá. Ela me deixou senti-la. Passei meu dedo indicador delicadamente sobre a linha que ela formava de uma ponta à outra. Era um pouco mais alta do que o resto de sua pele, como uma pequena cordilheira, estranhamente rígida sob a ponta do meu dedo, quase como plástico. Ela disse que eu só podia tocá-la aquela vez, porque fazer isso lhe dava uma sensação estranha, uma mistura de dormência e cócegas.

Tudo aquilo está claro em minha cabeça, até mesmo como a atmosfera mudou depois que mencionei a cicatriz. No silêncio que se fez depois que eu a toquei, perguntei se tinha doído quando a cortaram. Ela colocou um dedo debaixo do meu queixo e olhou diretamente nos meus olhos. Ela me disse que tomou remédios para não sentir nenhuma dor, então a única sensação que teve foi de pura felicidade. Ela falou aquilo como se estivesse tentando me convencer de algo em que não esperava que eu acreditasse. Meu pai ficou estranhamente quieto e parado.

Muito, muito gradualmente, ano após ano, se tornou evidente que, diferentemente de meus amigos, eu nunca teria um irmão. Quando percebi isso, também compreendi que era proibido perguntar por quê. Havia consultas secretas no hospital; longos minutos de desaparecimentos dentro do banheiro; e dias passados na cama com lágrimas nos olhos sem uma explicação convincente. Sei que coisas aconteceram, mas elas sempre deram errado e nunca houve um bebê.

Não tinha passado pela minha cabeça que, apenas por nascer, eu pudesse ter prejudicado minha mãe, mas uma faca a tinha aberto para me tirar de dentro dela. Alguém tinha feito um corte nela e enfiado a mão dentro de sua carne para me puxar para o mundo. Enquanto eu respirava pelas primeiras vezes, os médicos deviam estar inclinados sobre ela, estancando o sangramento, costurando-a, deixando uma cicatriz que nunca desapareceu.

Será que foi esse o estrago que causei no primeiro dia da minha vida, antes dos meus olhos sequer abrirem? Será que algo pode ter saído errado na operação? Será que esse corte, que me salvou, exterminou meus irmãos e minhas irmãs?

Ela nunca me culpou. Colocou um dedo debaixo do meu queixo, me olhou nos olhos e me disse com sua voz mais séria que a única coisa que ela sentiu foi felicidade. Eu podia ver o quanto ela queria me convencer daquilo. Mas, talvez, na verdade, ela estivesse tentando convencer a si própria.

Lá no alto da montanha, sinto como se estivesse formigando de vida e, ao mesmo tempo, parcialmente adormecido, isolado da realidade, numa bolha elevada que é minha e somente minha. O tempo parece ter tanto acelerado quanto desacelerado, o que me dá a sensação de que posso seguir o movimento do sol, minuto a minuto, enquanto ele fica vermelho e desce na direção do horizonte.

Poças de escuridão se posicionam no fundo dos vales abaixo de mim, como se a noite estivesse vazando da terra. Pontos de luz elétrica aparecem nos topos dos morros, cintilando fracamente em todas as direções até onde posso ver. O vento diminui e o ar fica mais fresco, mordiscando a pele nua dos meus braços. Enquanto o céu começa a ser tingido de cor-de-rosa, forço-me a me levantar, esticando as mangas da minha camisa para me proteger do frio. É difícil me separar da visão desse pôr do sol que acabou de começar, mas sei que descer na escuridão seria loucura.

Assim que saio do platô, a luz muda. Apenas um pouco abaixo, está muito mais escuro do que no cume. Tenho menos tempo do que achava que tinha.

Encontrar apoio para os pés na subida foi fácil — eu podia selecionar fendas e saliências enquanto passava por elas —, mas, na descida, mesmo as partes simples da caminhada se tornam complicadas e assustadoras. Por várias vezes tenho que me agarrar desesperadamente à pedra, apoiando meu peso sobre uma perna trêmula enquanto procuro apoio com os dedos do pé esticados sem ver nada. Duas vezes, uma pedra cede debaixo dos meus pés, e tento me equilibrar com o auxílio dos meus braços, balançando as pernas para encontrar novamente um apoio no paredão. Durante toda a descida, meu coração troveja de medo. Quando subi, não tinha quase nenhuma preocupação na mente; agora preciso de todo o meu autocontrole para forçar minha cabeça a afastar a ideia de que um escorregão poderia me fazer quebrar as pernas.

Estou muito longe do poste de luz mais próximo. Quando escurecer, isso aqui irá virar um breu. Se não estiver na estrada quando isso acontecer, vou me perder. Ficarei sozinho com a escuridão e os chacais, a noite toda. Não tenho a menor ideia de onde poderia ir ou como conseguiria me esconder. Talvez tivesse que tatear até chegar num canto da plantação de oliveiras, encostado a um muro para evitar que alguma coisa me pegasse por trás. Fico imaginando como seria olhar para a escuridão completa, esperando um animal selvagem saltar e me atacar — um animal selvagem com olhos que observam cada movimento meu mesmo enquanto olho cegamente para a noite.

Não paro por tempo suficiente para sentir nem mesmo um momento de alívio quando chego ao pé do paredão, mas me viro e corro pela penumbra cinzenta, deslizando trilha abaixo sobre a terra empoeirada, desviando de pedregulhos e arbustos. Quando minhas pernas começam a perder as forças, os músculos da minha coxa ficam preocupantemente moles, como uma geleia. No momento em que estou começando a imaginar que distância mais conseguirei correr, a plantação de oliveiras aparece diante dos meus olhos, visível sob o céu rosa-acinzentado, como uma silhueta cuja forma reconheço instantaneamente.

Subir a montanha com os pés descalços já foi muito doloroso, mas descer é pior, especialmente em velocidade. Cada passo é mais pesado que o anterior e agora é quase impossível guiar meus pés para trechos de terra macios ou lisos. A cada pisada uma faísca de dor sobe pela minha perna, enquanto pedras pressionam minha pele dilacerada. A cada passo proposital, dois ou três depois dele são cambaleios selvagens que dou na tentativa de recuperar o equilíbrio. Sei que estou indo rápido demais, mas, à medida que desço, o céu fica mais escuro. Ao longe, escuto um uivo agudo. Ou talvez não esteja tão distante. Não sei dizer. Sigo correndo, tropeçando na terra escorregadia, até que a vegetação espinhosa perto da entrada do bosque me faz desacelerar até o ritmo de uma caminhada. Arrasto-me o mais rápido que consigo entre os arbustos, ignorando os espinhos que arranham minha pele, e paro no muro da plantação de oliveiras.

Posso distinguir um padrão de luz fraca interrompido pelas linhas pretas verticais dos troncos das árvores. Não consigo ver o estrago que foi feito e não tenho tempo para checar, mas conheço a plantação bem o bastante para dizer, apenas com uma rápida olhada, que nenhuma árvore foi derrubada.

Eu me lembro exatamente de onde deixei meus sapatos e me ajoelho para recuperá-los. Eles não estão lá.

De quatro, fico tateando o chão, procurando nos dois lados do muro, mas não acho nada. Meus sapatos desapareceram. Liev, percebo, os levou. Levanto-me novamente, sentindo uma bolha de ódio inflar e explodir dentro de mim, espalhando um ardor quente e venenoso em meu peito.

Minha garganta ainda está tragando o ar em arfadas ofegantes e curtas. Encosto a palma da mão no muro da plantação de oliveiras, esperando que ele possa me transmitir boa sorte, e sigo andando, meus pés arranhados se posicionando relutantemente um na frente do outro enquanto desço apressado a trilha na escuridão espessa. Não ouso desacelerar, mas, nessa velocidade, acabo dando guinadas e tendo que me esquivar em solavancos assustados e repentinos, quando arbustos e pedras surgem à minha frente no ar negro a um braço de distância de mim. Não muito distante, mas quase invisível, diretamente no meu caminho, está um rolo de arame farpado. Correr cegamente na direção dele parece um daqueles pesadelos em que suas pernas o levam até a beira de um precipício.

Uma lasca de lua está pendurada no céu em algum ponto sobre Amarias, muito fina para providenciar qualquer luz útil. Sentindo que estou próximo do arame farpado, imaginando o que o rolo de lâminas fará com minha pele se eu cair sobre ele, me obrigo a ir mais devagar.

Uma maciez repentina sob meus pés me alerta para o monte de terra bloqueando a trilha. Paro imediatamente. Posso distinguir com dificuldade, a centímetros do meu nariz, posicionado como uma versão maligna de um ninho de passarinho, o emaranhado de aço afiado.

Forçado a me guiar mais pela memória do que pelo brilho do luar, escolho uma rota ao redor do arame farpado na direção da estrada. Virando meu corpo para a direita, sei que estou seguindo a direção de casa. Posso reconhecer o vulto de uma cidade, um agrupamento de pontos alaranjados bruxuleando na luz fraca como brasas, mas, ao meu redor, não consigo ver nem mesmo meus pés.

Os chacais estão uivando mais alto agora, mais de um deles, mais próximos do que antes. Talvez possam sentir meu cheiro e saibam que estou com medo. Talvez já estejam me observando, esperando um momento de fraqueza, babando sobre a terra sedenta.

Pego um punhado de pedras para usar como munição no caso de ouvir qualquer barulho suspeito. Jogo uma à minha frente, apenas porque é quase impossível segurar uma pedra sem arremessá-la. Há um momento sinistro de silêncio, como se a pedra tivesse simplesmente desaparecido, então eu a escuto bater no chão com um som distante. Nessa escuridão, arremessar uma pedra é como deixá-la cair num poço.

O brilho dos postes de Amarias me diz em que direção caminhar, mas, embora a estrada seja mais ou menos reta, não há nada que eu possa ver para me manter nela. Há valas e barrancos nos dois lados em que eu poderia cair e placas de sinalização ocasionais que, se eu sair do meu curso, anunciariam sua chegada com um tabefe no meu rosto.

A sensação do asfalto sob meus pés doloridos é a única informação sensorial em que posso confiar. Arrasto-me até a beira da estrada e estico os dedos dos pés para sentir o trecho na lateral onde o asfalto termina. Após sentir esse ponto de referência, posso visualizar minha posição, de modo que começo a caminhar lentamente para a frente.

Rapidamente crio um sistema. Dez passos, então um arrastar lateral para sentir a beira da estrada, então outro passo lateral de volta para o asfalto seguido por mais dez passos para a frente.

Quando as luzes da cidade ficam mais próximas, o caminho à minha frente gradualmente fica mais claro e me permito mais passos antes de cada checagem, até que um brilho fraco alaranjado permeia o ar à minha volta, revelando o asfalto sob meus pés. Começo a correr, disparando cambaleante e desesperado na direção de casa.

Com meus pés cortados e minhas roupas rasgadas, assombrado pelo medo de ficar perdido num lugar onde poderia ser atacado por animais selvagens, a rapidez da transição para Amarias é mais estranha do que nunca. Assim que chego ao primeiro poste de luz, os carros, prédios, jardins e todas as coisas parecem se comportar como se eu estivesse instantaneamente de volta ao coração da segurança e do conforto. Com um único passo, pareço ter me transportado do perigo extremo à segurança absoluta.

Olhando na direção do bosque, não consigo ver absolutamente nada, apenas a mais pura escuridão. Eu me viro e corro pela cidade.

Assim que atravesso a porta, minha mãe salta sobre mim.

— Ah, meu Deus! Joshua! O que aconteceu com você? Onde esteve? O que aconteceu?

Ela dispara uma saraivada de perguntas com uma voz esganiçada, olhando horrorizada enquanto fico parado no hall de entrada com as costas na porta, recuperando o fôlego, os dois pés sangrando silenciosamente no tapete.

Quando nota o sangue, ela segura meu braço, me leva ao banheiro e me obriga a me sentar. Enquanto tira minha roupa até eu ficar de cueca, seu pânico parece diminuir. Ela para de gritar perguntas, ergue meus pés até uma toalha em seu colo e se concentra em limpar meus cortes com antisséptico e algodão. Faz isso em silêncio, com extremo cuidado, enquanto fico sentado com o corpo mole na beira da banheira, me sentindo atordoado e exausto. Só percebo que terminou quando ela aparece na porta do banheiro com o meu pijama.

— Estou com fome — digo.

— Vista isso e venha até a cozinha.

Só depois que tenho dois sanduíches e uma caixa inteira de suco de laranja dentro de mim é que ela pergunta novamente o que aconteceu.

— Onde está o Liev? — pergunto.

Seus ombros murcham, como se minha pergunta de certa forma fosse previsivelmente decepcionante.

— Está aqui — responde ela. — Na sala.

— Bom, ele não te contou o que aconteceu?

— Ele me disse que vocês brigaram. Que você vem fazendo coisas estúpidas, se associando com pessoas perigosas, fugindo pra campos que não nos pertencem e fazendo Deus sabe o que com Deus sabe quem.

— Pronto, então — digo com sarcasmo. — Aí está a sua resposta.

— Isso não é uma resposta!

— O quê? Você não acredita nele?

— Sim, acredito nele, mas preciso saber mais. Preciso saber o que você anda fazendo. E aonde foi hoje à noite. E por que está todo cortado.

— Foi Liev.

— Liev? Ele não fez isso com você.

— Ah, então você acredita nele mas não acredita em mim.

— Não quando está mentindo.

— Não estou mentindo!

— Liev deixou você fora de casa a noite toda? Liev fez esses cortes?

— Sim. Na prática, sim.

A voz de Liev soa pesada pela porta:

— Está vendo como ele é? Um mentiroso nato! Não sei mais o que podemos fazer com ele!

— Ele apontou uma arma pra mim!

— Ah!

Liev ataca o ar à sua frente.

— Ele me ameaçou e ameaçou um homem que venho ajudando. Estou aprendendo sobre árvores, sobre como plantar limões e azeitonas. Não fiz nada de errado, mas Liev apareceu com uma arma e quase matou a gente.

— Ele é louco! — diz Liev. — Seu filho é louco!

— Por que está dizendo essas coisas? — pergunta minha mãe, suas palavras estranguladas e desesperadas como se ela estivesse suplicando.

— Tive que subir a montanha correndo pra fugir dele. Pra impedir que ele atirasse. Então ficou escuro e me cortei nos arbustos durante a descida. Ele roubou meus sapatos, então tive que voltar descalço.

Minha mãe ajoelha no chão ao meu lado e segura minha mão. Seus olhos estão repletos de lágrimas. Posso ver que está tentando falar, mas não consegue fazer as palavras saírem. Depois de um tempo, com voz trêmula, ela diz:

— Por que está fazendo isso? Estou tentando fazer o melhor por você. Por que está determinado a dificultar tanto as coisas?

— Do que você está falando?

— Por que você tem que ser assim?

— Assim como?

Sua voz se transforma num sussurro:

— Por que o odeia tanto?

Eu puxo minha mão com violência.

— Acabei de te contar!

— O que ele já fez com você?

— EU TE CONTEI. ACABEI DE TE CONTAR!

— Você sabe onde estaríamos sem ele? Sabe o que ele fez por nós? Quem você acha que paga a nossa comida? Como acha que temos um teto sobre nossas cabeças?

— POR QUE VOCÊ NÃO ME ESCUTA?

— Ele é seu pai agora e ama você, e não há como voltar pra vida que tínhamos antes. Aquela vida acabou. Você tem que aceitar o que temos. Tentar destruir isso e tornar tudo impossível pra mim é simplesmente egoísta e estúpido da sua parte. Isso precisa parar. Não aguento mais.

— Você está cega! Completamente cega!

— PARE COM ISSO! — explode ela. — Já disse que não aguento mais. Está na hora de você crescer e começar a pensar nos outros. Você entende? Cheguei ao meu limite.

— Que outros?

— Na sua família! As pessoas que estão tentando cuidar de você!

— E em ninguém mais?

— Pare de discutir comigo! Vá pro seu quarto e pense no que eu falei. Você não pode continuar agindo assim.

— Você é muito hipócrita!

Eu me levanto da mesa, a parte de trás dos meus joelhos arremessando minha cadeira no chão. Quando saio, Liev entra na cozinha e toma minha mãe nos braços.

A porta do meu quarto bate atrás de mim e eu me jogo no chão.

Parte Quatro

Na primeira metade de agosto, nós sempre viajamos de férias. Todos os anos, vamos para o mesmo hotel entediante, onde Liev fica à toa na beira da piscina com seu calção que parece mais uma calcinha, e minha mãe fica jogada ao seu lado, lendo ou dormindo, como se sua vida fazendo nada em casa de alguma forma a deixasse exausta. Fico ocupado com sessões de esportes aquáticos, que normalmente adoro — o simples fato de estar longe de Amarias, e na água o dia inteiro, já é o suficiente para fazer dessa época o destaque do meu ano —, mas, dessa vez, não consigo relaxar. É o mês mais quente e seco do verão. A plantação precisa de mim mais do que nunca, e eu não posso estar lá.

Depois que voltamos, minha mãe e Liev ficam de olho em mim como carcereiros de uma prisão de segurança máxima. Dessa vez trabalham em equipe, observando tudo o que faço, me fazendo prestar contas de cada minuto que passo fora de casa. Se tento ir a algum lugar sozinho, um deles me acompanha. A última tentativa deles de me endireitar — de me fazer crescer — parece ser me tratar como se eu tivesse 3 anos. Quando digo isso a eles, eles não entendem a piada.

Não tenho nenhuma oportunidade de visitar a plantação de oliveiras até a última sexta-feira do semestre. Quando saio correndo de Amarias, direto da escola, dentro da minha cabeça voam imagens do que posso encontrar quando chegar lá. Liev e eu não conversamos sobre isso, mas sei que ele pode ter contatado o Exército e lhes contado sobre o uso ilegal de uma rota de acesso restrito. A prova estava bem ali, nas árvores regadas e no chão livre de ervas daninhas. Em qualquer momento desde minha última visita, as escavadeiras poderiam ter sido enviadas para lá.

No cruzamento com a estrada que leva ao posto de controle, vejo minha raquete de tênis abandonada no chão. Tinha me esquecido completamente dela até ver seu formato familiar, coberto por uma película de poeira, intocada por um mês inteiro. Crio uma nota mental para pegá-la na volta.

A primeira coisa que faço depois de contornar o arame farpado é olhar para o chão, à procura de rastros de escavadeira. A terra está incólume. Subo a trilha correndo, meu coração batendo forte com esperança e pavor.

O bosque ainda está lá, sem danos além dos dois troncos feridos a bala.

As solas dos meus pés ainda estão muito doloridas para que eu possa tirar meus sapatos, mas é estranho entrar no bosque sem a sensação da terra em minha pele. Naquele local, deixar meu pé envolto em couro e borracha parece, de alguma forma, esquisito, como vestir um casaco pesado num dia quente.

O solo está seco e rachado, coberto de folhas secas. Em julho, quando ia regularmente ao bosque, quase nenhuma folha caía, mas agora as árvores estão perdendo muitas folhas. Não sei se isso é normal, ou se é algum tipo de reflexo da seca. Rego as árvores o melhor que posso, compartilhando cuidadosamente o líquido precioso, e junto as folhas num canto. Só então subo até o último canteiro.

Minha muda está morta.

Está de pé ali na terra rachada, nada mais do que um graveto com ramificações curtas com quatro folhas em sua base, uma pequena e risível catástrofe. Todo o meu esforço, minha animação e minha esperança produziram apenas isso. Será que qualquer fracasso poderia ser mais ridículo, mais insignificante do que o que vejo aqui?

Sei que não posso me permitir ficar triste ou arrependido. No que isso vai me transformar, parado nessa plantação de oliveiras semiconfiscada, vivendo entre milhares de pessoas que sofreram como a família de Leila sofreu, se eu ceder a um só momento de pesar por essa morte trivial? Verter uma lágrima por algo que não era mais do que um graveto seria um ultraje de autoindulgência. Não posso me permitir sentir nada.

Pego uma das pequenas folhas secas. Está dura e quebradiça e se parte quando eu a dobro no meio. Sem saber por que, dou um passo à frente e piso com meu calcanhar no talo, destruindo o broto, girando o tornozelo até as raízes brancas frágeis saírem da terra.

Sentindo um arrependimento dormente se estabelecer em minha barriga, desço até o canteiro mais baixo e examino as duas árvores feridas por tiros. Cada bala arrancou um naco tão grande quanto uma laranja. A madeira cheia de farpas dentro do tronco é pálida e afiada, um ferimento que parece recente, como se os disparos tivessem sido feitos há um minuto, e não há um mês. Há uma nudez estranha nessas árvores agora. As duas parecem estar sobrevivendo — acima, não parece haver sinais de que algum galho esteja morrendo —, mas é como se sua solidez tivesse sido minada. Elas agora parecem vulneráveis, mortais, de certa forma provisórias.

Eu me sento, encostado à minha árvore favorita, e espero. É a primeira sexta-feira de setembro. Se antes poderia ter dormido, hoje fico totalmente acordado, desconfortável e tenso. Algo mudou na atmosfera do bosque. O ar parece carregado de uma eletricidade perturbadora que nunca senti antes nesses campos, tão afastados do Muro. Parte da minha razão para vir até aqui tantas vezes durante o verão era justamente escapar desse rumor de tensão que agora sinto que se alastrou até essa extensão de terra e contaminou o ar.

Hoje o bosque não parece um refúgio, longe dos soldados, das armas, das torres de observação e dos postos de controle, e sim uma linha de frente de uma guerra secreta. Sentado aqui, exatamente onde eu me sentei, calmo e sereno, tantas vezes antes, imagino várias miras sobre meu corpo, me observando, apontando para mim. Liev estava certo. Esse local não era apenas uma plantação de oliveiras. Era um campo de batalha adormecido.

Eu me levanto, ando de um lado para o outro, arranco ervas daninhas da terra. Olho para a estrada, aguçando os ouvidos para tentar reconhecer som de passos, mas o sol começa a descer, o ar fica mais fresco e nada acontece. Ninguém aparece.

Depois de um tempo, lavo todos os vestígios de terra em minhas mãos na nascente fraca, uso um graveto para limpar debaixo das minhas unhas e volto a Amarias, diretamente para a casa de David. Meu plano era ligar para casa de lá e perguntar se poderia ficar mais um pouco, na esperança de que aquilo pudesse convencer Liev e minha mãe de que eu estava lá o tempo todo, mas, ao olhar para a porta da casa de David, vacilo. Não posso fazer isso. Não quero vê-lo. Não tenho nada para lhe dizer e não tenho forças para fingir o contrário.

Eu me viro e caminho até minha casa, meus pés se arrastando no concreto. Não direi nada a respeito de onde estive. Se quiserem me punir, podem me punir. Já não me importo mais.

Quando entro. Liev está me esperando. Está sentado em sua poltrona favorita com um livro com capa de couro no colo, mas, quando passo pela porta, seus olhos já estão sobre mim.

— Onde você estava? — pergunta ele.

Dou de ombros e ando na direção do meu quarto.

— Saí — murmuro.

— NÃO VIRE AS COSTAS PRA MIM! Onde você estava?

Eu paro, quase fora de seu campo de visão depois de passar pela porta.

— Na casa do David — falo, com um tom de voz que nem para mim parece convincente.

— Você está mentindo?

Dou de ombros.

— Espero que você realmente não esteja mentindo — diz ele, levantando uma das mãos com um dedo apontando para o teto e os outros dobrados para dentro.

Ele tem toda uma gama de gestos como esse, que acha que o fazem parecer meticuloso e inteligente.

Dou de ombros novamente.

— Então, se eu ligar pra mãe do David, ela vai me dizer que você saiu de lá há cinco minutos?

— Ligue pra quem você quiser, eu não me importo.

Quando começo a me afastar, minha mãe fala:

— Fique onde está, vou ligar pra ela.

Deitado em minha cama, olhando para o teto, posso ouvir a variação do som abafado de sua voz através da parede enquanto ela conversa com a mãe do David no telefone. Escuto o mais atentamente que posso, mas não consigo entender o que ela está dizendo. Elas parecem conversar por horas e horas, por muito mais tempo do que seria necessário para que ela descobrisse o que queria e, enquanto me esforço para desvendar os significados das variações de seu discurso, passa pela minha cabeça que esses foram os primeiros sons que ouvi, ainda no útero. Mesmo agora, é quase um som reconfortante, apesar de saber que minha mãe está conversando com alguém que está me expondo como mentiroso, revelando uma fraude para a qual Liev terá que inventar um novo nível de punição.

Momentos depois de ouvir que ela desligou o telefone, uma fenda se abre na porta do meu quarto e o rosto de minha mãe aparece num feixe de luz. Ela olha para mim, eu olho para ela também e, por um longo tempo, nenhum de nós se move ou fala. O som de Liev tossindo quebra o silêncio. Ela junta os lábios de forma pesarosa e balança a cabeça levemente.

Sinto meus olhos arderem com lágrimas, que tento esconder. Minha mãe entra no quarto, se senta ao meu lado na cama e beija minha testa.

— Está com fome? — pergunta ela.

Faço que sim.

Ela me beija novamente e sai. Escuto outra conversa abafada, dessa vez entre ela e Liev, então ela reaparece com um sanduíche numa bandeja e um copo grande de suco de laranja com gelo. Bebo o suco em um único gole, com minha mãe me observando enquanto engulo até a última gota.

Fico esperando Liev aparecer. Quanto mais tempo ele demora, mais tenho certeza de que a espera é um elemento adicional da sua punição. Está me torturando, me deixando na expectativa do que vai fazer, nós dois sabendo que terá de ser algo mais severo do que qualquer coisa que ele já tenha feito comigo antes. Quase vou confrontá-lo, para exigir que ele comece.

O som que escuto em seguida é minha mãe avisando que o jantar está pronto. Nós estamos à mesa, comendo, e Liev ainda não disse nada sobre minha ausência. O mais estranho é que ele nem parece irritado. Sei que às vezes ele faz uma encenação de pseudobonzinho antes de mudar para o modo punição — um teatrinho que acha que dá um efeito dramático —, mas ele não é um bom ator. Isso é outra coisa.

Tento olhar nos olhos da minha mãe, mas ela evita meu olhar até um breve momento, quando se levanta para tirar a sopa da mesa, e nós nos olhamos. Um brilho passa por suas feições, acompanhado da menor fração de um sorriso.

Ela mentiu. Ela me acobertou. Quero pular da minha cadeira e abraçá-la.

— Você tem certeza de que não quer o resto da sopa? — pergunta ela.

Olho para minha tigela, para a sopa em que mal toquei, e percebo que estou faminto.

— Acho que vou terminar minha sopa — falo, atacando a tigela com minha colher pesada. — Está deliciosa — digo, olhando no fundo dos olhos dela. — Obrigado.

— Fico feliz que tenha gostado — diz ela, acariciando minha bochecha com um breve toque delicado com as costas do dedo indicador.

Liev se recosta em sua cadeira, esticando as pernas, e diz que quer mais sopa. Minha mãe leva sua tigela e entra na cozinha.

Durante uma semana, não consigo parar de pensar em Leila e seu pai. Será que Liev realmente tinha deixado os dois com medo?

Depois de todas as lutas que travara durante tantos anos, será que o pai de Leila poderia ter desistido de sua plantação de oliveiras apenas por causa de algo que Liev tinha dito a ele? Ou será que alguma outra coisa tinha acontecido para mantê-los afastados?

Em uma manhã fresca e clara que deveria ser como qualquer outra manhã de setembro, antes mesmo de estar completamente acordado, recebo a resposta da forma mais surpreendente e horrível.

Nunca antes um dia havia começado assim. Em um momento, estou dormindo, no minuto seguinte, minha cabeça está agitada, batendo no travesseiro. Algo me segurou pelos dois braços, como uma pinça em volta de cada bíceps, e essa coisa, ou pessoa, está me sacudindo violentamente. As cortinas foram abertas e uma luz ofuscante me cega momentaneamente, revelando apenas uma silhueta não muito clara. Meu cérebro e meus olhos levam um momento para compreender o que está acontecendo, mas, quando se ajustam, vejo sobre mim — obviamente — o rosto irado e barbado do meu padrasto.

— Acorda! Acorda! — grita ele. — Seu traidor! Mentiroso! Acorda!

— Eu... Eu estou acordado! — balbucio. — O que aconteceu?

— ISSO! — grita ele.

Vagando junto à porta, com os braços cruzados em volta do corpo, nervosa, está minha mãe. Ela entrega a Liev um pedaço de papel que ele praticamente esfrega em meu rosto.

— O que é isso? — pergunto.

— O QUE É ISSO? VOCÊ ESTÁ TENTANDO ME DIZER QUE NÃO SABE O QUE É ISSO?

Um feixe de luz ilumina brevemente a saliva borrifada de sua boca.

— O que é isso? — repito.

— Deixa o menino ver — diz minha mãe.

— UMA CARTA. É ISSO O QUE É! — grita Liev.

— Que carta?

— ESTÁ ME DIZENDO QUE NÃO SABE QUE CARTA É ESSA?

— Mostre a carta pra ele.

— Uma carta pra quem? — pergunto.

Liev olha fixamente para mim, respirando como um cavalo furioso, as narinas se expandindo. Sua boca está torcida e, por um instante, acho que vai cuspir em meu rosto. Ele joga a carta na minha mão.

Ainda estou só de cueca; os dois estão totalmente vestidos. Sinto-me nu e indefeso, mas está claro que eles não estão dispostos a adiar a discussão sobre essa carta enquanto pego uma roupa para vestir. Minha boca está ressecada, tendo perdido toda sua umidade com o choque desse despertar aterrorizante, minha língua tão seca que parece grudar no céu da boca. Olho na direção da minha mãe, mas seu rosto está fechado e irritado. Não ouso pedir uma bebida. Sentando na cama e puxando o lençol para me cobrir, apoio a carta no joelho e começo a ler.

O papel é fino e encerado, coberto por linhas retas feitas à mão com caneta vermelha. As palavras estão escritas em tinta azul, com letras pequenas, porém redondas. Cada letra se posiciona meticulosamente sobre a linha; nada está rasurado ou corrigido. Nunca vi nada escrito à mão com tanto capricho, então percebo imediatamente de quem é.

Caro Joshua,

Muito obrigada por tudo que fez em nossa plantação de oliveiras. Você é uma boa pessoa, e seu trabalho deixou meu pai muito feliz, ou talvez eu devesse falar que o deixou menos triste.

Você sabe o que aconteceu com ele no dia em que ajudou você a voltar para o túnel. Ele perdeu muito sangue e melhorou, mas não completamente, e sua pressão sanguínea anda muito alta. Há poucos remédios aqui, mas os médicos lhe disseram que ele deveria tomar aspirina todos os dias para manter a pressão baixa.

Depois da última visita, sua pressão sanguínea está pior e, desde que a repressão começou, as lojas daqui estão quase vazias. Não há mais aspirina na cidade, mas os soldados não nos deixam sair. Ele está ficando cada dia pior e agora a situação dele está muito séria.

Odeio ter que lhe pedir, mas estou preocupada com a possibilidade de meu pai morrer, e você é a única pessoa que pode ajudar. Por favor, por favor, por favor, compre um pouco de aspirina e traga para nós.

Espero que compreenda. Sinto muito. Essa carta é um segredo.

Com amor,
Leila
Bjsbjsbjs!

Conto seus beijos, então leio tudo aquilo novamente, o papel tremendo em minhas mãos. Depois de duas leituras, ainda olho fixamente para a carta, incapaz de falar. O conteúdo da carta já é ruim o bastante, mas o fato de ela chegar às mãos de Liev significa algo completamente diferente, algo que ainda não consigo compreender.

— E ENTÃO? — pergunta Liev.

Faço força para tirar meus olhos da página, amolecida entre meus dedos cobertos de suor.

— Então o quê? — pergunto.

Não faço ideia do que dizer, ou de como me defender.

— Hoje não é o dia pra bancar o espertinho — fala Liev, as veias em sua têmpora saltando como um raio cheio de ramificações. — Se não me explicar essa carta *nesse* minuto, se vier com qualquer palhaçada, estou te avisando, você *vai* se arrepender.

Eu me encolho diante do brilho de seus olhos selvagens. Ele é maior do que eu, e mais forte do que eu, e está furioso o bastante para fazer praticamente qualquer coisa. A única forma de me salvar seria fugir, mas ele me encurralou. Não há como escapar deste quarto até eu prestar contas sobre a carta e sofrer as consequências. Nenhuma mentira ou desculpa pode me salvar. Estou contra a parede. Tudo o que posso fazer agora é contar a verdade.

Minha língua parece mole e pesada quando sussurro minha confissão:

— Cruzei um túnel. Conheci uma menina. Ela me ajudou a voltar.

É apenas uma corrente curta de palavras. Poucos segundos em meus lábios. Mas sei que, ao deixá-las sair, acendi um pavio.

— O quê? Você cruzou um túnel? Até o outro lado do muro? VOCÊ PASSOU POR UM TÚNEL?

Balanço a cabeça.

— Do que você está falando?

— Encontrei um túnel.

— Você acha que isso é engraçado? Acha que estou brincando?

— Estou te contando o que aconteceu.

— O que há de errado com você? Por que nunca consegue falar a verdade?

— Não estou mentindo.

— *Não tem nenhum túnel!*

— Ah, tá. Não tem nenhum túnel — falo, dando de ombros, minha voz sem expressão.

Ele se vira para minha mãe. Um silêncio pesado enche o quarto enquanto eles se olham em algum tipo de conferência silenciosa.

Liev se vira novamente para ficar de frente para mim.

— Onde? — pergunta ele. — Onde fica?

Dou de ombros, sentindo um nó de pavor se apertar em meu estômago.

— ONDE FICA O TÚNEL?

Levanto o lençol até meu queixo enquanto balanço a cabeça. Com uma força repentina e brutal, ele arranca a roupa de cama de cima de mim, me segura, me levanta no ar e me joga na parede. A parte de trás da minha cabeça vai de encontro ao gesso. Ele me prende contra a parede, minhas pernas balançando, uma das mãos pressionando meu peito, a outra em volta da minha garganta.

— ESTOU PERDENDO A PACIÊNCIA AGORA E NÃO VOU PERGUNTAR DE NOVO. ONDE FICA ESSE TÚNEL?

Tento balançar a cabeça, mas ele está me segurando com muita força e não consigo me mover. O polegar dele está apertando minha traqueia, me sufocando.

— Você está brincando com o cara errado — diz ele —, e não estou com muita paciência.

A voz da minha mãe se ergue de um canto do quarto:

— Ponha ele no chão. Ele não consegue respirar.

— É claro que vou pôr ele no chão, assim que ele me contar onde fica o túnel.

— Ele não consegue falar. Solta o pescoço dele.

Liev diminui a intensidade do aperto, me abaixando até meus pés encostarem no colchão e eu conseguir suportar meu próprio peso. Seus dedos sobem rapidamente para apertar meu queixo, pressionando-o com tanta força que posso sentir meus dentes cortando o interior das minhas bochechas.

— VOCÊ SABE O QUE SÃO AQUELES TÚNEIS? SABE PRA QUE SERVEM? TERRORISTAS! PESSOAS QUE QUEREM NOS MATAR! VOCÊ E EU E SUA MÃE E QUALQUER PESSOA COMO NÓS! ELES QUEREM NOS LIMPAR DA FACE DA TERRA E FARÃO *QUALQUER COISA* PRA NOS MATAR! ELES NÃO TÊM MORAL! NÃO PARAM POR NADA! E VOCÊ ACHA QUE PODE ESCONDER UM TÚNEL DE MIM? VOCÊ ESTÁ LOUCO? ACHA QUE SOU IDIOTA? — Ele me puxa para perto dele e sacode meu corpo, fazendo minha cabeça bater na parede. — ONDE FICA O TÚNEL?

Posso sentir o sabor salgado do sangue se acumulando em minha boca. Puxo uma poça sobre minha língua e cuspo no rosto dele. Pontos vermelhos se espalham sobre suas bochechas e sua testa. Ele pisca para limpar a visão e aperta meu queixo com mais força.

Ele me puxa para perto dele e bate minha cabeça mais uma vez na parede:

— ONDE FICA O TÚNEL?

Então, novamente, com mais força, meu crânio ressoando no gesso com um baque oco:

— ONDE FICA O TÚNEL?

A colisão seguinte derruba uma foto que estava presa na parede por um gancho: Rafael Nadal segurando o troféu do US Open e exibindo um sorriso livre de preocupações para uma plateia que o admira. Fui eu quem a cortei de uma revista e comprei a moldura com meu próprio dinheiro. Ela escorrega na vertical, se espatifando perto do pé da minha cama.

Estou tonto agora, com borrões brancos dançando na margem do meu campo de visão, e mal posso ver além do rosto manchado de sangue de Liev. Consigo ouvir minha mãe dizer algo — palavras gaguejadas que soam como uma súplica, ficando cada vez mais fortes —, mas o mundo parece ter se encolhido até não existir nada além de mim, Liev e a parede, e o ritmo com que ele está batendo minha cabeça nela, um baque depois do outro, e mais outro, até eu perceber que minha mãe está entre nós dois agora, gritando, nos separando, uma de suas mãos apertando o rosto de Liev, suas unhas afundando na pele debaixo de seus olhos, então estou deitado novamente na cama, encolhido no colchão, sentindo vagamente cacos de vidro arranharem minhas pernas, e minha mãe está gritando mais alto do que já a ouvi gritar, empurrando Liev para fora do quarto e batendo a porta.

Talvez eu tenha adormecido. Quem sabe por apenas um segundo, ou por vários minutos, pois o que vem em seguida é uma sensação de estar acordando, ainda estou na cama e minha mãe acaricia meu cabelo, dizendo que me ama e que não vai deixar ninguém me machucar.

Minha cabeça está latejando como se ainda estivesse sendo ritmicamente atingida por algo duro e plano. Não me movo e não quero que ela se mova. Só fico deitado ali, me sentindo fraco, vazio e confuso, deixando minha mãe me fazer carinho. É bom tê-la por perto, me confortando como a uma criança, como se eu ainda fosse aquele menininho que precisava apenas da presença da mãe para que o mundo parecesse seguro.

Não consigo me lembrar de nenhuma vez em que ela tenha se intrometido para me proteger de Liev. Hoje ela interveio, mas tarde demais. Ele finalmente fez o que sempre quis fazer comigo.

Talvez eu tenha adormecido novamente, não tenho certeza, mas me sinto um pouco menos estranho, um pouco menos tonto, quando abro os olhos. Minha cabeça está apoiada em um travesseiro, e minha mãe está empoleirada na beira do colchão, sentada da forma que normalmente se senta, encolhida, com os cotovelos encostados nos dois lados do corpo e os joelhos e tornozelos em linha reta. O lençol parece macio novamente, sem o vidro quebrado. Um copo de água está ali para mim. Eu me apoio nos cotovelos, me levanto e viro todo o líquido de uma vez.

Ela pega o copo vazio e beija minha testa.

— Você está bem? — sussurra ela.

Eu balanço a cabeça e, com seu dedo mindinho, ela tira uma mecha de cabelo dos meus olhos, repetindo o movimento diversas vezes, embora apenas o primeiro seja necessário para tirar o cabelo. Há anos e não mostrava ternura dessa forma, desde que nos mudamos para Amarias, desde que conheceu Liev e pareceu endurecer por dentro. Aquela mão delicada no meu rosto, acariciando minha pele, lembra um banho quente, uma fatia de torta, o sono mais profundo.

A presença de Liev sempre preenche a casa, mesmo quando ele não está. Sozinho com minha mãe, neste momento, sinto a rara sensação de que ele está se afastando para muito longe. Ela afundou suas unhas na pele do rosto dele e o empurrou para fora do quarto. Pela primeira vez na vida, ela o enfrentou e me protegeu.

Estico o braço para segurar sua mão, sem querer falar ou fazer qualquer coisa que estrague o momento, mas esperando fazê-la perceber que estou agradecido e que a amo. Ela entrelaça seus dedos nos meus, envolvendo a palma da minha mão, e a aperta.

Um pensamento intenso parece estar em seus lábios, lutando para se transformar em palavras. Eu me pergunto se, esta manhã, ao ver o que Liev fez comigo, ela finalmente percebeu quem ele é de verdade. Eu me pergunto se ela finalmente compreende que as mãos dele estão na verdade em volta das nossas gargantas o tempo todo; que sua amada Amarias é uma mentira brutal e sufocante; que temos de fugir. Poderíamos arrumar as malas e sair dali naquele dia mesmo. Eu ficaria feliz em perder tudo que possuíamos se ela concordasse em se levantar junto comigo e partir. Levaria apenas um momento para tomar essa decisão. Nós nem precisaríamos contar nada a ele. Poderíamos entrar em um ônibus como se fôssemos viajar para fazer compras, sem nada além de uma escova de dentes, e simplesmente nunca mais voltar. Poderíamos nos esconder e, ainda que ele seguisse nosso rastro, não poderia nos forçar a voltar, não se o enfrentássemos juntos.

— Joshua?

— Sim — falo, pensando, *sim, apenas diga, diga que podemos ir, diga que podemos fugir.*

Aperto a mão dela o mais forte que consigo, pedindo para que ela continue. Ela retribui o aperto.

— Preciso saber. Onde fica o túnel?

Levanto os olhos, examinando cuidadosamente seu rosto. Seus olhos estão cheios de compaixão e amor, mas é como se ela tivesse puxado a mão e me dado uma bofetada. Liev me estrangulou na frente dela. Ela viu o quanto ele gostou de me machucar, o quão longe estava disposto a ir, mas sua lealdade não mudou. Não posso sequer confiar em suas carícias e em seus beijos. Ela quer informação, exatamente como ele. Liev usou sua técnica de interrogatório, ela agora está tentando a dela.

Neste instante, percebo que ela nunca vai abandoná-lo, independentemente do que ele fizer comigo. Nunca sairemos de Amarias.

— Onde fica o túnel? — repete ela. — Você tem que me contar.

Rolo na cama para ficar de lado, virado para a parede, puxando meus joelhos até o peito.

— Você tem que contar a alguém... Não acha que vai ser mais fácil se contar pra mim?

— Isso é uma ameaça? O que você vai fazer comigo?

— Temos que contar às forças armadas. Não temos escolha.

— Sim, vocês têm.

— Só me diga onde fica. Se disser, posso proteger você.

— De quê? De quem?

— Me conte, Joshua.

— Não posso.

— Por que não?

— Porque não é meu, e tudo o que faço só destrói coisas e torna tudo pior pras pessoas que não merecem isso. E não vou aguentar se acabar prejudicando alguém de novo.

— Você não pode passar por aquele túnel. Nunca mais. Tem que esquecer essa carta, tirar isso da cabeça. Essas pessoas estão tentando manipular você. Eles são muito espertos e farão qualquer coisa pra conseguir o que querem. Não importa o que tenham feito você pensar, não importa o que tenham feito pra levar você pro lado deles, você é apenas uma ferramenta pra eles, e eles vão te destruir assim que terminarem de te usar. Isso não vai acontecer. Você nunca mais verá nenhum deles. Entendeu?

Olho fixamente para ela, sem mover minha cabeça para concordar nem discordar, tentando congelar os músculos do meu rosto numa parede de segredos.

— Você sabe qual é o meu trabalho? — pergunta ela. — Mais importante que qualquer coisa que eu já tenha feito.

— Qual?

— É manter você em segurança. Você é meu filho único e, se alguma coisa acontecer com você, minha vida não vai ter mais sentido.

— Se você quer me manter em segurança, me mantenha longe do Liev.

— Ele se sente da mesma forma que eu. Ele só quer que todos fiquemos em segurança. É por isso que está tão furioso por causa do túnel. Nada é mais importante pra ele do que a segurança dessa comunidade.

— Você se esqueceu do que ele fez comigo? Você estava bem aqui! Você viu tudo!

Ela pisca lentamente, como se suas pálpebras pudessem eliminar distrações irrelevantes.

— Ao que tudo indica, você fez algumas coisas estúpidas e perigosas, e não posso deixar isso continuar. Simplesmente não posso.

— É a minha vida — falo. — Você só pode decidir o que eu faço por algum tempo. No fim das contas, a decisão é minha.

— Talvez. Mas, enquanto estiver na minha casa, você é minha responsabilidade.

— Eu sou responsável por mim mesmo.

— Uma bomba poderia passar por aquele túnel hoje! Hoje! — diz ela, sua voz ficando mais aguda e esganiçada. — Cada hora que aquele túnel passa existindo é uma hora que estamos em perigo mortal! Você não pode ser tão teimoso! Não pode! Liev está ficando louco! Está agindo como se quisesse matar você! Você tem que ser sensato!

— Se eu te contar, você vai mandar o Exército lá.

— Não sei o que vai acontecer, mas temos que contar às autoridades. Por nós mesmos e pelos nossos vizinhos. Por todo o nosso povo. Temos que proteger o nosso povo.

— E quem é o nosso povo?

— Todos nós que vivemos aqui!

— Todos nós?

— Sim!

— Dos dois lados do Muro?

— Quando você vai dar um fim a essa loucura? Você sabe perfeitamente bem quem é o nosso povo. Somos você e eu e pessoas como nós. Nossos amigos.

— Mas tenho amigos no outro lado do Muro também. E há pessoas nesse lado do Muro que eu odeio. Tem uma pessoa morando nessa casa que eu odeio. Então quem é o meu povo? Me diga.

— Quando vai parar com isso?

— Só tem uma pessoa que quer me matar, e ela é casada com você. Você mesma disse isso.

— O que aconteceu com você? Como pode ser tão cruel e desagregador? Quando se tornou essa pessoa? Eu... Eu... Eu sinto que perdi você. Você é meu único filho e eu... Eu te perdi. Quem *é* você?

Os soluços dela começam lentamente, mas ganham força, até parecer que ela não vai conseguir parar. Eu lhe passo um lenço de papel atrás do outro, aterrorizado e envergonhado, enquanto uma série de espasmos e convulsões fazem seu corpo se sacudir. Nem mesmo a morte do meu pai fez isso com ela. Ou, se fez, ela nunca me deixou ver.

Quando para de chorar, meus pés estão quase cobertos por uma pilha encharcada de papel amassado. Ela assoa o nariz e olha para mim com olhos vermelhos, que se encolheram atrás de pálpebras inchadas.

— Não vou deixar nada de ruim acontecer com você — diz ela, a voz fanhosa e úmida. — Prometo.

— É um pouco tarde pra você me dizer isso, não é?

— Não posso fazer nada se você mente pra mim o tempo todo... você mora na minha casa mas sai escondido, enganando a gente e se escondendo de nós. É minha obrigação cuidar de você, mas só posso te proteger se for honesto comigo.

Dou de ombros.

— E tenho que saber que você está do nosso lado.

— Do lado que quem? Quem somos nós, por falar nisso?

— Só me diga onde fica o túnel. Você só tem que contar pra mim. Pode ser nosso segredo.

Ela me puxa delicadamente em sua direção e aproxima seu rosto do meu.

— Diga só uma vez no meu ouvido.

Nunca achei que lágrimas tinham cheiro, mas posso sentir o cheiro delas em minha mãe, penetrando dentro de mim em ondas espessas e doces.

— Nosso segredo? — falo.

Estamos tão próximos que nossos narizes quase se encostam. Ela balança a cabeça, sem desviar seu olhar do meu, tentando me convencer a ser suficientemente burro para confiar nela.

Uma pergunta surge na ponta da minha língua. Quero lhe perguntar se ela está morta. *Vocês dois estão mortos — você e meu pai?* Essas oito palavras ficam presas em meus lábios, prontas para explodir, um insulto por seu insulto, uma bofetada por sua bofetada.

Encosto minha boca em seu ouvido. Uma mecha de cabelo molhado de lágrimas roça em minha bochecha. Ela fica completamente imóvel, seu corpo rígido de expectativa.

— Tenho que te perguntar uma coisa — falo.

— O quê?

É como se eu nem mesmo escolhesse a pergunta. A pergunta me escolhe, saindo da minha boca antes que soubesse o que vou dizer:

— Alguma coisa aconteceu com você quando eu nasci? Alguma coisa ruim?

— Como assim?

— Quando cortaram você? Você ficou machucada?

Uma hesitação quase imperceptível toma conta do seu rosto, então a pele ao redor de sua boca endurece num sorriso forçado.

— Claro que não. Foi uma operação simples. Eles fazem isso o tempo todo.

— Mas alguma coisa deu errado?

— Por que está me perguntando isso?

— Preciso saber.

— Você não deve se preocupar. Por que você...?

— Liev disse que eu estraguei você.

— Ele não quis dizer isso dessa forma. Você se confundiu.

— Eu sei o que ele disse e sei o que quis dizer.

Ela coloca a mão sobre meu peito, acima do meu coração.

— Você é o único filho que eu poderia querer — diz ela. — O único.

Outra mentira. Seus olhos se enchem de lágrimas, então se esvaziam novamente, como se sua vontade tivesse o poder de sugar o líquido de volta.

— Está bem? — pergunta ela.

Dou de ombros.

— Você acredita em mim.

Ela fala aquilo mais como uma declaração do que como uma pergunta, então não respondo.

— Agora é a minha vez — diz ela. — Onde fica o túnel?

Mal tenho saliva suficiente na boca para formar as palavras que sussurro:

— No terreno em construção com os tapumes azuis. Na esquina da padaria.

Ela assente com a cabeça e me dá um beijo rápido nos lábios. Por um instante, respiramos a respiração um do outro, como se não houvesse distância entre nós.

— Eu te amo — diz ela. — Ninguém vai te machucar.

Ela sai da cama e começa a recolher o monte de lenços de papel a seus pés, mas se levanta com apenas dois ou três em suas mãos, ao lembrar que há coisas mais importantes a fazer, e anda até a porta.

— Você não precisa ir à escola hoje — diz ela, virada parcialmente para a porta do quarto. — Depois do que aconteceu, posso falar que você está doente.

— Não — digo —, estou bem. Quero ir.

— Tem certeza?

— Liev ainda está aqui?

— Sim.

— Vou pra escola — digo. — Prefiro ficar na escola.

Ela solta um suspiro decepcionado e sai do quarto.

Agora preciso agir rápido. Empurro o lençol para longe e salto da cama. O quarto balança e se inclina, minhas pernas fracas não conseguem suportar meu peso e me fazem cair no chão em câmera lenta até eu ficar de joelhos.

Respiro algumas vezes e me levanto, usando a cabeceira da cama como apoio, mas parte do meu cérebro parece pensar que ainda estou descendo, com se eu estivesse ouvindo uma voz conflitante me dizendo que estou na vertical, mas flutuando. Sei que tenho de voltar para a cama, me dar algumas horas para que os estampidos e as pulsações em minha cabeça diminuam, mas há muito a fazer e não há tempo a perder.

Visto-me o mais rápido que consigo e pego meu cofrinho no parapeito da janela. Ele tem o formato do Empire State Building, foi mandado para mim pelo meu tio como presente de aniversário há alguns anos, e deveria parecer ser feito de bronze, mas a superfície descascou nos cantos e o plástico branco que fica por baixo está aparecendo.

Tiro a rolha, retiro algumas notas que estão presas na abertura e as moedas começam a cair como uma cascata em cima da minha escrivaninha. Enfio tudo o que cai nos bolsos — todo o dinheiro que tenho — e saio o mais rápido possível pela porta da frente, ignorando o café da manhã, sem querer ficar nem um minuto a mais sob o mesmo teto que Liev. Sinto, pelo clima da casa, que ele já foi embora, mas não vale a pena checar, então tento sair sem ser visto.

Já dei vários passos no jardim quando minha mãe vem atrás de mim, segurando minha mochila.

— Sua mochila — diz ela.

— Ah, sim. Claro — respondo, pegando a mochila, fingindo que vou para a escola.

Ela me beija e se vira na direção de casa.

— Tchau, mãe — digo, me arrependendo imediatamente de não tê-la beijado também, pensando, enquanto me afasto, se algum dia a verei novamente.

Um ar quente e seco, soprado diretamente do deserto, faz cócegas em minha garganta. Um vento vindo do sul normalmente cobre o carro com uma camada fina de areia, mas o espaço em frente à nossa casa onde o carro costuma ficar está vazio. Liev saiu.

Eu paro e respiro. Cada dose de oxigênio fresco, que vem de longe e penetra em mim, tranquiliza minha mente e me dá mais equilíbrio. Toda baforada que eu exalar no fim do dia será em outro país.

Não há tempo para descansar minhas pernas fracas ou me preocupar com tontura prolongada. Saio correndo, mas paro depois de alguns passos e mudo o ritmo para uma caminhada acelerada. Tenho que me mover rapidamente, porém com calma. É importante não chamar atenção.

O carro de segurança branco passa por mim. Evito que o motorista olhe em meus olhos. Eles não podem estar me observando até agora. O carro passa e some do meu campo de visão. Ainda é muito cedo para ficar desconfiado, mas a simples ideia de estar sendo seguido torna difícil caminhar naturalmente, saber para onde olhar, o que fazer com meus braços, quão rápido me mover.

Sigo na direção da farmácia mais próxima, parando duas vezes para amarrar os cadarços do meu sapato, aproveitando o movimento de me abaixar para olhar em todas as direções. Até onde posso ver, estou sozinho.

Uma campainha sobre a porta da farmácia soa quando entro, me fazendo dar um pulo de susto. O homem no caixa levanta os olhos de sua papelada, franzindo a testa. Sorrio, mas ele volta ao trabalho sem me dar atenção. A loja tem cheiro de bala e de piscina.

Encontro a prateleira com analgésicos, uma variedade desconcertante de marcas em embalagens quase idênticas mostrando silhuetas de partes do corpo pontilhadas com círculos laranja e vermelhos, com anéis de dor desenhados lembrando alvos. As imagens me fazem lembrar que eu ainda estou com dor de cabeça, mas os remédios não são para mim.

Confuso com a quantidade de opções, penso em comprar uma seleção deles, então lembro que Leila pediu especificamente aspirina. Há seis embalagens. Eu as pego e carrego a pilha de forma desajeitada até o caixa.

O atendente continua escrevendo durante alguns segundos depois que deixo os comprimidos caírem em cima do balcão, então levanta a cabeça e olha para mim com uma expressão cética por cima dos óculos sem armação. Sua cabeça careca está brilhando sob a luz fluorescente.

— Isso tudo é pra você? — pergunta ele.

Eu faço que sim.

A testa dele continua franzida. Ele não faz menção de pegar as aspirinas para passá-las no leitor de código de barras. Ouço minha voz tagarelar:

— É pra um projeto da escola. Química. Fui escolhido pra comprar as aspirinas pro experimento.

— A escola não compra o próprio material?

— Ela... Não sei... A professora simplesmente pediu pra mim.

— Não posso vender isso pra você.

— Não estou mentindo.

— Não falei que estava mentindo — diz ele em um tom imponente que dá a entender que acabou de provar que estou mentindo. — É a lei.

— Tenho idade suficiente pra comprar isso!

— Não tem nada a ver com a sua idade. Só uma embalagem de aspirina pode ser vendida por vez. Pra qualquer um. São as regras. As pessoas fazem coisas estúpidas.

Não sei se devo ou não acreditar nele, mas não parece fazer muito sentido tentar discutir sobre o assunto. Empurro cinco embalagens para o lado e pago a que sobrou. Ele pega meu dinheiro com dedos hesitantes e me entrega a caixa de comprimidos, aparentemente desapontado por perceber que o prazer de me frustrar está chegando ao fim.

Saio pela porta de vidro, fazendo a campainha balançar com o máximo de força possível. De volta ao ar fresco, caminho apressadamente até sair do campo de visão da farmácia antes de parar para bolar um plano. Há outra farmácia, três mercados, um posto de gasolina e duas bancas de jornal. Todos esses estabelecimentos provavelmente vendem aspirina. Com uma embalagem de cada lugar, terei oito. Com uma história melhor, posso conseguir até comprar duas em cada loja, o que me levaria a um total aceitável de comprimidos.

Estabeleço uma rota em meu mapa mental de Amarias e parto, chegando logo a uma das bancas de jornal. Compro uma barra de chocolate e, enquanto estou pagando, digo, casualmente, como se fosse algo que tivesse passado pela minha cabeça naquele momento:

— Ah, minha mãe me pediu pra comprar duas embalagens de aspirina.

O sujeito estica o braço atrás de si e as entrega sem nenhum sinal de hesitação, mal olhando para mim, ou para os comprimidos, ou para o dinheiro.

A mulher no caixa do primeiro mercado diz que não tem permissão para vender duas embalagens, mas, quando lhe digo que minha mãe está gripada e deixei de ir à escola para cuidar dela, porque meu pai morreu, ela fica com pena de mim e muda de ideia.

Já estou com 11 embalagens e ainda tenho mais dois estabelecimentos para visitar, quando minha rota me leva na direção do terreno em construção com os tapumes azuis, na esquina da padaria.

Já sei o que vou ver. Sei o que minha mãe terá feito. "Pode ser nosso segredo. Diga só uma vez no meu ouvido", pediu ela, me acariciando, me beijando, mentindo na minha cara.

Os soldados estão exatamente onde eu esperava encontrá-los, dois recrutas com aparência entediada apenas alguns anos mais velhos do que eu, as armas penduradas casualmente em seus ombros. Estão vigiando a entrada do terreno, que parece ter sido derrubada por uma escavadeira ou um tanque. Quando eu me aproximo, consigo distinguir uma série de marcas na madeira achatada.

Eles agiram rápido. Chego mais perto dos soldados, me perguntando quão rapidamente vasculharam o lugar e se eles já perceberam que eu os havia direcionado ao terreno em construção errado.

Quando olho lá para dentro, fico surpreso ao ver apenas três homens perambulando de forma desinteressada pelo terreno. Talvez não tenham realmente acreditado nos avisos de Liev. Talvez recebam alertas como esse o tempo todo.

Eu me viro para os soldados que estão vigiando e lhes pergunto o que está acontecendo.

— Operação antiterrorismo — murmura um deles.

— Encontraram alguma coisa?

— Aqui não. Acho que encontraram alguma coisa mais adiante na rua. Um túnel.

Suas palavras me atingem com a força de um soco no estômago. Como pude ser tão burro? Por que tinha direcionado minha mãe para o terreno em construção errado quando só havia dois na cidade? Se não encontrassem nada em um deles, é claro que vasculhariam o outro. Poderia ter lhes mandado para bem longe de Amarias. Poderia ter escolhido qualquer lugar.

Eu me viro e corro, disparando na direção do túnel, e, no fim do quarteirão, já posso ouvir o barulho. Caminhões do Exército fecharam a rua nas duas extremidades, e ouço o som de uma escavadeira derrubando alguma coisa. Dois jipes levando soldados de cabelos grisalhos e aparência importante aparecem exatamente quando chego, e fico observando da extremidade interditada da rua enquanto descem apressados do veículo e passam pelo portão derrubado para entrar no terreno. Os soldados aqui parecem tensos e concentrados; suas armas estão apontadas para o chão, mas eles as seguram com as duas mãos.

Abro caminho entre a concentração de espectadores e tento chamar atenção do soldado encarregado do bloqueio da rua, mas ele não fala comigo. Grito o mais alto que posso, mas ele alterna entre ignorar toda a multidão e insistir que continuemos andando, se comportando como se lidar com civis fosse uma tarefa servil vergonhosa que ele não quer ser visto desempenhando.

Enquanto observo, sinto toda a esperança escapar de dentro de mim. Minha única forma de ajudar Leila e seu pai está acabada.

Tenho as aspirinas, mas estou preso deste lado do Muro. O túnel foi encontrado e será vigiado, então vedado. Nunca passarei pelo posto de controle sozinho e não há outra forma de atravessar o Muro. Enviar a aspirina poderia ter sido possível, mas Leila não tinha escrito um endereço de remetente na carta, provavelmente por medo de ela ser interceptada. Mesmo se eu soubesse para onde enviar os comprimidos, seria improvável que o pacote fosse entregue intacto, sem ser revistado.

Mais um caminhão cheio de soldados chega, acompanhado por outro caminhão carregado com engradados de metal verdes, grandes como caixões. Os soldados descarregam os engradados rapidamente e os levam, passando por cima do portão derrubado, indo na direção do túnel. Olho para o turbilhão eficiente de atividades, me perguntando sem parar o que deveria fazer agora. Será que poderia realmente apenas desistir? Será que poderia ir para casa e continuar com a minha vida, fingindo que nunca conheci Leila e sua família, fingindo que meu padrasto nunca esteve a ponto de me estrangular, fingindo que havia sobrado ao menos um fio de confiança entre mim e minha mãe?

Os soldados se afastam quando um helicóptero se aproxima e paira sobre suas cabeças, levantando ondas de poeira. Eu me viro, me protegendo dos grãos voadores, e saio andando. Não tenho um plano. Não sei aonde estou indo. Só estou saindo.

Continuo caminhando, minha mente completamente vazia de pensamentos, até que percebo que saí da cidade e estou indo na direção da estrada proibida que leva à plantação de oliveiras. Minha raquete de tênis ainda está toda empoeirada no cruzamento, agora quase perfeitamente camuflada.

Enquanto sigo correndo por essa faixa de asfalto familiar, saindo de Amarias, na direção das montanhas, minha mente começa a clarear.

Examino o chão no começo da trilha. Ainda não há marcas de escavadeiras, mas por quanto tempo isso continuará assim? Liev já estava desconfiado do bosque de oliveiras, das minhas visitas a esse lugar e minha relação com o dono da terra. Ele provavelmente me usou como isca para denunciar uma ligação entre esse lugar e o túnel.

Corro pela trilha, tiro meus sapatos e me jogo no chão, deitando de barriga para cima e com as pernas e os braços esticados. Acima de mim, azeitonas verdes minúsculas, não muito maiores que amendoins, estão penduradas nos galhos. Eu me levanto, estico o braço e pego uma. Ela é seca, dura, levemente borrachuda, nada parecida com as esferas roliças e suculentas que você compra no mercado. Eu a trago aos meus lábios e dou uma mordida. Raios amargos atingem minha língua. Cuspo o pedaço de azeitona, jogo fora o que restou dela e corro na direção da nascente. Um bocado de água fresca, que trago à boca com as mãos, abranda o gosto ruim que sinto. Jogo um pouco mais sobre minha cabeça machucada. Gotículas escorrem deliciosamente pela minha coluna enquanto me encosto ao muro e me sento sobre as pedras soltas, olhando para Amarias.

E agora?

A ideia de voltar para casa e simplesmente seguir com a vida é inaceitável. Não posso voltar àquela casa. Não posso fingir nem por mais um dia, nem por mais uma refeição, nem por mais um minuto, que sinto alguma coisa em relação a Liev que não seja ódio. Quanto à minha mãe, não sei mais o que pensar. Tudo entre nós parece repentinamente mais claro e ao mesmo tempo mais confuso. Hoje outro laço se partiu, outra barreira foi erguida. Sou menos filho para ela agora do que era pela manhã; e ela é menos mãe para mim.

Ergo os olhos na direção de uma baforada solitária de nuvem pairando à distância, um tufo isolado pendendo sem peso de uma vasta extensão de azul. A pressão em meu peito parece diminuir, um nó se solta, quando uma ideia, vinda do nada, chega à minha mente.

Ano após ano espero que minha mãe me leve embora, e está claro agora que isso nunca vai acontecer. A única forma de partir daqui um dia é fazendo isso sozinho. Enquanto olho para o cerrado que leva até Amarias, vejo pela primeira vez que fugir não deveria me assustar. Não há motivo para temer ir embora sozinho, porque, se eu fosse ficar, se eu fosse voltar para casa, não me sentiria menos solitário. Minha mãe me abandonou. A partir de agora, o que quer que eu faça, aonde quer que eu vá, estou sozinho. Nada mais me liga ao meu lar. Estou livre para ir embora.

Se conseguir voltar ao meu vilarejo junto ao mar, há pessoas lá que poderão se lembrar de mim. Talvez alguém possa me acolher — uma família que tivesse sido nossa amiga quando meu pai estava vivo —, ou eu poderia procurar uma instituição de caridade que oferecesse proteção para menores com pais violentos. Já vi anúncios de telefones de emergência. Minha boca está cortada e minha cabeça, cheia de hematomas. Meu pescoço está vermelho com marcas de estrangulamento. Não precisarei nem mesmo mentir. Meu padrasto me atacou. Se eu me apresentar e descrever o que aconteceu comigo, vou conseguir uma cama em algum lugar. Alguém vai cuidar de mim, me abrigar e me alimentar. Tudo o que preciso fazer é fugir.

Quanto mais esperar, menos visíveis meus ferimentos se tornarão e mais difícil será provar o que Liev fez. Tenho que agir rápido, mas uma coisa me impede de subir no próximo ônibus. Não posso jogar fora meu carregamento de aspirinas. Não posso abandonar o pai de Leila sem tentar entregar o medicamento para ele.

Com o túnel nas mãos do Exército, agora há apenas uma forma de chegar além do Muro. Em circunstâncias normais, isso é algo que sequer passaria pela minha cabeça, mas não consigo pensar em nenhum outro método e sei que, se não tentar fazer alguma coisa, não conseguirei ir embora com a consciência limpa. Não serei capaz de ir embora, para início de conversa. Isso é muito mais arriscado do que qualquer coisa que eu tenha tentado antes, e só posso tentar depois que anoitecer, mas é o único plano que tenho.

Decido que vou fazer uma tentativa de entrega, hoje à noite, então fugirei para o local onde nasci. Posso ficar escondido no bosque pelo resto do dia, então, perto da hora em que o sinal da escola tocar, volto para casa como um bom menino, faço uma refeição em família sem olhar para Liev e sem deixá-lo me irritar, então depois vou obedientemente para a cama. Vou me fazer parecer humilhado e resignado. Farei meu dever de casa. Tudo será perfeitamente normal, a não ser o badalo em minha cabeça me lembrando a cada segundo que passa de que tudo o que faço, estou fazendo pela última vez.

Antes de sair do bosque, toco silenciosamente cada árvore, desejando que todas sobrevivam e cresçam. Depois de calçar meus sapatos, volto para olhar a plantação pela última vez e arranco vinte azeitonas, uma de cada árvore no canteiro mais baixo. Coloco-as em meu bolso, me viro e vou embora correndo, sem olhar para trás.

Aninho as pontas dos meus dedos entre as azeitonas enquanto caminho pela trilha, contorno o arame farpado e sigo até a estrada.

No cruzamento, olho na direção da minha raquete de tênis e decido deixá-la ali. Já não sinto mais que é minha. O menino que costumava usá-la — que costumava jogar tênis contra o Muro sem nem se perguntar o que havia do outro lado — já não existe mais. Além disso, não posso levá-la comigo. Não posso levar nada comigo.

Ao me aproximar de Amarias, começo a ouvir o rugido e o trincar da operação antitúnel. Duas explosões abafadas ecoam no ar, mas é impossível identificá-las como próximas ou distantes, se debaixo da terra ou na superfície, deste lado do Muro ou do outro. Um rugido estrondoso, fraco de início, fica mais alto à medida que me aproximo da fronteira da cidade, mas apenas quando a origem do barulho se torna visível é que percebo que ele está se movendo na minha direção. Ele passa entre as duas últimas casas, tão largo quanto uma rua inteira, trincando e chiando no asfalto: é uma escavadeira enorme e blindada.

A máquina gigantesca segue na minha direção, fazendo a terra debaixo dos meus pés tremer. Momentos depois, estamos frente a frente, eu andando na direção de Amarias, ela saindo, indo na direção da plantação de oliveiras.

Paro de andar, mas não saio do caminho. Não tenho como saber ao certo para onde a escavadeira está indo, mas posso supor. Uma fúria inútil e desamparada cresce dentro de mim, destruindo o pensamento racional, me paralisando enquanto o veículo gigantesco, com um suspiro mecânico desdenhoso, freia.

Um soldado com um cigarro na boca abre a cabine fortificada e grita para que eu saia do caminho. Levanto os olhos na direção dele, ignorando a ordem, sem me mover.

Ele grita novamente, duas vezes mais, fazendo ameaças que mal posso ouvir, então faz um gesto com a mão, fecha sua porta e liga o motor. O ronco dos pistões a diesel parece absurdamente alto, mas estranhamente distante. Por um instante, pareço flutuar separado de mim mesmo, como se não estivesse na estrada, olhando diretamente para a escavadeira mas observando parado ao lado do veículo, me vendo bloquear o caminho dessa máquina colossal, me perguntando o que farei em seguida.

A escavadeira se aproxima de mim com a velocidade de um passeio despreocupado, até que sua pá toca os ossos das minhas canelas. Recobro a atenção e dou um passo para trás, então outro. A escavadeira vai acelerando devagar.

Agora estou andando de costas o mais rápido que posso, e a escavadeira segue aumentando sua velocidade. Se continuar fazendo isso, mais cedo ou mais tarde, acabarei escorregando e serei esmagado.

Salto para o lado.

A escavadeira solta um rugido exultante, joga uma baforada de fumaça preta no ar e continua acelerando. Olho para ela por algum tempo, seguindo seu progresso chiado ao longo do vale, então percebo que não posso assistir àquilo. Não quero ver; não quero saber. Se for embora agora, poderei me agarrar à esperança de que a escavadeira foi para outro lugar. A única imagem que terei em minha mente será a da plantação de oliveiras como é agora, como foi para Leila e seu pai, e o pai dele, e o pai do pai dele. Não quero nunca ver aquilo de outra forma. E, independentemente do que aquela máquina faça, tenho vinte azeitonas no meu bolso, vinte sementes.

Eu me viro e vou para casa pela última vez.

A única parte da noite em que não consigo evitar Liev é a hora do jantar. Eu me sento à mesa no último instante possível. Temos frango assado para o jantar, o que minha mãe considera meu prato favorito. Essa ave morta preparada, posicionada na mesa numa poça de sua própria pele derretida, é o mais próximo que vou ter como um pedido de desculpas.

Sei como devo reagir. Posso ver a cena na cabeça dela: nada dito, nenhuma menção ao que Liev fez comigo, apenas sorrisos, acenos com a cabeça e apetites vorazes mostrando que o que passou já ficou para trás, já foi esquecido. Minha pequena rebelião foi contornada; o túnel foi vedado; a cidade está em segurança novamente.

Não olho para ela e peço um pedaço do peito, apesar de preferir coxa. Sei que eles estavam conversando sobre o túnel antes de eu aparecer — eu podia escutá-los enquanto descia a escada —, mas, agora que estou à mesa, ninguém parece saber o que dizer ou para onde olhar. Flagro os dois olhando de rabo de olho para as marcas em meu pescoço, mas nenhum deles pergunta se ainda está doendo, ou sequer se refere ao que aconteceu.

As primeiras palavras que saem da boca de um deles são um elogio de Liev à refeição que minha mãe preparou, pedindo a ela que lhe sirva mais. Ela nem terminou a própria comida, mas se levanta e lhe serve outra porção.

— Por que você não põe o dobro de uma vez? — pergunto.

É a última vez que vou comer com ele, então percebo que essa é a minha chance de dizer o que penso há anos.

— O quê? — pergunta minha mãe.

— Ele sempre come dois pratos cheios, então por que você não serve tudo de uma vez só? É só fazer uma montanha de comida pra podermos ver o quanto ele come.

— Do que você falando?

— Deixa pra lá.

Abaixo a cabeça e corto um pedaço do frango.

Minha mãe olha para Liev com a boca entreaberta. Pelo canto do olho, eu o vejo responder ao olhar dela com um pequeno aceno de cabeça. Até mesmo para ele, parece que a briga que tivemos pela manhã é o suficiente por um dia.

Ninguém diz mais nada até a hora da sobremesa. É bolo de chocolate, outro dos agrados da minha mãe, a mesma receita que usou em cada um de meus aniversários, até onde lembro. Ela não é particularmente boa em fazer bolos, e esse não é um bolo maravilhoso, mas saboreio cada garfada, sabendo que nunca vou comê-lo novamente, sabendo que meu próximo aniversário será o primeiro sem um desses.

Tento guardar um registro preciso do sabor, para que, aonde quer que acabe indo, sempre que precisar, seja capaz de me servir uma fatia imaginária desse bolo. Quando levanto os olhos do meu prato vazio, minha mãe está olhando fixamente para mim, com um sorriso de quem está satisfeita consigo mesma. Não percebi que ela me observava enquanto eu comia, mas, pelo olhar de alívio em seu rosto, posso dizer que acredita que o bolo cumpriu seu papel. Como de costume, não percebe o que está bem à sua frente. Você lhe mostra preto e, se ela quiser ver branco, verá branco.

Eu me levanto da mesa, agradeço pela refeição e vou para o meu quarto, sem nem mesmo olhar para trás para ver Liev uma última vez.

* * *

Deitado na cama, repasso meu plano seguidamente, examinando-o à procura de falhas, ensaiando cada passo de forma antecipada. Uma das minhas preocupações tinha sido a de acabar pegando no sono, mas, à medida que o relógio se aproxima da meia-noite, sinto que nunca estive mais alerta, ou mais vivo.

É estranho ser a única pessoa acordada na casa. A escuridão parece mais escura, o silêncio, mais silencioso. Eu me levanto e começo a preparar o que vou levar comigo, deixando cair delicadamente tudo que estava dentro da minha mochila no chão: livros didáticos, canetas, cadernos de exercícios parcialmente preenchidos, uma calculadora, tudo agora redundante. No meio da pilha estão 11 embalagens de aspirina. Eu as recolho e as coloco de volta na mochila, junto com meus documentos de identificação, uma muda de roupas e uma escova de dentes. Preciso estar leve para me movimentar melhor, e nada mais daquilo que está ali é essencial.

Penduro a mochila em meus ombros e olho à minha volta para o quarto, que, percebo agora, nunca verei novamente. Sabendo que estou indo embora, me pego olhando para ele com novos olhos, como se esse fosse o quarto de um desconhecido. É uma surpresa perceber, partindo praticamente de mãos vazias, que há pouca coisa ali de que acho que sentirei falta. Uma estante que vai até o teto está abarrotada de jogos, brinquedos, revistas, livros e bugigangas, a maioria delas intocada por meses, ou mesmo anos. Pilhas e pilhas de coisas — minhas preciosas posses —, e agora estou me separando de cada uma delas, percebendo que nada disso, na verdade, é nem um pouco precioso. Vejo três medalhas de natação agrupadas numa pilha empoeirada e esquecida, que ganhei por alguma pequena conquista há tantos anos que nem consigo me lembrar mais o que foi. Quando olho para as prateleiras, para cada objeto separadamente, parece que quase tudo pertence a uma pessoa que já não existe mais.

A parte do teto sobre a minha cama, a não ser por um retângulo de espaço onde Rafael Nadal costumava ficar pendurado, está coberta de fotos de jogadores de futebol e de tênis, com os punhos cerrados e os dentes à mostra em momentos de triunfo, congelados nitidamente em frente à fileiras de rostos borrados, manchas de veneração e adulação. O brilho da determinação em seus olhos, o foco e a vontade, é o que preciso encontrar dentro de mim. A tarefa que estou prestes a realizar é a minha própria final particular de Grand Slam, e o prêmio é nada mais do que fugir de Liev, sair de Amarias.

Olho uma última vez para o quarto à procura de alguma coisa de que possa sentir falta. Meus olhos param na roupa de cama, seu padrão de linhas vermelhas e brancas tão familiar que se tornou quase invisível. Não faço ideia de onde estará minha próxima cama. Como ela será? Como será a sensação de estar num quarto sem nenhum objeto pessoal, sem nenhuma história, tudo institucional e estranho?

Meu estômago fica embrulhado quando penso em minha mãe entrando no meu quarto pela manhã e encontrando minha cama vazia. Até agora não tinha visualizado esse momento, não havia imaginado seu terror e pesar.

Desaparecer sem deixar um bilhete, sem o menor aviso ou explicação, parece cruel demais. Agora não há tempo para escrever nada caprichado, então pego um pedaço de papel e rabisco.

Mãe,

Não posso viver mais numa casa com Liev. Não posso viver em Amarias. Decidi ir embora. Eu te amo.

Beijos,

J

Eu leio o bilhete três vezes. Vendo aquelas palavras nuas em tinta, minha partida parece chocantemente definitiva e brutal. Pela primeira vez eu me pergunto como eles irão interpretar minha fuga. Para eles, vai parecer um gesto de vingança.

Tento pensar em algo que possa acrescentar à carta, explicando que estou apenas tentando me salvar, e não atacá-los, mas nenhuma palavra vem à minha mente. Nada que eu possa dizer diminuirá a dor que estou causando à minha mãe.

Tentei convencê-la de todas as maneiras, mas não tive sucesso. Ela insiste em ficar num lugar que odeio, mas eu não posso mais viver aqui apenas para agradá-la. Não estou morrendo, estou apenas partindo. Se ela quiser vir me procurar, pode vir. Ela não tem que viver sem mim, só tem que escolher: eu ou Liev. Isso não precisa estar escrito. Ela entenderá.

Com as mãos trêmulas, deixo o bilhete sobre meu travesseiro, ajeitando o lençol e arrumando as partes amarrotadas. Da porta do quarto, olho para a cama, para o que minha mãe verá pela manhã. Aquela visão faz com que eu me lembre do túmulo do meu pai.

Eu me viro e caminho silenciosamente pela casa. Meus passos parecem mais altos do que o normal, a escada rangendo onde nunca rangeu antes. O trinco na porta da casa estala como um graveto quebrado enquanto destranco a fechadura, mas nada disso parece despertar Liev ou minha mãe. Olhando novamente para a sala de estar, prestando atenção para checar se estou ouvindo passos, tudo o que posso escutar é o arrastar lento do ronco de Liev.

Centelhas de medo, alívio e empolgação fazem cócegas em minhas veias quando saio da casa e desço a rua. Sigo andando, me sentindo exposto, apesar de não haver ninguém por perto para me ver. O arrastar dos meus tênis e seu deslizar nas pedras da calçada são os únicos sons que escuto. A escuridão parece lutar contra a iluminação das ruas, limitando-a a poças alaranjadas em volta da base de cada poste de luz. Um morcego passa por mim no ar fresco da noite, silencioso como uma folha que cai.

Conheço bem o trajeto até o posto de controle. É uma caminhada de apenas vinte minutos. Meu plano é escalar a formação rochosa que tem vista para os portões, o que deve oferecer uma visão do local em que os tanques e caminhões de transporte de pessoal se reúnem antes de cruzar o outro lado e impor o toque de recolher da noite. Acho que consigo descobrir um padrão no movimento de cada tipo de veículo.

Enquanto subo o morro para chegar ao meu ponto de observação, penso novamente no morcego que passou voando perto da minha cabeça do lado de fora da minha casa. Nunca antes tinha visto um tão próximo, ou olhado para aquela silhueta peculiar que piscou diante de mim ao passar em frente ao poste de luz. Por um instante, isso parece um presságio sinistro, então decido que aquilo tem o significado oposto. É assim que devo me mover: em silêncio, com rapidez e invisível.

Do outro lado do Muro, sei que os soldados só descem de seus caminhões e tanques se forem obrigados. Aqui, em sua última parada antes de cruzar a fronteira, as coisas são diferentes. Eles se sentem seguros e sua guarda está baixa. Andam por ali conversando e fumando, com aquela calma insolente que parece tomar conta das pessoas quando estão de folga mas ainda carregando uma arma.

Observo atentamente para ter uma ideia de como a operação funciona: aonde os soldados vão antes de cruzar a fronteira; como se movem de um veículo ao outro; onde se reúnem quando estão descansando.

Meu objetivo é chegar ao topo de um daqueles caminhões de transporte de tropas quando ninguém estiver olhando. Usando as rodas altas e as barras de metal grossas no exterior do caminhão, será bem fácil escalar. O desafio é fazer isso sem ser visto.

Apesar da calma aparente dos soldados, sei que isso não é uma brincadeira. As armas são de verdade, carregadas com munição de verdade, e, se eles virem qualquer coisa suspeita, não hesitarão antes de atirar. Para uma das pessoas do outro lado seria suicídio simplesmente tentar, mas, se os soldados me virem, saberão que sou um deles, e tenho certeza de que não apertarão o gatilho. Pensarão que sou apenas um menino aprontando uma travessura. Tenho uma história pronta já: estou desesperado para ser um soldado e mal consigo esperar pelo serviço militar e decidi subir num caminhão para descobrir por conta própria o que acontece na patrulha.

Na pior das hipóteses, posso ser detido, ou até aprisionado, mas eles não disparariam em um semelhante. Independentemente do que me peguem fazendo, certamente não levarei um tiro de um soldado do meu próprio exército. Sei que estou correndo um risco, um risco que é impossível calcular, mas tenho que fazer isso. Não posso fugir para a costa sem tentar entregar o medicamento ao pai de Leila. Se eu simplesmente fugir, nunca descobrirei se ele vai sobreviver e sinto que posso passar o resto da minha vida com o peso da possibilidade de ter sido um pouco culpado pela sua morte.

O ponto em que os soldados se reúnem é iluminado por quatro holofotes que cobrem um quadrado de terra com um brilho branco intenso. Cada comboio parece fazer uma pausa aqui na ida e na volta. Concentro minha atenção no último caminhão de transporte de tropas, esperando no fim da fila para atravessar. Rapidamente ele está fora da área iluminada e, por ser o último veículo no comboio, não haverá ninguém atrás dele para me ver. Se eu continuar abaixado enquanto o caminhão atravessa o posto de controle, conseguirei ficar mais ou menos escondido da visão de todos depois disso.

Pelo que vi, imagino que os soldados vão passar mais alguns minutos conversando, reunidos na área de suprimentos, então voltarão aos seus veículos e começarão a próxima patrulha. O tipo certo de caminhão está no lugar certo, fora da luz, sem ser observado. É minha oportunidade.

Desço o morro apressadamente, tomando cuidado para não mover nenhuma pedra solta, e corro na direção do caminhão de transporte de tropas, me movendo num arco largo, me afastando o máximo que posso da luz. Transfiro o peso do calcanhar para a ponta do pé a cada passo, tentando caminhar da forma mais rápida e silenciosa que consigo. Minha mochila parece farfalhar e bater enquanto eu me movo, até que estico o braço para trás e a prendo junto às minhas costas.

Uma cabana de depósito sem janelas me oferece um esconderijo temporário, uma chance de parar para recuperar o fôlego antes de fazer um último esforço de corrida na direção do caminhão. Espio pela lateral, observando o bate-papo casual dos soldados. Dois deles apagam seus cigarros, esmagando-os com as solas de suas botas militares. Isso significa que seu descanso está acabando. Tenho que me apressar.

Restam apenas vinte ou trinta metros entre mim e o caminhão, mas não há mais nada atrás do que eu possa me esconder e parece estar muito mais claro aqui embaixo do que parecia visto do alto. Quanto mais eu esperar, maior será o risco, mas, por alguns momentos, minhas pernas não se movem. O sinal dizendo a elas que corram parece se apagar antes de chegar aos meus músculos. Então começo a correr, meus batimentos cardíacos ribombando em meus ouvidos enquanto disparo a toda a velocidade na direção do caminhão.

Não me viro para ver se estou sendo observado, apenas corro com a cabeça abaixada, derrapando até parar do lado mais escuro do caminhão, escondido atrás de um pneu. Fico de quatro e olho por baixo do veículo, para o agrupamento de soldados. Só consigo ver suas pernas. Ninguém está andando na direção do comboio ainda.

Eu me levanto e tomo impulso agilmente no arco da roda, escalando o caminhão até chegar ao topo dele. Assim que chego lá, deito com o corpo colado no metal frio e empoeirado da capota. Cheguei à conclusão de que, nessa posição, não estarei visível do chão. A capota desses caminhões é alta demais, ou pelo menos sempre achei que era alta demais, mas agora que estou em cima de uma, o chão parece mais próximo do que eu esperava. Tento me tranquilizar, dizendo a mim mesmo que ninguém vai olhar para cima, mas, enquanto minha confiança na minha invisibilidade se esvai, o mesmo acontece com minha certeza de que, se me encontrarem, eles não vão me ferir. Se escutarem um barulho ou virem um movimento perto do veículo, quanto cuidado terão para investigar antes de sacar as armas, quantas frações de segundo esperarão até apertarem o gatilho?

Eu me aperto o máximo que posso contra a capota e fico deitado ali, meus pulmões se enchendo e se esvaziando como se eu estivesse correndo muito rápido, minha respiração se recusando a se ajustar. Encostado à capota de metal, com um vento noturno frio soprando em minhas costas, começo a tremer, não sei se de frio ou de medo. Achei que os soldados já estavam indo, mas agora parece uma longa espera, sem nenhum som de movimento, nenhum ronco de motor, nenhuma ordem sendo comunicada em voz alta, apenas um murmúrio baixo de conversa com ocasionais gargalhadas e, enquanto estou deitado ali, eu me sinto como se estivesse desinflando — como se toda a esperança estivesse saindo de dentro de mim. Estou no topo de um veículo do Exército, cercado por homens armados e treinados para matar, preso num plano que agora parece ser pouco mais do que a fantasia de uma criança.

Começo a girar a cabeça de um lado para o outro, procurando uma rota de fuga, me perguntando se posso pular lá de cima e sair correndo antes que seja tarde demais, antes de chegar ao outro lado do Muro, mas as vozes dos soldados estão ficando mais altas. Com um dos olhos, vejo um grupo de capacetes do Exército subindo e descendo, se movendo na minha direção. Não há como fugir agora.

À medida que se aproximam, suas palavras se tornam mais nítidas. Um dos soldados está sofrendo com as zombarias dos outros — algo sobre uma garota e o que ele fez ou deixou de fazer com ela. Um deles solta uma risada alta e estridente. As portas do caminhão batem, mas, através do teto fino do veículo, ainda escuto a variação na conversa bem-humorada, sem conseguir distinguir as palavras. O motor é ligado, fazendo minha cabeça, meu peito, meus braços e minhas coxas sacudirem, passando pelo meu corpo como um abalo sísmico.

Durante alguns minutos, o caminhão fica parado ali com as vibrações do motor chacoalhando meu esqueleto, até que, depois de algum tempo, ouço o barulho da mudança da marcha e o caminhão parte. Nós nos arrastamos no fim de um pequeno comboio, na direção do posto de controle.

Mantenho minha cabeça abaixada e escuto o motorista gritar alguma coisa para os dois sujeitos na barreira, que então se levanta, fica pendurada logo acima de mim, depois desce novamente, voltando à sua posição.

Assim que passo pelo Muro, prédios nos envolvem, se agigantando sobre o caminhão. Sinto-me menos exposto agora, enquanto serpenteamos entre as ruas estreitas, não muito mais rápido do que eu me moveria se estivesse de bicicleta. Quando chegarmos ao centro da cidade velha, tudo o que precisarei fazer será saltar.

Não há janelas no fundo do caminhão. Se eu ficar pendurado na traseira enquanto nos aproximamos de uma esquina e então saltar do caminhão e correr para fora do campo de visão enquanto o veículo faz a curva, ninguém vai me ver.

Se eu me arrastar até a traseira enquanto o caminhão está se movendo, posso mascarar o som dos meus movimentos, mas isso é arriscado, pois o veículo pode virar uma esquina. Tenho uma barra sólida em que posso me segurar na parte frontal da capota, mas há poucos outros lugares para segurar enquanto me movo, e o metal é escorregadio. Se escolher o momento errado, posso ser jogado pela lateral.

O comboio para e continua em intervalos regulares. Durante a pausa seguinte, solto a barra, viro-me para ficar de frente para a traseira do caminhão e deslizo o mais rápido que posso. Antes de conseguir outro apoio para a mão, o caminhão começa a se mover, me fazendo deslizar para a esquerda e para a direita a cada curva, me levando de uma beirada à outra. Não ouso balançar as pernas para manter o equilíbrio, porque os soldados lá dentro poderiam escutar. Tudo o que posso fazer é pressionar meu corpo com mais força no metal e torcer para que a fricção me mantenha no lugar. Então os freios são acionados, me fazendo deslizar até onde comecei. Eu congelo, me perguntando se eles escutaram meu corpo deslizando sobre sua capota e estão prontos para saltar do caminhão e me capturar, mas nenhuma porta se abre, então, enquanto o caminhão permanece parado, rastejo novamente na direção das portas traseiras.

Eu me movo mais rápido dessa vez e coloco a mão numa dobradiça elevada, mas, quando começo a abaixar meu corpo, o caminhão dá um solavanco para a frente. Por um segundo, meu cérebro não consegue computar o que aconteceu: por que não consigo mais sentir nenhum metal contra a minha pele; por que o céu não parece estar na posição correta, por que meu corpo parece estar parado, porém em movimento? Exatamente quando começo a compreender que estou dando um salto mortal no ar, sinto uma batida aguda em meu ombro ao pousar na terra. Eu me sento, observando, meio grogue, o caminhão se afastar à minha frente, e então ele para e as luzes de ré ficam brancas.

Eu me levanto num salto, ignorando as pontadas de dor no ombro, e saio correndo por uma rua transversal. Ouço o grunhido mecânico do caminhão de transporte de tropas dando ré a toda a velocidade e percebo que essa rua só vai me proteger da visão dos soldados por mais um ou dois segundos. Preciso me esconder, mas a rua é simplesmente uma fileira de casas interditadas. Corro na direção de uma fila de carros estacionados, tiro minha mochila e me jogo na sarjeta, deslizando para debaixo de um pequeno Fiat vermelho, arrastando a bolsa atrás de mim.

O caminhão para fazendo barulho, e escuto o som de portas se abrindo, seguido das batidas de vários pares de botas no asfalto. Mantenho o corpo o mais imóvel que consigo, espremido debaixo do carro. Meu nariz está a apenas milímetros de uma poça oleosa com cheiro de urina velha, mas não há espaço para levantar mais minha cabeça. O fedor doce e ácido penetra em minhas narinas como um pequeno inseto tentando chegar ao meu cérebro.

As vozes dos soldados ficam mais próximas, penetrando no carro. Um deles está alegando ter visto algo, outro está debochando dele por ser cego. Posso ver botas pretas à minha frente e nas duas laterais do Fiat.

O som áspero do ar entrando e saindo dos meus pulmões desesperados é tão alto que parece impossível os soldados não estarem escutando, mas, quanto mais tento controlá-la, mais barulhenta minha respiração fica.

Um estampido ensurdecedor — um tiro — corta o ar. Todos os músculos do meu corpo se retesam e bato a cabeça no cano de descarga do carro. Um zumbido em meus ouvidos momentaneamente desliga todos os sons, até que um gemido agudo, como o de uma criança pequena sentindo uma dor intensa, corta o ar. Os soldados se agacham, em posição de combate, e ninguém fala. Então uma gargalhada invade a rua.

Pouco depois, os soldados estão perambulando novamente, rindo e falando todos ao mesmo tempo. Outra bala é disparada, dando fim ao gemido. Os soldados, agora agrupados, caminhando casualmente, voltam na direção do meu esconderijo. Enquanto fazem o contorno e passam pelo carro, escuto alguns trechos da conversa, todos aparentemente zombando de um soldado em particular por sua estupidez e visão ruim. Ele atirou num cachorro.

O burburinho diminui enquanto os soldados sobem em seu caminhão, ainda zombando do homem que disparou sua arma, dizendo que sua dificuldade de diferenciar cães de humanos explica muita coisa sobre suas escolhas de namoradas.

Aquele cachorro, eu percebo, foi morto em meu lugar e me salvou. Alguém deve ter me visto de relance quando eu caí do caminhão, ou eles não teriam parado para vasculhar a área. Sem aquele animal explicando o movimento, eles teriam continuado procurando e não teriam levado muito tempo para me encontrar. Se eu estivesse correndo quando fui avistado, eles poderiam ter atirado em mim.

O ar se enche com o barulho do caminhão de transporte de tropas começando a se mover. Escuto quando ele se afasta, sem mover um músculo e sem nem mesmo tirar meu nariz de cima da poça, até que o som do caminhão tenha desaparecido completamente.

Puxando minha mochila comigo, rolo para sair de debaixo do carro e limpo a poeira grudada em minhas roupas. Estou imundo. Minha camiseta está rasgada e manchada de sangue no ombro. Uma dor lancinante me faz ter dificuldade para levantar o braço direito. A parte de trás da minha cabeça dói onde bati na parte de baixo do carro. Toco o ferimento de leve e meus dedos voltam lambuzados de óleo e sangue.

É difícil colocar minha mochila de volta nas costas, mas, pendurando a alça cuidadosamente no meu braço contundido, consigo carregá-la, então fico parado ao lado do carro me perguntando o que fazer em seguida.

Fica bem óbvio que não planejei minha missão com cuidado suficiente. Sabia que seria perigoso, mas agora sinto que essa é uma palavra que não compreendo. Enquanto fico ali parado, infringindo o toque de recolher do lado errado do Muro, ensanguentado, abalado e dolorido, o medo que me envolve não contém qualquer ponta de empolgação ou emoção. Um pavor nauseante se acomoda em meu estômago, me paralisando. Não quero estar ali. Soldados patrulhando esse lugar com armas vão atirar em mim sem perguntar quem sou primeiro. Nesse toque de recolher, qualquer sombra que se mova é um alvo. É uma loucura eu estar aqui, arriscando minha vida para entregar algumas caixas de aspirina. Meus cálculos estavam terrivelmente errados, mas agora não há como voltar. Caminhar até o posto de controle e tentar me entregar seria muito arriscado. Já não acredito mais que os soldados me dariam tempo suficiente para explicar quem sou ou por que estou aqui antes de atirar.

Minha única opção é seguir em frente. Tenho que encontrar o caminho até a casa de Leila sem ser visto por nenhum comboio militar. Assim que chegar lá, estarei em segurança durante a noite.

Tento sair da rua lateral sem virar a cabeça, mas, depois de alguns passos, não consigo deixar de olhar para trás. No meio da rua, um vira-lata magro com pelo cinzento e irregular está caído numa poça de sangue que começa a se solidificar. Suas costas estão arqueadas e suas patas estão cada uma para um lado, como se estivesse no meio de um salto alegre, mas seus olhos têm uma frieza embaçada e estranha que nunca vi antes. É o olhar dos mortos, um olhar que me congela e hipnotiza, prolongando minha rápida espiadela em longos momentos que encaro de maneira intensa e horrorizada.

Não pisco, não engulo, não me movo. Meu pai, depois de ter sido baleado, deve ter ficado com esse olhar. Ele também ficou caído na rua, sobre uma poça de sangue que coagulava, com desconhecidos olhando para ele da mesma forma que estou olhando para o vira-lata. E esse cachorro, obviamente, poderia ter sido eu. Se estivesse em um lugar pior, ou tivesse feito um movimento amedrontado no momento errado, eu poderia ter recebido aquela mesma bala e agora estaria exibindo aqueles olhos sem vida em minha cabeça, que encaravam mas não olhavam realmente para nada.

Nunca tentei me imaginar morto antes e, mesmo agora, isso parece quase impossível, porém menos impossível do que parecia uma hora atrás.

Demora um bocado até eu virar de costas para o cachorro e caminhar de volta na direção da rua. Na esquina, paro e estico a cabeça, olhando nas duas direções, à procura de um comboio. A rua está vazia.

Permaneço próximo às paredes, correndo de uma porta a outra para ter sempre um esconderijo por perto, então disparo na direção da rua principal. Depois de alguns passos eu me escondo, faço uma pausa e olho para trás.

Não há ninguém na rua. Seguindo a pé pela cidade, fica claro que a repressão causou tumultos. Faltam pedaços de alvenaria por todo lado, com estacas de sustentação presas a fendas deixadas nas paredes caídas. Um apartamento do primeiro andar, ainda totalmente mobiliado, tem uma abertura na parede onde uma granada explodiu. Pelo buraco posso ver uma TV, um sofá, fotos ainda penduradas.

Um Peugeot azul está estacionado fora da vaga, a frente amassada, a traseira curiosamente incólume. Passo por um escritório cuja porta foi arrancada das dobradiças, agora amassada e dobrada no chão. Do lado de dentro, todos os armários de porta-arquivos estão abertos, com papéis espalhados pelo chão como uma nevasca pesada. Duas fileiras de quatro mesas e cadeiras ainda estão em seus lugares, cada uma apoiando um computador com o monitor quebrado.

Caminho pelo cenário de destruição, seguindo até a rua principal. Aqui, postes foram derrubados e fios que parecem cabos de alta voltagem estão espalhados pelo chão. Não sei dizer se estão eletrificados mas tomo cuidado quando passo perto deles. Mais carros foram achatados por tanques. Cacos de vidro brilham na rua, cintilando sob o luar, se esfarelando sob meus sapatos. Tentando acertar a direção, sigo rumo à padaria da torta voadora, ainda me escondendo nas sombras, parando nas entradas das lojas, olhos e ouvidos à procura de soldados.

Posso ouvir o primeiro comboio passando muito antes de ele aparecer no meu campo de visão. Eu me escondo numa loja incendiada enquanto ele segue. Uma baforada de vapor de diesel paira em minha direção enquanto as rodas passam, fazendo a terra tremer. Eu espero, escondido atrás da parede da loja chamuscada pelo fogo, até que o som e o cheiro diminuam. Depois de dar uma espiada na rua, confirmo que o comboio foi embora, então começo a caminhar novamente.

Exatamente quando escuto o ribombar do próximo comboio, avisto a padaria da torta voadora, a placa peculiar ainda intacta, mas agora sem iluminação. Dou alguns passos para dentro do beco e me escondo atrás de algumas lixeiras para esperar o caminhão passar. Agachado na escuridão fedorenta, meus pensamentos se voltam novamente para o cachorro morto. Do outro lado do Muro, um cachorro magro como aquele certaménte não teria dono, mas aqui não tenho tanta certeza. Será que alguém que estava dormindo agora, em algum lugar desta cidade, era dono daquele cachorro? Será que essa pessoa o amava? Quanto tempo passaria procurando por ele? Será que um dia descobriria o que aconteceu? Ou, talvez, vivendo aqui, isso fosse fácil de adivinhar.

Quando minha mente se livra dessa cascata de perguntas, o ar está novamente parado e silencioso. O comboio passou. Saio lentamente do beco e examino a rua nas duas direções, antes de seguir meu caminho, correndo dessa vez, empolgado por saber onde estou e confiante de que tenho uma noção do espaçamento entre os comboios. Entro na próxima rua secundária, me orientando agora por uma mistura de instinto e fragmentos de memória, disparando por uma rede de ruas estreitas e vazias.

Exatamente quando estou começando a achar que posso ter tomado o caminho errado, vejo uma motocicleta. A motocicleta preta atrás da qual me escondi. E, bem ao seu lado, no fim de três degraus, a porta verde com o batedor de ferro. Corro na direção da casa, eufórico, e bato.

Não há resposta.

Bato novamente, cinco vezes. Eles não podem ter saído. Há um toque de recolher.

Levanto a aba da caixa do correio e grito:

— Me deixem entrar! Me deixem entrar!

Ainda nada de resposta.

Não tinha sequer passado pela minha cabeça que isso poderia acontecer. Caio de joelhos e sinto uma onda de pavor tomar conta de mim. Será que poderiam ter fugido do confronto? Será que o pai de Leila já estava morto?

Então ouço um ruído do outro lado da porta, e uma voz aguda e clara que reconheço imediatamente. Ela produz um som breve, apenas três palavras, mas não consigo entendê-las; as mesmas três palavras, novamente; então mais três, com uma entonação hesitante, dessa vez na minha língua:

— Quem está aí?

— Josh. Sou eu. Joshua. Me deixe entrar.

— Joshua? Você veio?

— Estou com o remédio. Me deixe entrar.

Depois de sussurros de uma rápida conversa, escuto trancas e trincos sendo destravados. A porta se abre com um rangido e, assim que a fenda é suficientemente larga, eu a empurro e me jogo no chão, meu corpo exaurido de todas as forças. Leila se agacha ao meu lado, com uma multidão de pessoas que não reconheço logo atrás, todas olhando para mim com olhos sonolentos.

— Você está com o remédio? — pergunta Leila.

Ainda estou muito ofegante para falar, então simplesmente balanço a cabeça, tirando a mochila dos meus ombros e entregando a bolsa a ela. Leila a segura, olha o interior e sai correndo, gritando algo para um dos irmãos. Ele sai atrás dela, então reaparece com uma cadeira, segura meu braço e me levanta, observando cada movimento que faço até meu corpo se apoiar no assento. Olho para ele também, cansado e arrasado demais para falar ou até mesmo sorrir, enquanto os irmãos de Leila formam um arco silencioso à minha frente.

Posso ouvir algo que soa como uma discussão no aposento principal do apartamento, então o pai de Leila aparece, apoiado na filha de um lado, e na esposa do outro. Ele parece dez anos mais velho do que na última vez em que o vi, com bochechas fundas e a pele pálida e ressecada. Sua boca parece ter recuado para dentro do crânio.

O grupo de pessoas à minha volta se divide com sua aproximação. Seus olhos, que brilham com uma intensidade furiosa, se fixam nos meus, e ele faz um movimento para afastar as mulheres que estão segurando seus braços. Sem o apoio delas, ele parece debilitado e frágil, como se o mais leve esbarrão pudesse derrubá-lo.

— Você veio — diz ele com uma voz fraca e ofegante, a língua estalando estranhamente em sua boca enquanto fala.

Eu faço que sim.

— Você trouxe o remédio.

Faço que sim novamente:

— O máximo que consegui comprar. Não é muito, mas fiz o melhor que pude.

Um de seus olhos brilha levemente, como se uma lágrima pudesse estar tentando se formar ali, mas ele pisca e ela desaparece.

— Obrigado — fala ele.

Faço que sim mais uma vez, uma série de movimentos nítidos e rápidos que me fazem engolir um inchaço que estava na minha garganta.

— Como? — pergunta ele. — O túnel foi vedado. Há um toque de recolher.

— Eu me escondi.

— Você se escondeu? Onde?

— Num caminhão do Exército.

— Você se escondeu dentro de um caminhão do Exército?

— Em cima dele. No teto. Desci depois do posto de controle.

Ele me encara sem acreditar, então um burburinho percorre o aposento enquanto a informação é traduzida, debatida e digerida.

— Posso ficar aqui essa noite? — pergunto.

Essa pergunta parece estourar uma bolha de tensão e um rumor de risadas preenche o ambiente, se espalhando de pessoa para pessoa, se erguendo e abaixando, enquanto a pergunta é repetida nas duas línguas, com a mãe de Leila e seus irmãos fazendo gestos expansivos e me oferecendo todo o espaço, toda a comida, todo o tempo que têm para dar.

Logo me vejo rodeado por pessoas. Minha camiseta imunda é arrancada do meu corpo, meus ferimentos, lavados, e roupas limpas são jogadas na minha direção. Uma variedade de comidas aparece na mesa de jantar: uma bandeja com pão branco achatado cortado em tiras, uma tigela de azeitonas, um pote com iogurte, pratos de ervas secas e azeite. Embora esteja no meio da noite, todos se juntam ao redor da mesa, conversando e beliscando a comida, como se minha visita tivesse se transformado numa estranha festa improvisada.

Quando digo que estou cansado, a comida é retirada rapidamente e me oferecem um colchão no canto, ao lado do irmão mais velho de Leila. Em minutos, o ambiente se transforma de um alvoroço agitado num silêncio profundo.

Ainda não sei como vou sair dali, ou mesmo para onde vou depois. O cachorro baleado abalou minha confiança. A ideia de que posso ir embora sozinho para cuidar de mim mesmo, sem uma família ou mesmo um amigo, parece de certa forma diferente agora.

Ainda estou desesperado para ir embora de Amarias, mas, mesmo a essa pequena distância de casa, tudo já parece mais violento, mais assustador, mais hostil do que previ. Achei que não haveria problema algum em ficar sozinho, pois já me sentia sozinho em minha própria casa de qualquer forma, mas agora vejo que outros níveis de solidão que eu não compreendia antes. Precisarei me privar de mais coisas do que havia previsto, seguindo na direção de um isolamento que, como agora percebo, será mais profundo do que qualquer coisa que ainda possa imaginar.

Deitado nesse colchão fino e mofado, cercado por desconhecidos adormecidos, meu ombro e minha cabeça latejando com pontadas de dor, sinto que talvez tenha usado todas as minhas reservas de bravura. Mas será que eu conseguiria voltar? Será que poderia simplesmente dar meia-volta e seguir meu caminho, abrir a porta e dizer à minha mãe que a carta fora só uma piada?

Fecho os olhos e escuto os roncos e as pessoas se movendo à minha volta. Ao longe, um comboio passa fazendo barulho. Estou cansado demais para tomar uma decisão. Por enquanto, tenho apenas que dormir. Amanhã descobrirei o que fazer e aonde ir.

A casa parece estranhamente calma quando acordo. Abro os olhos e vejo várias pessoas na sala, todas já de pé, conversando em voz baixa. O volume aumenta um pouco quando elas percebem que acordei, mas a ponta de ansiedade no ar não desaparece. Estão todos reunidos em volta da mesa no canto mais afastado do aposento, alguns sentados, outros de pé. Não há cadeiras suficientes para que todos fiquem sentados ao mesmo tempo, nem há espaço o bastante em volta da mesa, mas todos estão beliscando pedaços de pão seco, que mergulham num prato de ervas verdes.

Quando eu me aproximo da mesa, um dos irmãos de Leila se levanta e insiste para que eu fique com sua cadeira. Tento recusar, mas todos me cercam, fazendo uma série de barulhos que variam entre hospitalidade afetuosa e ofensa, até que acabo cedendo e me sento na cadeira vazia. O maior pedaço de pão é colocado à minha frente, junto com uma porção de ervas.

Começo a comer, lutando para fingir estar apreciando esse café da manhã escasso e temperado, mas, a cada mordida, o sabor se torna menos estranho. Exatamente quando começo a achar que posso quase gostar daquilo, o pai de Leila aparece e se senta na cadeira à cabeceira da mesa, ao lado da minha. Antes que ele tenha a chance de falar comigo, a mãe de Leila insiste para que ele traduza as desculpas dela pelo fato de o pão não estar fresco. A culpa era do toque de recolher. Ela parece falar sem parar, mas isso é tudo que traduzem para mim.

Quando ela termina de falar e se afasta, ele diz, depois de uma pausa cansada:

— Queremos saber como você vai voltar. O túnel não existe mais.

— Não vou voltar — respondo.

A resposta foge da minha boca sem hesitação ou dúvida, antes mesmo que eu perceba que tomei a decisão de continuar minha fuga. É um novo dia. Minha determinação voltou.

Os olhos dele registram um pânico passageiro, como se achasse que quero ficar com sua família para sempre.

— Vou fugir — falo. — Vou voltar pro lugar onde nasci.

É a primeira vez que falo isso em voz alta. A sensação de ouvir essas palavras é boa, a simplicidade da explicação faz o projeto parecer menos fantasioso.

— Como?

— Não sei. Só preciso ficar longe do meu padrasto.

— A única forma de sair é pelo posto de controle.

— Não há outra forma? Uma rota até o desvio?

— Só pelo posto de controle. Todos os outros caminhos para sair da cidade estão bloqueados.

— Mas, se eu passar pelo posto de controle, existem ônibus?

— Sim, claro.

— Pra cidade?

— Sim.

— Então, de lá, pra qualquer lugar?

— Provavelmente. Mas...

Sua voz desaparece e ele abaixa os olhos para as próprias mãos. Noto que todos no aposento estão completamente imóveis.

— O quê? — pergunto.

— Preciso falar uma coisa pra você.

— Sim?

Ele levanta a cabeça e olha para mim com olhos tristes e pesados.

— Sou muito grato pelo que fez — diz ele —, mas, quanto mais você ficar... — Ele parece perder o fio do pensamento por um momento, então engole em seco e continua. — Se alguém viu você entrar aqui, você pode estar colocando a gente em um grande perigo.

— Oh — falo, sem saber como responder.

Uma lembrança do chocante sabor amargo da azeitona recém--colhida pisca em minha mente quando percebo que, apesar do que lhe trouxe, ele quer que eu vá embora.

— Vão procurar você — diz ele. — Seu padrasto viu meus documentos de identificação. Se encontrassem você aqui...

Sua voz falha. Ele não precisa terminar a frase.

— O senhor está certo — falo, me levantando da cadeira. — Tenho que ir.

— Todos seríamos punidos. Eles nos acusariam de sequestro.

— Estou indo. Eu entendo.

— Sinto muito, mas não é seguro. Eles poderiam destruir a casa. Eles podem fazer qualquer coisa.

— Eu sei. Me desculpe. Não tinha pensado nisso.

— Não se desculpe — diz ele segurando minha mão, me convidando a ajudá-lo a se levantar. Sua pele está seca e quebradiça, como os nervos de uma folha. Olhando em meus olhos, ainda segurando meus dedos, ele repete: — Não se desculpe. Leila vai levar você até o posto de controle.

— Está tudo bem — falo. — Consigo encontrar o posto. Não quero colocar a Leila em perigo.

— Você vestirá isso — diz ele, me entregando o lenço que Leila me emprestou na primeira visita. — Dessa vez deve ficar com ele. Nada de voltar aqui.

— Obrigado — falo, pegando o lenço —, mas posso encontrar o caminho sozinho. Não quero que ninguém mais se machuque.

— E nós não queremos que você se machuque — diz Leila. — Não é perto e não tem placas. Você não vai encontrar o posto sozinho.

— Se eu encontrar O Muro, posso encontrar o posto de controle, e é impossível não ver O Muro.

— Não é fácil — diz o pai de Leila. — Algumas partes não são seguras. Você precisa de um guia.

— Não quero arriscar — falo.

— Eu vou com você — insiste Leila. — É por minha causa que está aqui. Tenho que te ajudar a ir embora.

— Mas...

— Eu vou. Ainda que você diga não, eu vou. Agora beba um pouco de água e vamos embora.

Ela me entrega um copo e olha fixamente para mim enquanto bebo.

— Ele vai na frente, ele vai atrás — diz ela, apontando para dois de seus irmãos. — Sistema de alerta antecipado.

Os dois rapazes acenam com a cabeça para mim, então o mais velho se vira e sai, murmurando algo que não entendo para Leila antes de passar pela porta da casa.

— Dois minutos — fala Leila.

Seu pai estica uma das mãos e eu ofereço a minha, achando que ele vai me cumprimentar, mas, em vez disso, ele segura minha palma com seus dedos frios e ressecados e a vira, posicionando a outra mão delicadamente sobre as articulações dos meus dedos.

— Obrigado — diz ele, olhando fixamente em meus olhos, apertando minha mão com as suas.

— Eu é que agradeço — respondo.

— Agora vá — diz ele, soltando minha mão.

Leila arruma o lenço em minha cabeça, então me leva rapidamente para fora da casa. Quando estou saindo, sorrio e aceno para a família. Cada um deles me dá um rápido aceno, mas ninguém fala nada.

O sol baixo cria sombras alongadas na rua, mas já está emanando um calor intenso e um brilho ofuscante. Leila mantém um ritmo rápido, indicando com gestos que devo acompanhá-la sem me aproximar demais. Ela parece querer que eu fique um ou dois passos atrás dela, nem mais nem menos.

Seguimos caminhando por uma sucessão de ruas sem calçamento, todas com poças de água parada e entrecortadas por fios elétricos emaranhados e varais com roupas secando. O Muro se torna visível depois de um tempo, mas parece que estamos nos afastando dele tanto quanto nos aproximamos, nossa rota nunca permanecendo reta por mais de um minuto. Por mais que nos afastemos, a densidade de estruturas grosseiras das ruas nunca parece diminuir, com cada metro quadrado de terra habitado, prédios inchando e se espremendo para caber em cada canto de terra disponível.

Leila não olha para mim ou fala qualquer coisa durante toda a caminhada, até chegarmos a uma área plana de terra vazia, graças ao trabalho de uma escavadeira. Ela para, olha para mim e, com o queixo, aponta um campo coberto de cascalho, do tamanho de um campo de futebol, além do qual fica o posto de controle, protegido por lajes de concreto e rolos de arame farpado. Atrás da estrada bloqueada existem fileiras de gaiolas de metal levando à estrutura de ferro ondulado que está encostada ao Muro. Uma faixa estreita de asfalto, vazia por uma pequena distância, leva à direção de uma fila de pessoas esperando.

Cerca de uma dúzia de garotos corre pelo campo, gritando e arremessando pedras num jipe do Exército que se dirige a um abrigo na frente do posto de controle. Algumas pedras acertam o metal do jipe, mas os soldados não parecem se importar e os garotos não ficam realmente animados quando acertam o alvo. Algo no confronto passa a sensação de um ritual entediante.

Quando olho para trás, na direção de Leila, ela já está se afastando. Não consigo acreditar que essa visão da parte de trás de sua cabeça seja a última que terei dela, que ela nem me dará adeus, mas sei que isso deve ter sido o que mandaram que ela fizesse, e que correr atrás dela a colocaria em perigo. Não há como descobrir quem está observando. Ninguém poderia saber que ela estava comigo.

Olho fixamente para seu corpo franzino recuando pela rua inóspita e brilhante. Em um cruzamento logo adiante, os dois irmãos estão esperando por ela. Nenhum deles parece falar nada quando os três se juntam novamente, e o grupo vai embora imediatamente, desaparecendo do meu campo de visão. O passo de Leila hesita. Em vez de seguir os irmãos, ela fica parada ali, no meio da rua, imóvel. Com um rápido movimento, sua cabeça gira para ficar de frente para mim. Ela pisca duas vezes, mas não sorri nem se move, até que, depois de olhar por um longo tempo, seu dedo indicador vai até seus lábios e ela beija a ponta do dedo. Sem desgrudar os olhos dos meus, ela vira o dedo na minha direção, apontando para o céu, e gira a ponta do dedo sutilmente na minha direção. Antes que eu possa responder, ela dá meia-volta com um movimento rápido dos pés, levantando uma nuvem de poeira do tamanho de uma almofada, e vai embora.

Fico olhando para o espaço onde ela estava, observando a poeira baixar. Meu sangue parece pesado e lento em minhas veias; meus membros estão borrachudos, densos e travados. Leila foi embora. Embora viva a menos de um quilômetro e meio da minha casa — ou o que costumava ser minha casa —, eu sei que nunca a verei novamente.

Percebo que não sei que nome dar ao sentimento que nasceu entre nós. Não era exatamente o que você poderia chamar de amizade. "Afeição" ou "ternura" parecem mais próximos, mas ainda não caracterizam o sentimento. Qualquer que seja a palavra, sinto que quero me agarrar àquilo, mantê-lo vivo pelo máximo de tempo que conseguir, embora saiba que ela foi embora.

É perigoso ficar ali parado, sem fazer nada, atraindo olhares desconfiados, mas, durante um tempo, não consigo me mover. Com um terrível esforço, acabo me virando e olhando novamente para o posto de controle. O jipe desapareceu do meu campo de visão e os garotos se juntaram em volta de uma pequena fogueira abastecida por lixo queimado. A maioria ainda está segurando pedras que jogam distraídamente de uma mão para a outra.

Uma fila de pessoas serpenteia pela terra seca e vazia, afastada do posto de controle por um soldado solitário. Algumas usam guarda-chuvas para se proteger do sol feroz, outras confiam em lenços e chapéus. Não há sombra.

A fronteira está obviamente fechada. Não sei por que, ou quando vai ser aberta. Não pensei no que deveria fazer a partir daqui: me junto à fila e torço para que ninguém perceba quem eu sou, ou caminho na direção dos soldados e lhes digo que sou do outro lado?

Depois da noite de ontem, tenho medo do Exército de uma forma que nunca tive antes, mas digo a mim mesmo que não está mais escuro e que o toque de recolher não está valendo. Assim que tirar meu lenço, verão quem eu sou. Se estiverem suficientemente próximos para atirar, também estarão suficientemente próximos para ver que não pertenço ao lado de cá. Seu trabalho é proteger pessoas como eu. Se eu andar na direção deles, certamente não abrirão fogo.

Decido que me aproximar dos soldados é uma opção mais segura do que correr riscos na fila abarrotada e quente, especialmente com os garotos atiradores de pedra perambulando por ali. Eles me fazem lembrar daqueles meninos que me perseguiram, e eu não quero arriscar ser visto como um forasteiro, como o inimigo.

Margeando o terreno limpo, com meu rosto enrolado no lenço e minha cabeça virada para longe dos garotos, sigo na direção do posto de controle, tentando o que espero que pareça uma caminhada casual. Se eu conseguir chegar ao espaço vazio entre a multidão que espera e O Muro, acho que vou estar em segurança.

Quanto mais perto chego, mais acelero, entretanto ainda estou cruzando o terreno pedregoso quando um estampido aterrorizante soa e um pedaço do chão à minha frente cospe um borrifo de terra e pedras. Eu paro, tiro o lenço e levanto os braços.

— SOU EU! — grito. — NÃO SOU DAQUI! SOU DO OUTRO LADO!

Ninguém no posto de controle responde. Não me mexo.

Depois de um tempo escuto um grito, me mandando colocar as mãos na cabeça. Faço o que mandam e dou mais um passo à frente. Imediatamente, outro tiro corta o ar. A bala acerta uma pedra e algo sobe do chão, me atingindo no peito. Uma sensação de rendição e derretimento explode e sinto um calor dentro de mim. Minhas pernas começam a perder a força, mas não ouso cambalear para a frente, com medo de isso causar mais disparos do posto de controle. Então sinto uma dor repentina e aguda em minhas costas, como se tivesse levado um soco, ou sido golpeado com um martelo, o que por um momento é completamente inexplicável. Não sei se fico de pé, se caio ou corro, ou em qual direção seria capaz de ir, ainda que minhas pernas fossem capazes disso. Então uma pedra voa por cima do meu ombro, errando por pouco a minha cabeça, e cai bem na minha frente, seguida logo depois por mais uma. Eu deixo meu corpo cair e me encolho no chão, percebendo que estão disparando balas pela frente e atirando pedras por trás.

A saraivada de pedras continua. Uma me atinge no ombro e eu me encolho, outra acerta minha orelha. Uma nota longa e aguda, como metal se arrastando em metal, invade minha cabeça, apenas para ser coberta por uma nova leva de tiros, dessa vez de mais de uma arma: uma saraivada rápida e proposital de disparos. Pressiono o corpo no chão, me empurrando contra a terra, mas só quando escuto um grito de dor razoavelmente longe de mim percebo que nenhuma das balas está sendo disparada na minha direção. Levanto os olhos e vejo um grupo de soldados sair correndo do posto de controle, as armas apoiadas nos ombros, disparando na direção do descampado. Os garotos atiradores de pedras agora estão fugindo para se esconder, mas, antes que possa ver se estão escapando, ou quem foi atingido, minha visão escurece e diminui até apenas dois discos de luz, como se eu estivesse olhando num binóculo. Lentamente, esses discos se contraem até se transformar em nada mais do que pontos de brancura, como se eu estivesse no fundo de um buraco que parece estar ficando cada vez mais profundo, cada vez mais afastado da luz, exatamente quando o guincho metálico diminui e os disparos se transformam em estalos abafados, então a dor em minha cabeça e em meu peito magicamente desaparece. A sensação é quase como adormecer, só que de certa forma mais do que isso. Cada músculo em meu corpo se afrouxa e para de funcionar, desconectado por uma onda de paralisia que se espalha indo do meu pescoço aos meus pés, como se alguém estivesse passando uma enorme mão sobre mim, apagando todas as sensações com um único movimento.

Meu corpo rola até eu ficar de barriga para cima, uma queda minúscula, mas que parece um mergulho no nada. Durante um instante, minha visão volta, me mostrando um lampejo de um céu ofuscante, uma cúpula imaculada de azul inquebrável, antes de a escuridão me inundar e o mundo desaparecer.

Parte Cinco

Quadrados de ladrilhos brancos pontilhados com grãos pretos no teto, divididos por contornos de metal cinzento. Dois tubos de luz encaixados num retângulo de plástico sulcado. Um zumbido baixo, como o sol de um computador ou de uma geladeira, e apitos agudos intermitentes. Lençóis brancos, paredes brancas e uma porta branca com uma janela redonda. Tubos, garrafas, fios, agulhas. Coisas pingando dentro de mim, coisas saindo de mim. Minhas mãos, inchadas e meio ausentes, afastadas no fim dos meus braços. Minha mãe, parcialmente adormecida ao lado da minha cama. Então, em um instante, ela está de pé, gritando alguma coisa, quase berrando. Posso ver a intensidade do som pelas veias saltando em seu pescoço, mas não consigo escutar o que ela está dizendo. É como se eu estivesse deitado no fundo de uma piscina, olhando para ela de debaixo d'água enquanto ela grita algo que não consigo ouvir.

Um tremelique desce pela minha coluna, algo é sugado e estala em meus ouvidos, então escuto sua voz me chamando, depois chamando enfermeiras e médicos, gritando que eu havia acordado. Ela repete meu nome sem parar, seus olhos selvagens e ferozes. Depois de um tempo, percebo que é uma pergunta. Ela quer saber se consigo ouvi-la.

Abro a boca, mas nenhum som sai. Minha língua e meus lábios estão secos e dormentes, como ferramentas que já não sei mais usar. Minha cabeça está envolvida por gaze que pressiona meu queixo.

Balanço a cabeça, dois movimentos minúsculos, piscando para ela para mostrar que entendo. Lágrimas jorram de seus olhos inchados e vermelhos. Posso ver que quer me abraçar, me puxar para perto dela, me proteger em seus braços, mas, com todos os tubos e as ataduras, não há como se aproximar de mim. Ela pressiona o rosto em minha mão, ou em algo que se parece com a minha mão, mas não sinto nada. Com o olhar, traço o caminho do meu braço do meu pulso até meu ombro, da mesma forma que você checa se um aparelho eletrônico está conectado na tomada. A mão é definitivamente minha, e também não é. Ela está apertando meus dedos, pressionando sua pele molhada contra a palma da minha mão, mas, se eu estivesse olhando para o outro lado, não teria ideia de que isso estava acontecendo.

— Você voltou! — diz ela sem parar. — Você voltou. Está seguro. Nunca mais nos abandone. Não vou deixar você nos abandonar de novo.

Olho para ela e me pergunto se deveria estar chorando também. Não consigo parar de pensar na minha mão. A coisa no fim do meu braço não parece mais parte de mim. Tento fechá-la. Tento fechar a outra. Nada acontece.

Um grupo de funcionários do hospital com jalecos brancos aparece no quarto, andando tão rápido que estão quase correndo. Empurram minha mãe para o lado e começam a trabalhar em mim. Ela vai para o pé da cama e lá está Liev, esperando, os braços cruzados sobre o peito. Ele estica o braço e a puxa em sua direção, uma das mãos espalmada em suas costas, a outra encostando a cabeça dela delicadamente em seu pescoço. O corpo dela treme com soluços e, por cima do ombro dela, Liev olha para mim, os lábios torcidos numa expressão que poderia ser um sorriso, ou poderia ser algo completamente diferente.

Cerca de uma semana depois, minha mão tem um espasmo. Dentro de minutos, pessoas que nem reconheço começam a chegar com expressões eufóricas nos rostos para me parabenizar e me espetar. Uma enfermeira até chora e esfrega sua bochecha encharcada em meu braço, como se eu fosse um velho amigo voltando do mundo dos mortos.

Minha mãe está lá todos os dias, apesar de o hospital ficar a quilômetros de casa, fora da Zona. Era para ser irritante tê-la em meu quarto o tempo todo, mas na verdade é bom. Ela lê para mim, muda o canal da TV, me faz companhia e nunca me diz o que fazer. Mas talvez seja porque não consigo fazer nada.

Depois do espasmo, uma nova enfermeira é designada para cuidar de mim, uma espécie de fisioterapeuta, que me passa exercícios e monitora meu progresso, considerado "maravilhoso" por todos, segundo me dizem, como se eu fosse de alguma forma responsável por aquilo. Ela traz um diagrama do meu corpo, que marca com linhas, tiques, cruzes, me mostrando como estou melhorando. Aos poucos, as sensações voltam aos meus braços. Depois de um tempo — não sei quanto, pois é impossível ter uma noção do tempo no hospital —, consigo me sentar. Eventualmente, ganho uma cadeira de rodas, que aprendo a guiar e impulsionar.

Todos agem de forma otimista e animada, como se essa volta gradual e parcial a como eu era antes fosse um florescer sobre--humano e surpreendente. É como se eu fosse o capitão de uma seleção sem qualquer tradição na Copa do Mundo, de uma pequena ilha da qual ninguém nunca ouviu falar, e simplesmente fosse ganhando jogos, triunfando contra todas as expectativas, e me aproximando cada vez mais da final. É assim que todos se comportam, e faço o máximo que posso para cooperar, embora saiba — e todo mundo também saiba — que sou apenas um menino paralisado melhorando gradualmente.

Ninguém me dá notícias ruins, mas depois de algum tempo noto que a terapeuta parou de me mostrar seu gráfico e a bolha de empolgação à minha volta se desinflou. Apesar das infinitas sessões de massagem e alongamento, minhas pernas permanecem dormentes e inúteis.

Visitantes agora chegam com sobretudos, então sei que deve ser inverno. Eles entram no quarto envoltos por uma pequena nuvem do mundo exterior que leva um minuto ou dois para se dissipar no ar quente e morto do meu quarto.

Liev vem uma vez por semana, nas tardes de sexta, mas posso ver que não quer estar ali. Ele passa os primeiros cinco minutos tentando conversar. Eu não o ignoro, mas também não respondo às perguntas dele, exatamente. Perto da marca de cinco minutos, ele dá um olhar de "é o melhor que posso fazer" à minha mãe, então se senta e permanece assim, sem ler qualquer coisa, sem nem mesmo olhar pela janela, por cerca de 45 minutos. Então vai embora. Cada vez que ele vem, parece de alguma forma menor do que na última vez em que o vi.

David também vem me visitar toda semana. No começo ele fica ainda mais relutante e desconfortável do que Liev, e não parece haver nada sobre o que possamos conversar, mas ele começa a trazer baralho e nós simplesmente jogamos, então ele me dá um livro para que eu possa lhe ensinar novos jogos de cartas e, no fim das contas, acho que são as visitas de David que me fazem seguir em frente. Minha mãe sempre o abraça quando ele vai embora, algo do qual acho que ele não gosta.

Minha mãe me dá um livro de truques com cartas e meu próprio baralho e, em pouco tempo, eu me torno um mestre embaralhando cartas e fazendo mágica. As pessoas adoram os meus truques. Isso lhes dá uma desculpa para ficarem impressionadas comigo, como quando uma criança pequena usa o penico direitinho e lhe dizem que ela é um gênio por dar uma mijada.

Um dia, minha mãe traz meu sobretudo. Vou para casa. Não há mais nada que o hospital possa fazer por mim. Eu me "estabilizei", uma palavra engraçada para alguém que não consegue ficar de pé.

A maioria das palavras com "para" é empolgante: paraquedas, paranormal, paradisíaco. Paraplégico é diferente. É uma daquelas palavras que ninguém quer falar, ou mesmo escutar. Enquanto conduzo minha cadeira de rodas ao sair do hospital, está visível nos rostos das pessoas que me tornei essa palavra e que elas não querem olhar para mim e, ao mesmo tempo, acham impossível não fazer isso. Rapidamente aprendo o padrão que sei que vai me acompanhar por muito tempo: um olhar de relance, outro para confirmação, a encarada chocada com uma expressão que vai do horror à pena, seguidos por uma percepção atrasada de que a coisa educada a fazer é olhar para o outro lado.

Paranoico é outra palavra com "para". Talvez eu seja um paraplégico paranoico, mas não acho que seja. No segundo em que deixo minha ala no hospital e me vejo entre pessoas comuns, percebo que minha vida cruzou um portal invisível para um novo mundo, entrando numa pequena bolha de invalidez que vai me envolver para sempre.

Se um dia eu me tornar um mágico, posso usar o nome Joshua, o Prestidigitador Paraplégico Paranoico.

Minha mãe quase não fala comigo quando estamos no carro voltando para casa, mas isso não é algo ruim. Passamos tanto tempo juntos durante os últimos meses que o silêncio parece normal. É animador ver pessoas na rua fazendo coisas, ver o mundo seguindo seu curso normal, lembrar que uma ala de hospital é apenas um lugar, não um universo.

As montanhas, a princípio, estão borradas. Meus olhos não conseguem se ajustar a nada longe. Mas reconheço Amarias quando a vejo, é exatamente a mesma, se estendendo do Muro até o topo da montanha e descendo no outro lado. A placa de "Bem-vindo a Amarias" ainda está lá, bloqueando a visão da cidade de Leila, mas com um buraco num canto, onde foi atingida por uma bala durante a repressão.

David está me esperando do lado de fora da minha casa. Eu lhe mostro um truque enquanto minha mãe desdobra a cadeira de rodas. Ele tenta me empurrar até dentro de casa, mas eu lhe digo que prefiro fazer aquilo sozinho.

Nunca nem tinha notado que havia um degrau para chegar à porta, mas agora percebo isso, porque uma rampa de metal foi aparafusada sobre ele.

Minha mãe me mostra meu novo quarto, no primeiro andar, onde costumava ser o quarto de hóspedes. Conduzo a cadeira de rodas até lá dentro e ela passa quase sem deixar um centímetro sobrando, o que parece ser pura sorte até que noto um pequeno vão nos ladrilhos da entrada e sinto cheiro de tinta fresca na moldura. Não sei se devo comentar esses ajustes na casa, se minha mãe ficaria aborrecida se eu me mostrasse agradecido, ou se não fizesse isso.

David está conversando comigo quando entramos no meu quarto. Tudo que tenho parece ter sido trazido para cá e arrumado da forma mais próxima possível de como estava no andar de cima. Ele me mostra uma pilha de presentes de outros alunos da nossa turma. Pessoas que sei que nunca gostaram de mim haviam me dado presentes de boas-vindas. Ele tenta agir como se mal pudesse conter o deleite com a quantidade de diversão que esses presentes vão nos trazer e é isso — sua tentativa de otimismo e animação — que me faz sentir vontade de chorar, pela primeira vez desde que fui baleado.

Posso vê-lo sentir a atmosfera mudar, e ele fica aliviado quando eu lhe digo que estou cansado e que seria melhor se ele fosse embora.

Não foram apenas as portas, o banheiro e os interruptores de luz que mudaram em minha casa. A maior diferença é Liev. Ou, melhor, minha mãe e Liev. Ele não fala tanto quanto antes e, quando fala, minha mãe raramente parece escutar. Ela já não parece alerta, preparada para fazer o que ele pede. Não age como criada dele e agora anda mais rápido, fica mais ereta. Eu nunca a vejo rezar ou reclamar da coluna.

Na maior parte do tempo, Liev e eu nos ignoramos. Algumas vezes, por curiosidade, sou levemente amigável com ele, e ele normalmente parece satisfeito. Se lhe peço para jogar cartas comigo, ele sempre joga.

Nunca escuto os dois discutindo, nunca escuto Liev gritando, mas certa manhã minha mãe entra no meu quarto com um olhar estranho no rosto, carregando uma mala, e começa a juntar minhas roupas. Mal posso acreditar no que estou vendo. Sei exatamente o que aquilo significa, mas não consigo fazer a pergunta para confirmar se aquilo está realmente acontecendo, com medo de ter entendido errado. Observo cada movimento dela, vejo que seu queixo está duro, que ela está dobrando minhas roupas com pressa, e fico cada vez mais esperançoso de que estou certo, que aquilo que desejei desde que nos mudamos para cá poderia finalmente estar se tornando realidade. Só depois que ela fecha o zíper da mala é que olha para mim.

— Estamos indo embora — diz ela. — Minha mala já está no carro.

Ela sai com a bagagem, então volta para me buscar. Liev está parado junto à porta da sala de estar, observando enquanto partimos, mas não fala nada, e minha mãe não lhe oferece nada além de um breve "tchau", como se estivéssemos apenas saindo para fazer compras, mas sei que não estamos. Sei que chegou a hora.

Quando ela está guardando minha cadeira de rodas na mala do carro, ele sai da casa e começa a gritar com ela, dizendo que ela está cometendo um grande erro, que está traindo tudo em que realmente acredita, que está sendo ingênua e egoísta, mas minha mãe age como se nem conseguisse ouvi-lo. Ela se senta em seu banco, fecha e tranca a porta, sorri para mim e então nós vamos embora.

Ela me pergunta se quero dizer alguma coisa a David e, a princípio, eu quero, mas, quando o carro já está parando em frente à casa dele, percebo que esperei demais. Não posso desacelerar agora. Vou ligar para ele. Ele pode nos visitar. Mas, neste momento, o que não posso fazer é parar.

— Continue dirigindo — falo. — Só continue dirigindo.

Ela compreende — ela compreende perfeitamente — e pisa fundo no acelerador, fazendo nosso pequeno e lento motor roncar. Enquanto passamos pela placa de "Bem-vindo a Amarias", nos distanciando da cidade pela última vez, abaixo o vidro da janela e solto um grito com toda a força. Sorrindo, ela abaixa o vidro dela e grita também. Apenas quando sinto que minha garganta está falhando permito que meu pescoço se incline para trás, deixando minha cabeça repousar no encosto do banco. Uma única lágrima está parada, sem escorrer, no canto do olho dela.

Deixamos o vento bater em nossos rostos enquanto o carro corta a estrada, saindo da Zona Ocupada, indo na direção do mar. O cabelo da minha mãe está voando para todos os lados, caindo sobre seu rosto enquanto ela dirige.

Seu cabelo! Descoberto!

— Você consegue ver? — grito.

Ela sorri.

— Quase tudo.

— Qual é a sensação?

Ela tira uma das mãos do volante e coloca a cabeça para fora da janela. Seu cabelo é jogado para trás no vento forte:

— MARAVILHOSA!

Coloco minha cabeça para fora também, me levantando do banco com os braços. O sol está quente, alto e generoso, o ar está fresco como uma carícia delicada da primavera. Um bosque de amendoeiras ao longo da estrada cintila com uma explosão de flores brancas.

— ESTOU ORGULHOSA DE VOCÊ! — grita ela.

Levantamos nossos vidros e voltamos aos nossos assentos. A lágrima se soltou de seu olho e correu na direção de sua orelha.

— Estou orgulhosa de você — repete ela, movendo seus olhos da estrada para mim, durante todo o tempo que precisa para dizer isso.

Escutei aquilo tantas vezes, devido a cada mínimo progresso em minha recuperação, que as palavras se tornaram insignificantes, mas dessa vez ela está dizendo algo diferente. Posso ouvir em sua voz.

— Por quê? — pergunto.

— Eu estava adormecida há quase cinco anos. Você me despertou.

— O que quer dizer com isso?

Não sei por que estou perguntando isso. Sei exatamente o que ela quer dizer, mas quero ouvir dela.

— Você fez uma coisa boa — diz ela.

— Eu tentei.

— Sim — diz ela. — E é por isso que estou orgulhosa de você.

— Acabou não dando muito certo.

— Não estou dizendo que estou feliz por você ter feito aquilo. Não estou dizendo que não foi estupidez.

— Obrigado.

— Não estou dizendo que não gostaria que tivesse falado comigo em vez de ter feito...

— Eu não podia!

— Eu sei. E é por isso que sou culpada.

— Não é não. Não foi culpa sua.

— Você não precisa dizer isso — fala ela.

Mais lágrimas estão se derramando agora. Na vertical, dessa vez. A linha diagonal foi uma só. Não quero que ela chore, não hoje, não no dia da nossa fuga. Quero que ela fique feliz.

— Fico imaginando como seria chorar de cabeça para baixo — digo.

Ela deixa de observar a estrada e me encara por um instante, chocada e perplexa, então, repentinamente, está rindo, sua cabeça balançando para a frente e para trás, rindo e chorando ao mesmo tempo. Aquele som é tão delicioso quanto a música mais linda que já ouvi.

— Seu pai também era maluco — diz ela. — Eu nunca sabia o que ele ia inventar.

— Podemos parar e você pode plantar bananeira. Eu seguro suas pernas.

Posso imaginar a cena. O pequeno carro estacionado num restaurante de beira de estrada deserto e caindo aos pedaços; o menino na cadeira de rodas segurando as pernas de uma mulher de meia-idade plantando bananeira e chorando, lágrimas escorrendo por suas sobrancelhas e penetrando em seu cabelo preto comprido.

Ela ri novamente, ainda chorando, ainda dirigindo, nos levando na direção do mar.

É aqui que venho para pensar. Pode parecer estranho passar tanto tempo em um estacionamento, mas posso vir sozinho até aqui com minha cadeira de rodas, e esse lugar tem a vista que quero, de nada além de água, como a que via pela janela saliente da casa em que morei quando era criança. Se colocar minha cadeira na posição certa, posso olhar para um mundo de puro azul.

Outras pessoas moram naquela casa agora, e não temos dinheiro para bancá-la de qualquer forma. Estamos numa cidade parecida com aquela, alguns quilômetros costa acima, num apartamento minúsculo com quartos apertados e nenhuma vista a não ser para os fundos do prédio vizinho. Apesar de ter metade do tamanho da nossa casa em Amarias, parece ser duas vezes maior, porque não há um Liev por lá. Nunca percebi quanto espaço ele ocupava. Não seu corpo, mas sua presença. As exigências e as mudanças de humor de Liev, ou apenas a consciência de que ele estava sempre observando, empurravam nós dois, minha mãe e eu, para a periferia daquela casa, ela para cozinha, eu para o meu quarto. Aqui, todo o espaço é nosso, sem nenhum aposento ao qual deva evitar por causa de uma conversa.

Durante um tempo, estar aqui foi perfeito. Ficar longe de Liev, de Amarias, da Zona Ocupada foi como se eu estivesse me recuperando de uma doença — uma doença que eu tinha havia tanto tempo que nem me lembrava mais como era estar saudável. Talvez seja uma comparação estranha para alguém preso em uma cadeira de rodas fazer, mas foi essa a sensação: a de uma recuperação milagrosa.

Minha mãe inclusive conseguiu me matricular em uma escola normal, onde todos os alunos eram tão prestativos que aquilo me deixou especialmente paranoico. Todos eram amigáveis, educados e corriam para me ajudar a passar pelas portas; eles pegavam qualquer coisa que eu pedisse, e sorriam sem parar, mas eu conseguia sentir o alívio deles quando ia embora.

Sou como um herói e um ogro misturados numa pessoa só. Um Herogro: uma criatura semimítica sem pernas que se move sobre rodas imensas e que vai devorá-lo vivo se algum dia você não sorrir para ele. A lenda do Herogro é que ele foi criado pelo ricocheteio mágico de uma bala, que acertou a coluna de um garoto para puni-lo por ir aonde lhe disseram para não ir, tentando ajudar pessoas que ele não tinha permissão para ajudar.

À medida que as pessoas se acostumaram mais comigo, a coisa do Herogro diminuiu e a vida começou a parecer normal; normal da forma que Amarias tinha parecido normal antes de eu encontrar o túnel e ver o que existia do outro lado do Muro. Aqui não existe Muro, não há soldados — a não ser alguns que estão de folga visitando suas famílias —, e essa versão de normalidade se parece com a forma como imagino a normalidade em outros países.

Mas quando venho a esse estacionamento e olho para o mar do alto desse penhasco próximo ao centro da minha cidade tranquila e próspera, me pego pensando algo vergonhoso que nunca poderia compartilhar com a minha mãe. Eu implorei tanto para que ela nos libertasse de Amarias, e finalmente ela nos trouxe para cá, de forma que mal posso confessar isso a mim mesmo, mas não sinto que realmente escapei. Esse lugar já não é mais como era antes de partirmos para a Zona Ocupada, porque naquela época eu mal sabia o que a Zona era e, uma vez que você descobre algo, não tem como desdescobrir aquilo.

Eu saí de Amarias, mas agora percebo que Amarias nunca sairá de mim. Eu odiava aquele lugar porque ele parecia uma enorme mentira, mas esse lugar não parece muito diferente da realidade que conheço. A Zona fica a menos de uma hora daqui. Leila, seu pai e milhões como eles estão tão próximos quanto. Os soldados de folga, sentados em cafés, bebendo cappuccinos, vão voltar no fim de sua licença para se encarregar dos postos de controle e vigiar O Muro, mantendo seus tanques e aviões prontos para a próxima repressão, mas todos devemos nos comportar como se a Zona estivesse muito distante, em outro mundo, tão além do horizonte que ficava fora de alcance. A mentira aqui é diferente, porém mais convincente, mais fácil de acreditar.

Talvez seja por isso que sou atraído a esse ponto: parcialmente porque a vista faz com que eu me lembre de como me sentia quando era pequeno; parcialmente porque sei que, além do mar, há outros países fora do alcance dessa mentira, onde talvez eu pudesse esquecer o que quero esquecer. Eu iria, se pudesse. Mas, obviamente, há outro muro, um tipo diferente de muro, em volta desses lugares. Com o meu passaporte eu poderia visitar esses lugares, mas não permanecer lá.

É verão novamente agora. Deve estar seco na plantação de oliveiras da Leila. Ainda tenho as sementes, que vou plantar se um dia tivermos um jardim. Todas as árvores, folhas e pedras daquele bosque estão fixadas em minha cabeça. Posso fazer caminhadas imaginárias pelos canteiros sempre que quiser. O único jeito em que posso andar é assim, na minha própria cabeça, então é para lá que sempre vou. Faço isso o tempo todo, mantendo o lugar vivo em minha memória, me assegurando de que nada se apague. Toco a casca de cada árvore; me deito na terra quente e seca; rego as árvores sedentas e bebo água da nascente; arranco as ervas daninhas e podo as árvores na luz móvel do sol, que pisca por entre as folhas ruidosas. Fico sentado, acordado nesse estacionamento, me imaginando dormindo lá, no bosque de oliveiras. Mas nunca consigo apagar a visão daquela escavadeira se arrastando em sua direção. Sei que os muros podem estar derrubados, que a nascente pode estar bloqueada, que as árvores podem não estar mais lá.

Viro minha cadeira de costas para o mar e fico novamente de frente para as montanhas. Uma lufada de vento sopra do penhasco exatamente quando solto a trava, me empurrando, e, como uma amostra de um cheiro familiar, uma visão do que vai acontecer nos próximos anos surge na minha frente. Pela primeira vez desde que fui baleado — pela primeira vez em minha vida —, repentinamente percebo aonde estou indo. Sei o que vou fazer. Compreendo, finalmente, que meu objetivo não deveria ser esquecer, mas lembrar.

Meus braços parecem fortes enquanto me desloco para casa, meu corpo pulsando com um vigor que tinha quase esquecido que ele poderia conter. Não sei quando acontecerá, ou como acontecerá, ou o que exatamente eu farei, mas me sinto impulsionado por um novo senso de propósito. Vou trabalhar. Vou me concentrar cem por cento no trabalho e aprender quaisquer habilidades que forem necessárias, então voltarei à Zona. Quando houver algo que eu possa fazer, voltarei, não para Amarias, mas para a cidade de Leila, talvez até mesmo para procurar a própria Leila.

Tentei ajudar e fracassei, mas posso tentar novamente e posso continuar tentando, e, se fracassar de novo, posso tentar mais uma vez. Com essa percepção, imediatamente me sinto renovado, fortalecido, abençoado, sabendo que, ainda que passe minha vida inteira fracassando, estarei fracassando tentando fazer algo no qual acredito; estarei totalmente vivo e serei totalmente eu mesmo. Se a alternativa é não fazer nada, não há de fato alternativa. Como posso esquecer quando fico sentado, o dia inteiro, todos os dias, num lembrete sobre rodas dos soldados, do Muro e das pessoas que deveriam ser invisíveis?

O vento ainda sopra em minhas costas enquanto sigo apressado até minha casa e, por um instante, quase me viro para checar se aquilo é só o vento... mas sei que não há nada para ver, então não me viro, torcendo para que, por não olhar, possa me agarrar por alguns segundos a mais à sensação de que há alguém atrás de mim, uma presença paterna, me ajudando a seguir em frente.

Nota do Autor

A cidade de Amarias é fictícia. Apesar de se inspirar em muitos elementos de assentamentos israelenses na Cisjordânia, ela não deve ser tomada como uma representação fiel de qualquer local específico. O posto de controle nos arredores de Amarias é baseado no posto de controle de Qalandia.

Leitores que procuram um retrato não ficcional da Cisjordânia e de como a ocupação e o "muro de segurança" mudaram as vidas das pessoas que vivem lá devem ler *Caminhos Palestinos: notas sobre uma terra em extinção*, de Raja Shehadeh, e *Against the Wall*, uma coleção de ensaios editada por Michael Sorkin, em particular "*Hollow Land: the Barrier Archipelago and the Impossible Politics of Separation*", de Eyal Weizman.

Uma visão fascinante da vida dentro dos assentamentos pode ser encontrada em *Forty years in the Wilderness: Inside Israel's West Bank Settlements*, de Josh Freedman Berthoud e Seth Freedman.

When the Birds Stopped Singing, de Raja Shehadeh, e *Sharon e Minha sogra*, de Suad Amiry, fornecem relatos vívidos e contrastantes da vida em Ramallah durante o toque de recolher.

Gostaria de agradecer a todos os autores citados, cujo trabalho foi extremamente útil ao pesquisar para escrever este livro.

Quinze por cento dos royalties da edição inglesa deste livro destinados ao autor foram doados à Playgrounds for Palestine (www.playgroundsforpalestine.org), uma instituição de caridade que constrói *playgrounds* para crianças em cidades e campos de refugiados palestinos.